U0136038

中國古典四大名著主題與表達研究
原生態客觀主義文學經典

# 「西遊記」：「實紀人間變異」

孫定輝　著

蘭臺出版社

本書得到四川外國語大學中國語言文學重點學科經費獎勵

# 引言[1]

原生態客觀主義文學經典。

與古今中外迥異，中國古典四大名著秉承史傳文學原生態客觀傳統，依據原生態客觀存在，設計眾多原生態主題性人物及其原生態人格個性，設計情節，多線索形式全面鋪展，表達原生態客觀社會政治、歷史、文化等主題。筆者名之為原生態客觀主義文學。

明性主題與原生態客觀隱性主題。

秉承史傳文學原生態客觀傳統，中國古典四大名著不僅多維思想視角共存，而且作家刻意設置了明性主題與原生態客觀隱性主題，處於雙重主題共存狀態。四大名著明性主題是作家遵照封建社會主流思想意識形態，刻意設計的明顯的主題，而原生態客觀隱性主題則是作家秉承史傳文學傳統表達的原生態客觀社會政治、歷史、文化等主題。就二者關係而言，體現社會主流意識形態的明性主題似乎是華彩包裝，而原生態客觀隱性主題則是深沉主體內核，是文本真正的主題；表面上作家似乎誇讚明性主題，而眾多主題性人物在封建社會某種典型處境中體現的人格個性及其轉折和結局展示的原生態客觀隱性主題恰好證明：明性主題被原生態客觀隱性主題批判，諷刺，否決，而且是作家刻意而為。

---

[1] 在進行本課題研究同時，筆者開設了《古典文學專題：明清小說與四大名著》選修課。有學生將筆者的教案《古典文學專題：明清小說與四大名著》考去，2010 年上了百度文庫和豆丁網。筆者向百度和豆丁投訴後，該剽竊文檔被撤下。特此聲明。

　　古今中外小說、影視、戲劇均處於明性主題單一存在狀態，因而我們對四大名著作家確定的明性主題非常敏感，被其蒙蔽，而沒有準確抓住眾多主題性人物，對這些主題性人物在某種社會政治、歷史文化典型處境中的人格反應進行人格分析，進而發掘出作家刻意設計的批判否決明性主題的原生態客觀社會政治、歷史、文化隱性主題。此亦「隱性主題」之所以成為「隱性主題」。

　　吳翁承恩先生自言其志怪之志：「雖然吾書名為志怪，蓋不專明鬼，實紀人間變異，亦微有鑒戒寓焉。」[2]即以神話形式，原生態客觀地敘述描繪封建專制皇朝及其仙、佛、道文化。《西遊記》真一尊絕世寶鑒，盡顯封建專制社會人間百態。此寶鑑，古今對照，古即今，今即古，可引以為教訓；此寶鑒，舉目一觀可見其明性主題，細細注目洞察，用心琢磨切磋，可知其原生態客觀隱性主題，則百感交集。

---

[2] 吳承恩《禹鼎志序》(《射陽先生存稿》卷二。據劉修業集校《吳承恩詩文集本》)。直譯：雖然我書名為寫妖怪卻不專寫鬼，實記人間變異，也微有鑒照告誡當今之寓意。

# 目　次

# 導論：研究的出發點和方法

　　古典四大名著卓絕非常，其主題研究，眾說紛紜，各有其切入點，各有所得，但其主題的研究怎樣才能切入四大名著自身，發掘其主題，得到學界和讀者的廣泛認同？這是一個「難題」，也是本書的「實際意義」和「理論意義」。古典四大名著主題的研究，至今沒有學界公認的定論，筆者以為其主要原因有三，也是筆者研究的切入點和方法、研究的結果。

## 一、文學批評主題分析的關鍵

　　文學批評主題分析的關鍵在：主題性人物的確定與人格分析方法。

　　高爾基說：「文學是人學。」此言揭示了文學的本質。更準確地說：文學是訴諸語言的形象的人格展示學。文學寫作的關鍵在：理解人，洞察人及其社會、歷史、文化，提煉主題；設計人物個性，設計線索，安排情節展示個性以吸引受眾，表達

主題。文學批評主題分析的關鍵在：找準作品的主題性人物，對人物在某種處境中的人格反應進行人格分析，發現其促使情節發生，推動情節發展，導致故事結局的種種人格因素。這些人格因素與處境就是主題所在。主題性人物是在某種處境中促使情節發生，推動情節發展，導致故事結局的人物。

因而，找準主題性人物之後，小說主題分析的第二步是對主題性人物在某種處境中的人格反應進行人格分析。對人的理解與分析要從其人格個性組合的四大本能、三大品性去把握。

一、四大本能。凡人皆有動物性的四大天生本能：生存、趨利避害、性本能、權利意志。人類一切行為、言語、心理都受四大本能驅動，這四大本能是人類一切言語、行為、心理活動的最基本的原始驅動力。

1、生存是人的第一本能。生存第一，貪生怕死，因而躲避危險，絕境求存，饑餓需要食物，乾渴需要水，寒冷需要溫暖，疲勞需要睡眠等等，都是生存本能的體現。

2、趨利避害是人的第二本能，是生存本能的必然結果。受生存本能的需要驅動，人必定有趨利避害的第二本能，怎樣做才更能適應生存，就怎麼做。

3、性本能是人的第三本能，主要表現為性欲，性交，對性對象的尋覓、爭奪、佔有和保護，以及對後代的撫養和保護。

4、權利意志本能與上述三大本能相關，表現為三個層面：

（1）平等權利意志本能。視自己生存、趨利避害、性本能為自己不可剝奪的權利意志。自尊，不甘心受人欺辱，俯身人下，要求社會機遇、權力和利益的平等共用。「人人生而平等」就是人類權利意志本能的直接表達。因生而不平等，故而有「生而平等」的本能反應。

（2）自由權利意志本能。總是意欲按照自我意志行事，並

將自我意志作為自我自由權利訴諸於社會，行使於社會，其基本要求是思想、言論、行動的自由。弗蘭克林‧羅斯福說「哪兒有自由，哪兒就是我的祖國」就是人類之自由權利意志本能的直接表達。

（3）支配權利意志本能。與平等自由本能相關，人均有支配人群、社會、世界依隨自我意志運轉的欲望，即通常所謂稱王稱霸的「野心」，只不過因其本性，其強度差別甚大。《史記》記載陳勝揭竿起事，大喊：「帝王將相寧有種乎？」目睹秦始皇巡遊全國的儀仗威風，項羽說：「彼可取而代也！」劉邦說：「嗟乎！大丈夫當如此也！」這一類本性強傲者佔有世界，支配社會，以他們為中心運行的權利意志欲望就特別強烈。

二、三大品性。社會中人皆有本性、歷史文化品性、社會品性等三大品性。處境刺激人的四大本能，而人的本性、社會品性、歷史文化品性不同，其人格個性迥異，其在同一處境中的人格反應也迥異，故而情節變化不同，結局不同。

1、要從人的本性理解人，洞察人。本性指人由父母血緣基因決定的天性。（瑞士）榮格心理類型有八類劃分：思維外傾與內傾型、情感外傾與內傾型、感覺外傾與內傾型、直覺外傾與內傾型。[1]（美）蘇姍‧贊諾斯按照古典九宮圖將人劃分為：月亮型（孤獨，柔弱、笨拙、固執，心懷恐懼）、金星型（天生的追隨者、依附者，喜氣洋洋）、水星型（主動敏捷，協調，主要特徵為虛榮）、火星型（具有權利與破壞性傾向，當然有正面的火星，也有反面的火星）、木星型（生性快活幽默，接受一切）、土星型（嚴肅、自信、宰製，有領導能力）等十四

---

[1]　黃希庭《人格心理學》。上海：三聯出版社。2007 年 10 月。頁 272-273。

種人格類型[2]。然而人的個性有的比較簡單，有的非常複雜，且因其處境、文化品性、社會品性而變異，非上述人格類型所能囊括。

一個人的基因本性不同，其四大本能欲望的表現方式和力度也不同。在生存艱難時，生性狹隘殘暴的人，可能選擇搶劫；生性懦弱的人會乞討；生性放達，有智慧的人，會想法積極謀生。

2、要從人的歷史文化品性理解人，洞察人。每一個人都是自身所在國家、民族、地區、階級、階層、集團的歷史文化傳統的造物，也是自身經歷的造物。歷史文化品性指人無意識中或有意識中所承繼的國家、民族、地區、階級、階層、集團的歷史文化傳統、是人對自我的一種自我認可，即一個人認為我之為我，我之是我的意識。人的文化品性會壓抑，或慫恿人的本能和本性。一個人的文化品性不同，其本能本性的表現方式和力度也不同。基督徒、佛教徒、真主教徒、儒士、隱者等等在某中處境中人格反應不同，人生遭際、結局就不同。

3、要從人的社會品性理解人，洞察人。社會是一部機器，人是社會的產品。社會政治制度、經濟制度與相應的文化制度造就人的社會品性。社會品性指人的社會身份（包括人所處國家的社會政治、經濟、文化制度、區域、種族、家族、家庭、階級、階層、職業、收入等等）對人的規定和限制。人的社會品性使人的本能本性表現方式和力度也不同，也影響到人的文化品性。封建專制社會生產三類人：主子、奴才、奴隸，當然也有極少數因其本性強傲和堅守文化品性而拒絕做奴隸、奴才

---

[2] 蘇珊・贊諾斯（劉蘊芳譯）《人的類型》。北京：新華出版社。2003 年1 月。頁 127-233。

的另類人物。民主社會的人們普遍具有民主、平等、自由、自尊的社會品性。

　　請注意：四大本能是天生的，是人類行為的第一驅動力；人類一切行為都與四大本能驅動相關。社會現實處境刺激人的本能，人的本性、文化品性、社會品性不同且組合相異，其人格個性反應也迥然相異，而且面對社會現實處境的刺激，一個人的本能反應、本性反應、文化品性反應、社會品性反應有時候是諧調統一的，更多的時候是衝突分裂的。

　　四大名著深受中國古代史傳文學傳統影響，依據原生態客觀，設計眾多主題性人物及其原生態人格個性，表達原生態客觀社會政治、歷史、文化等主題。只有找准促使情節發生，發展，轉折，導致故事結局的主題性人物，對人物進行人格分析，發現其在某中處境中促使情節發生，發展，轉折，結局的種種主題性人格因素，方能確定四大古典名著之主題。

## 二、四大名著的史傳文學傳統

　　四大名著的史傳文學傳統：原生態客觀主義文學。

　　西方小說與中國近現代小說主題性人物比較單一，容易確定，一般而言人物人格個性比較平面，故而其主題分析相對比較容易。四大名著秉承中國史傳文學傳統，依據原生態社會客觀，設計眾多原生態主題性人物，表達原生態社會政治、歷史、文化等主題。這些主題性人物雖有主次之分，但在某種處境中其人格個性之表現、轉變、結局都是主題的一部分，或與主題相關。只有對這些主題性人物進行人格分析，發現這些人物在某種處境中促使情節發生、推動情節發展、轉折，導致故事結局的種種人格因素，才能確定四大名著的主題。四大名著完全秉承了史傳文學原生態客觀傳統。

關於中國古典小說的起源，大體有四種說法。

一、稗官說。小說「蓋出自稗官」，來自班固《漢書‧藝文志》。稗原意為葉子似稻，節間無毛，雜生於稻田中的雜草，人稱「稗子」。「稗官」是非正統的民間小官。稗官收集雜聞軼事，是民間下言上達的管道。因稗官也收集民間故事，因此也稱小說家，其作品稱稗官野史，簡稱稗史、稗記。然而，稗官所採集的民間故事，只是「小說」中比較微小的一部分。

二、方士說。其依據是張衡《西京賦》所言「小說九百，本自虞初」。漢武帝追求長生不死，嗜好方術，寵信方士，而方士將行術、方術故事形諸文字便是最初的小說。然而，方士只是方術故事的作者，方術故事只是小說中的一種。

三、神話說。源自魯迅先生《中國小說史略》。先生以為中國小說：「探其根本，則亦猶他民族然，在於神話與傳說。」魯迅以後的郭箴一《中國小說史》、劉大傑《中國文學發展史》、吳祖緗《關於我國古代小說的發展和理論》都以神話傳說視為中國古代小說的源頭。神話對小說有影響，小說創作三要素——思想、故事、人物在神話中已經具備了，比如《山海經》中的《夸父追日》、《精衛填海》等。上古神話是中國古典小說講神怪傳統的源頭，但不是中國小說的主流源頭。

四、史傳說。小說起源於人與社會的需要。人是有情感反應和理性思維的動物，所見所聞所想，如果刺激其感覺、情感，激發其理性思維，他必定要將其所見所聞所感所想進行還原客觀的形象表達，訴諸於人。最初的小說就是人們記載於書面的描述自己所見所聞而有所思所想所感的人物、事件、奇景、奇遇的文體，這在《山海經》、《詩經》均有，然而中國小說的真正主流源頭是史傳，或稱「史傳小說」。

西方小說直接起源於神話史詩。古希臘之神以人為摹本，

是神化的人，或者說人化的神。人與神同一時空，同樣的生理、心理、行為、語言。《荷馬史詩》以神為人物行為的驅動力，而人物及其情節則是主體，是詩體形式的小說、戲劇。這樣的神話史詩演變為以人物對白、動作為主的戲劇，以語言文字刻畫人物，描述情節為主的小說是自然而然的事。與古希臘不同，上古中國人與神疏離，神以自然為摹本，以泛自然為神，以自然萬象為神意符號，沒有如古希臘《荷馬史詩》之類的神話史詩。中國最初成型的以人為主體的小說不是神話史詩，而是「史傳」。

　　錢鐘書先生論《左傳》之記事說：「史家追敘真人實事，每須遙體人情，懸想事勢，設身局中，潛心腔內，忖之度之，以揣以摩，庶幾入情合理，蓋與小說、院本之臆造人物，虛構境地，不盡同而可相通也。」[3]

　　中國漢民族歷史意識早熟。殷周設置有專職史官，以人物言論、事件記述歷史。《禮記‧玉藻》說：「動則左官書之，言則右官書之。」《漢書‧藝文志》：「左史記言，右史記事。」西方寫史是概略敘事，中國寫史也概略敘事，但又有「史傳」。「史傳」就是解說歷史，即依據「史」加以想像，將其情節化，形象化，具有文學虛構成分，可稱之謂「史傳小說」。《左傳》就是「左丘明解說《春秋》經義」。《春秋》中一段非常扼要的「經」，他加以再造想像地一「傳」，就成了非常形象的「小說」。《左傳》、《國語》、《戰國策》許多篇章均如此，如《春秋左傳》「元年經」中一句僅僅九字的簡扼敘事：「夏，五月，鄭伯克段于鄢。」在「元年傳」中卻擴張為七百三十六字的紀實小說：

---

[3] 錢鍾書《管錐編（第一冊）》。上海：三聯出版社。2007 年 10 月。頁 272-273。

初，鄭武公娶於申，曰武姜，生莊公及共叔段。莊公寤生，驚姜氏，故名曰寤生，遂惡之。愛共叔段，欲立之，亟請於武公，公弗許。及莊公即位，為之請制。公曰：「制，岩邑也，虢叔死焉；他邑唯命。」請京，使居之，謂之京城大叔。祭仲曰：「都城過百雉，國之害也。先王之制，大都不過參國之一；中，五之一；小，九之一。今京不度，非制也，君將不堪。」公曰：「姜氏欲之，焉辟害？」對曰：「姜氏何厭之有！不如早為之所，無使滋蔓！蔓，難圖也。蔓草猶不可除，況君之寵弟乎！」公曰：「多行不義，必自斃。子姑待之。」既而大叔命西鄙北鄙貳於己。公子呂曰：「國不堪貳，君將若之何？欲與大叔，臣請事之。若弗與，則請除之，無生民心。」公曰：「無庸，將自及。」大叔又收貳以為己邑，至於廩延。子封曰：「可矣！厚將得眾。」公曰：「不義不暱，厚將崩。」

大叔完聚，繕甲兵，具卒乘，將襲鄭。夫人將啟之。公聞其期，曰：「可矣！」命子封帥車二百乘以伐京。京叛大叔段，段入於鄢。公伐諸鄢。五月辛醜，大叔出奔共。書曰：「鄭伯克段於鄢。」段不弟，故不言弟；如二君，故曰克；稱鄭伯，譏失教也；謂之鄭志，不言出奔，難之也。遂置姜氏於城潁，而誓之曰：「不及黃泉，無相見也！」既而悔之。潁考叔為潁谷封人，聞之，有獻於公。公賜之食，食舍肉。公問之。對曰：「小人有母，皆嘗小人之食矣，未嘗君之羹，請以遺之。」公曰：「爾有母遺，繄我獨無！」潁考叔曰：「敢問何謂也？」公語之故，且告之悔。對曰：「君何患焉！若闕地及泉，隧而相見，其誰曰不然？」公從之。公入而賦：「大隧

之中，其樂也融融！」姜出而賦：「大隧之外，其樂也
洩洩！」遂為母子如初。

君子曰：「潁考叔，純孝也，愛其母，施及莊公。《詩》
曰：『孝子不匱，永錫爾類。』其是之謂乎？」

　　這就是以史為本寫就的史傳小說。故而中國史傳有用語言
形象地反映歷史，且富有想像、虛構、創造性的文學特點。完
全虛構的故事，如《戰國策・魏策・唐雎不辱使命》：

秦王使人謂安陵君曰：「寡人欲以五百里之地易安陵，
安陵君其許寡人！」安陵君曰：「大王加惠，以大易小，
甚善；雖然，受地於先王，願終守之，弗敢易！」秦王
不說。安陵君因使唐雎使於秦。

秦王謂唐雎曰：「寡人以五百里之地易安陵，安陵君不
聽寡人，何也？且秦滅韓亡魏，而君以五十里之地存者，
以君為長者，故不錯意也。今吾以十倍之地，請廣於君，
而君逆寡人者，輕寡人與？」唐雎對曰：「否，非若是
也。安陵君受地於先王而守之，雖千里不敢易也，豈直
五百里哉？」

秦王怫然怒，謂唐雎曰：「公亦嘗聞天子之怒乎？」唐
雎對曰：「臣未嘗聞也。」秦王曰：「天子之怒，伏屍
百萬，流血千里。」唐雎曰：「大王嘗聞布衣之怒乎？」
秦王曰：「布衣之怒，亦免冠徒跣，以頭搶地爾。」唐
雎曰：「此庸夫之怒也，非士之怒也。夫專諸之刺王僚
也，彗星襲月；聶政之刺韓傀也，白虹貫日；要離之刺
慶忌也，倉鷹擊於殿上。此三子者，皆布衣之士也，懷
怒未發，休祲降於天，與臣而將四矣。若士必怒，伏屍
二人，流血五步，天下縞素，今日是也。」挺劍而起。

秦王色撓,長跪而謝之曰:「先生坐!何至於此!寡人
諭矣:夫韓、魏滅亡,而安陵以五十里之地存者,徒以
有先生也。」

布衣之士唐雎慷慨赴義,視死如歸,此文美甚!但此為明
顯的虛構故事。秦王以五百里疆土交換安陵君之安陵不見史
實,更不知為何?唐雎帶劍上殿,也不合秦國禮賓制度。據秦
制,大臣、來賓進殿觀見秦王都必須解下佩劍等兵器,且非詔
不得上殿。荊軻刺秦王嬴政,只能藏匕首於匣內地圖內。圖窮
匕首見,秦王被荊軻繞殿追殺,秦大臣目睹危局卻無刀劍相救,
且無命不敢上殿相救。《史記·奇俠列傳》記載:「荊軻逐秦王,
秦王環柱而走。羣臣皆愕,卒起不意,盡失其度。而秦法,羣
臣侍殿上者不得持尺寸之兵;諸郎中執兵皆陳殿下,非有詔召
不得上。方急時,不及召下兵,以故荊軻乃逐秦王。」

可以說,春秋戰國時期的《左傳》、《國語》、《戰國策》、
漢代的《史記》許多篇章均是小說性質的史傳或者說史傳性質
的小說,基本依據真實存在的歷史人物、事件而寫,人物眾多,
事件繁複,以對歷史最為真實的原生態客觀描述,還原原生態
歷史客觀為宗旨,只不過文學描述與史料簡述交錯,繁簡不一,
沒有統一的人物、線索、情節的設計和安排。

西方小說與中國近現代小說以理想人和理想國裁判人世,
追求理想人和理想國,人物真、善、美,假、醜、惡區分,對
比分明。四大古典名著完全秉承史傳文學傳統:多維度思想視
角共存(作家自我思想視角也在其中),依據原生態客觀設計
眾多主題性人物及其原生態人物個性,多線索形式全面鋪展,
表達原生態客觀社會、歷史、文化主題,而且既不虛美,也不
隱惡,把作家自我傾向性愛憎隱藏在人物言行、情節和場面中,
自然流露,一心追求讀者自己去推究,辨識,判定,揭秘。這

是四大名著與西方小說和中國近現代小說的根本區別，更是中國四大名著的卓絕之處。筆者名之為原生態客觀主義文學。

## 三、四大名著主題的雙重共存狀態

四大古典名著主題的雙重共存狀態：作家刻意設計的明性主題與原生態客觀隱性主題。

筆者以為四大名著主題分析爭論不休，其主因在其文本處於明性主題與原生態客觀隱性主題的雙重共存狀態，而且是作家刻意而為。

明性主題是文本作家確定的明顯的主題。古今中外文學作品大多處於明性主題單一存在狀態，比較容易確定，得到廣泛認同。

秉承史傳文學傳統的四大古典名著與眾不同，不僅多維思想視角共存，而且作家刻意設置了明性主題與原生態客觀隱性主題，處於雙重主題共存狀態。四大名著明性主題是作家遵照封建社會主流思想意識形態，刻意設計的明顯的主題，而原生態客觀隱性主題則是作者秉承史傳文學傳統，依據原生態客觀存在，設計眾多原生態主題性人物及其原生態人格個性，設計情節，多線索形式全面鋪展，表達的原生態客觀社會政治、歷史、文化等主題。此主題，是作家自我人格、思想、意識的表達。

就二者關係而言：體現社會主流意識形態的明性主題似乎是華彩包裝，而原生態客觀隱性主題則是深沉主體內核，是文本真正的主題；表面上作家似乎誇讚明性主題，而眾多主題性人物在封建社會某種典型處境中的人格反應，導致其情節發生、發展、轉折、結局展示的原生態客觀隱性主題恰好證明：明性主題被原生態客觀隱性主題批判，諷刺，否決，而且是作

家刻意而為。設身處地,我們應該理解,在專制獨裁社會,一個作家要批判獨裁者之統治制度及其統治文化,只得選擇此寫作方法把自己與觀點隱蔽起來,一如英國電影《V字仇殺隊》中V先生所言:「政治家用謊言掩蓋裝飾真相,文學家用謊言揭露批判真相。」

古今中外小說、影視戲劇均處於明性主題單一存在狀態,因而我們對四大名著作家確定的明性主題非常敏感,被其蒙蔽,而沒有準確抓住眾多主題性人物,對這些主題性人物在某種社會政治、歷史文化典型處境中的人格反應進行人格分析,進而發掘出作家刻意設計的批判否決明性主題的原生態客觀社會政治、歷史、文化隱性主題。此亦「隱性主題」之所以成為「隱性主題」。

古典四大名著均處於作家刻意設計的「明性主題與原生態客觀隱性主題雙重共存狀態」,且各有其思想出發點和藝術奧妙,且原生態客觀隱性主題是四大名著統領全篇的真正的主題。

以上三點是筆者研究古典四大名著主題的切入點。只有找准那些在某種處境中促使情節發生,推動情節發展、轉折,導致故事結局的主題性人物,對人物進行深入的人格分析,發現其在某中處境中促使情節發生,推動情節發展、轉折、導致故事結局的種種人格因素,而這些人格因素與相應的處境就是主題所在。我們才能發現被明性主題(即封建轉社會主流思想文化意識)所遮蔽的文本客觀存在的原生態客觀隱性主題,評價這兩種主題及其奧妙。

此下,筆者論吳翁承恩先生在《西遊記》刻意設計的「明性主題與原生態客觀隱性主題」

## 四、吳承恩與《西遊記》文化背景、分析思路

### （一）吳承恩「志怪」之志

　　吳翁承恩(1501 年？－1582 年？)，字汝忠，號射陽山人，淮安府山陽縣（今江蘇省淮安市楚州區）人，漢族，明代小說家。《西遊記》與吳承恩的人生經歷與歷史文化修養密切相關。

　　承恩先生出身於世代書香兼小商人家庭。他幼時勤奮好學，一目十行，過目成誦，精於繪畫，擅長書法，愛好填詞度曲，對圍棋也很精通，還喜歡收藏名人書畫。少年時代，他因文才出眾聞名故里，以為他科舉及第「如拾一芥」。

　　青年時代的承恩狂放不羈，輕世傲物，但社會地位低下，貧窮困苦給這位才子招來紛至遝來的嘲笑。承恩約二十歲時，與同鄉一位葉姓姑娘結婚，婚後感情甚篤。嘉靖十年，承恩在府學歲考和科考中取得了科舉生員的資格，去南京應鄉試，卻名落孫山。此後三年，他專在科舉試文上下苦功，但在嘉靖十三年秋考中卻仍然沒有考中。兩次鄉試失利，再加以父親懷著遺憾去世，承恩羞恨交加，這年冬天，竟病倒了。考不取舉人，他不僅付資無由，更覺愧對父母，有負先祖。

　　承恩先生約四十歲方補得一個歲貢生，到北京等待分配官職，卻沒被選上。由於母老家貧，他去做了長興縣丞，終因受人誣告，兩年後「拂袖而歸」，晚年以賣文為生，大約活了八十二歲。

　　承恩先生科場失意，生活困頓，仕途顛倒，使他加深了對封建社會及其制度、文化的認識。他一生不同流俗，剛直不阿。他才高，但屢試不第，與他不願作違心之論有關。他厭惡腐敗官場，不願違背本心，對封建專制社會持否定態度。他在寫《西遊記》之前的《二郎搜山圖歌》一詩中寫道：

我聞古聖開鴻蒙，命官絕地天之通。軒轅鑄鏡禹鑄鼎，
四方民物俱昭融。

後來群魔出孔竅，白晝搏人繁聚嘯。終南進士老鍾馗，
空向宮闈啖虛耗。

民災翻出衣冠中，不為猿鶴為沙蟲。坐觀宋室用五鬼[4]，
不見虞廷誅四凶[5]。

野夫有懷多感激，撫事臨風三嘆惜。胸中磨損斬邪刀，
欲起平之恨無力。

救月有矢救日弓，世間豈謂無英雄？誰能為我致麟鳳，
長令萬年保合清寧功。

　　與《西遊記》相通，此詩是對封建專制社會的全面否定。
今譯如下：

古來盤古辟鴻蒙，杜絕地獄進天宮。軒轅鑄鏡觀心邪，
大禹造鼎拒外魔。

後來群妖心內外，白晝嘯聚爭天地。終南道士老鍾馗，
宮廷裝神吃鼠鬼。

災害朝廷衣冠中，全無仙猿盡沙蟲。坐觀朝廷全貪鬼，
沒有聖王誅四凶。

野夫賦詩多感懷，臨風觀世惟歎息。心志刀劍早磨損，

---

[4]　北宋真宗王朝五名奸臣：王欽若、丁謂、林特、陳彭年、劉承珪，奸邪
　　險偽，人稱為「五鬼」。

[5]　指三苗、驩兜、鯀、共工，他們都因作惡而被殺，死後為「邪魔」：饕
　　餮（tāo tiè）、混沌、窮奇、檮杌（táowù）。傳說大禹將四人流放或擊
　　殺。《尚書‧堯典》：「流共工於幽州，放驩兜於崇山，竄三苗於三危，
　　殛鯀於羽山，四罪而天下感服。」

欲平天下恨孤窮。

我有救月救日弓，人間怎說無英雄？誰能為我招麟鳳，
迎來人間萬年桃源夢。

此詩是全面否定封建社會，違背盤古開通天地初衷，關閉
通天之道，導致天地混沌一片。沒有聽從軒轅鑄鏡觀心邪與大
禹造鼎拒外魔的教導，導致群魔遍天下，朝廷盡是奸臣貪官「五
鬼」，卻將清質敢言者污為妖魔，而「四凶」當道。他希望聖
王出，天下「致麟鳳」，賢才得用，能扭轉乾坤。

請注意：此詩意旨與承恩先生志怪之志、《西遊記》神魔
世界內藏的原生態客觀隱性主題完全相通，完全一致。先生自
幼喜讀野言稗史，熟悉古代神話和民間傳說，促使他運用志怪
小說的形式來表達自己的思考、憤懣。他自言志怪之志：「雖
然吾書名為志怪，蓋不專明鬼，實紀人間變異，亦微有鑒戒寓
焉。」[6]

於是，先生開始創作《西遊記》。五十歲左右，他寫了《西
遊記》的前十幾回，後因故中斷了多年，直到晚年辭官離任回
到故里，吳翁承恩先生才得以最後完成《西遊記》的創作，歷
時八年。[7]

《西遊記》只是以唐僧陳玄奘取經為名號的小說，與真正
取經的陳玄奘無關，但與陳玄奘被神話相通。唐太宗貞觀二年
（628 年），年僅二十九歲的青年和尚玄奘帶領一個弟子離開

---

[6]　吳承恩《禹鼎志序》。據劉脩業輯校、劉懷玉箋校《吳承恩詩文集箋校》。
　　上海古籍出版社。1991 年 5 月。
[7]　吳承恩還寫過短篇小說集《禹鼎志》和許多詩文。《禹鼎志》現已失傳，
　　只有一篇自序；詩文則嚴重散失，只有一小部分由他的晚輩編為《射陽
　　先生存稿》四卷，包括詩一卷，散文三卷，卷末附小詩三十八首。現代
　　學者據此整理出版了《吳承恩詩文集》。

京城長安，到天竺（印度）遊學。他從長安出發後，途經中亞、阿富汗、巴基斯坦，歷盡艱難險阻，最後隻身到達印度。他在印度學習了兩年多，並在一次大型佛教經學辯論會做主講，受到讚譽。貞觀十九年（645年），四十六歲的玄奘回到了長安，帶回佛經657部。他這次西天取經，前後十七年，行程幾萬里，是一次傳奇式的萬里長征，轟動一時。後來玄奘口述西行見聞，由弟子辯機輯錄成《大唐西域記》十二卷。這部書主要講述了路上所見各國的歷史、地理及交通，沒有什麼故事。他的弟子慧立、彥琮撰寫的《大唐大慈恩寺三藏法師傳》，則為玄奘的經歷增添了許多神話色彩。從此，唐僧取經的故事便開始在民間廣為流傳，南宋有《大唐三藏取經詩話》，金代院本有《唐三藏》、《蟠桃會》等，元雜劇有吳昌齡的《唐三藏西天取經》、無名氏的《二郎神鎖齊大聖》等，這些都為《西遊記》的創作奠定了基礎。吳翁承恩先生正是在民間傳說和話本、戲曲的基礎上，經過艱苦的再創造，完成了這部名著。

請注意，吳翁承恩自言寫志怪之志，此為分析《西遊記》主題的關鍵：「雖然吾書名為志怪，蓋不專明鬼，實紀人間變異，亦微有鑒戒寓焉。昔禹受貢金，寫形魑魅，欲使民違弗若。讀茲編者，懍懍然易慮，庶幾哉有夏氏之遺乎？國史非余敢議，野史其何讓焉。」[8]

可見，「實紀人間變異，亦微有鑒戒寓焉」是承恩先生志

---

[8]　吳承恩《禹鼎志序》（據劉脩業輯校、劉懷玉箋校《吳承恩詩文集箋校》。上海古籍出版社。1991年5月。）。今譯：雖吾書名為志怪，實則不專寫妖魔，是據現實描寫人間百態及變異，也微有鑒照告誡當今之寓意。上古時，大禹接受民眾貢金，敘寫描繪鬼怪，欲使人們別這樣做。讀我寫的書，如果恍然惶恐有悟，改變思想，這本書差不多有禹夏之遺風吧。國家歷史我不敢議論，寫鬼怪的歷史，我憑啥還謙讓呢？

怪的目的，而其方法則因「國史非余敢議」，就「野史其何讓焉」，即名為「志怪野史」，暗為「議國史」。此為讀懂《西遊記》的關鍵。

《西遊記》中天地幽冥萬物都被以玉帝為首的天仙界、以釋迦牟尼如來佛為首的佛教、以太上老君為首的道教所控制，又幾乎處處以王陽明心學說佛理，要悟空皈依以玉帝為首的天界，以如來為首的佛界、以太上老君為首的道界，故而分析《西遊記》主題，得對王陽明心學、中國的天仙、佛教、道教有一定瞭解。

## （二）王陽明心學

王陽明原名王守仁（1472-1529），明代哲學家、教育家，字伯安，浙江餘姚人。因築室於故鄉陽明洞中，世稱陽明先生。弘治十三年（1499）進士。以鎮壓叛亂，而累官至兵部尚書。卒於江西，諡文成，著作有《王文成公全書》。因發展了陸九淵的學說而被後人並稱「陸王心學」，或簡稱王學，也稱陽明心學。基本理論框架即「心即理」──「知行合一」──「致良知」。

「心外無物，心外無理，心即理」。王陽明秉承陸九淵的學說，並發揚光大，因此被稱為「陸王學派」。陸九淵從「心即理」說出發，認為格物的下手處，就是體認本心。王陽明並不滿意陸九淵的解釋，以為「其學問思辨，致知格物之語，雖亦未免沿襲之累」。他反對程頤、朱熹通過研究事物追求「至理」的「格物致知」方法，以為事理無窮無盡，格之則未免煩累，故提倡從自己內心中去尋找「理」，認為「理」全在人「心」，「理」化生宇宙天地萬物，人秉其秀氣，故人心自秉其精要。即陸九淵所言「心接具是理，心即理也」，何消外求？故王陽明以為「心

外無物,心外無理,心即理」,明「本心」則明「天理」,強調:「心一而已,以其全體惻怛而言謂之仁,以其得宜而言謂之義,以其條理而言謂之理。不可以心外求仁,不可外心以求義,獨可外心以求理乎?外心以求理,此知行之所以二也;求理於吾心,此聖門知行合一之教。」

筆者以為此論大謬,物有物之理,心有心之理,而且相互牽連,格物可致知,格心亦致知。心也為物。孔孟之論格心致知,老莊之論格物致知。

「知行合一」。在知與行的關係上,王陽明從「天地萬物本吾一體」出發,他以為朱熹的「先知後行」是分裂知與行,他強調要知,更要行。認為既知道,就要行道。如果只自稱知道,而不去行道,就不是真正的知道。但朱熹強調「先知後行」並不是「知而不行」,筆者以為只不過不應將知、行絕然分割,而是知行一體:人們往往先知後行,也往往行而後知;可方知方行,也可方行方知;知則行,行則知。

「致良知」。王守仁經歷百死千難,五十歲時提出心學宗旨「致良知」。他說:「夫心之本體,即天理也。天理之昭明靈覺,所謂良知也。君子戒懼之功,無時或間(間斷),則天理長存,而其昭明靈覺之本體,自無所昏蔽,自無所牽擾,自無所歉餒愧怍,動容周旋而中禮,從心所欲而不逾(矩),斯乃所謂真灑落矣。是灑落生於天理之常存,天理常存生於戒慎恐懼之無間(間斷)。孰謂敬畏之心反為灑落累(牽累)耶?」

著名的「四句教」是王陽明晚年對自己哲學思想的全面概括:「無善無惡心之體,有善有惡意之動,知善知惡是良知,為善去惡是格物。」

王陽明心學是一種心本論體驗哲學,強調格心知致是其長處,反對格物知致是其缺陷。他所謂「心外無物,心外無理,

心即理」非常荒謬，與佛教色空觀完全一致，故而明清佛教流行以王陽明心學說佛理。《西遊記》裡的心學與如來的緊箍咒一樣，要孫悟空、豬八戒、沙僧「滅六根，去六識」[9]，皈依尊奉仙、佛、道，為如來徒弟金蟬子三藏效勞，西行取經，成菩薩。那麼評價此心學，必分析統治天地幽冥三界的以玉皇大帝為首的天仙體系、以元始天尊、靈寶道君、太上老君三清為首的道教體系、以如來為首的佛教體系，是真儒、真道、真佛？還是假儒、假佛、假道？如果他們假儒、假佛、假道，「心學」只不過是這些統治者們的「教化」工具罷了。

　　因此我們分析《西遊記》的主題，要從主題兼線索性人物孫悟空入手，分析他的人格變異過程中，出現的以玉帝為首的天仙、以如來為首的菩薩、以太上老君為首的道仙，分析唐僧、悟空、豬八戒、沙僧來歷及其人格變異，分析他們一路西行所遇各種妖怪的來歷、行為和各自的結局，我們方能準確得出《西遊記》的主題。

## （三）中國文化中的仙、道、佛

　　中國神教文化有三個系統：以玉皇大帝為首的天仙界、以三清（元始天尊、靈寶天尊、太上老君）為首的道教、以如來為首的佛教。

　　《西遊記》中以玉帝為首的天仙體系完全是封建專制皇權的神話版，而以三清為首的道教、以如來為首的佛教完全是其保護神，或者說僕從。玉皇大帝位居於一切眾神之上，故而也叫玉皇大天尊玄穹高上皇，簡稱玉皇大帝或玉帝。其來歷有多種說法，《西遊記》採用了其中一種，說他自幼修行，經歷了

---

[9] 即佛教經典《多心經》所言「滅六根，去六識」：「無眼耳鼻色身意，無色聲香味觸法」，即消滅一切生命感覺。

三千多年才成金仙，又經過一千五百五十五劫，每劫為十二萬九千六百年，才享受到無極大道，成為掌管天、地、人三界的最高主宰，也被中國佛教、道教尊為最崇高的神。玉帝住在金闕雲宮靈霄寶殿，由三十三座天宮、七十二重寶殿組成。手下十代冥王管人間生死，四海龍王管天氣變化，九曜星、五方將、二十八宿、四大天王等等神勇蓋地，太白金星、二郎真君、五方五老各路神仙，個個法力無邊，且以道教三清為僕從，更有西天如來佛祖保駕護航。完全是中國封建專制王朝與道教、佛教的神話版。

天庭中央六御：中央玉皇大帝、妻子王母娘娘（又稱為西王母）、北方北極中天紫微大帝、南方南極長生大帝（又名玉清真王，為元始天王九子）、東方東極青華大帝太乙救苦天尊、西方太極天皇大帝、大地之母（即承天效法后土皇地祇）。

天庭五方五老：南方南極觀音、東方崇恩聖帝、三島十洲仙翁東華大帝君（即東王公，名「金蟬氏」，號木公）、北方北極玄靈斗姆元君（佛教中二十諸天的摩利支天）、中央黃極黃角大仙。

天宮仙官：千里眼、順風耳、金童、玉女、雷公、電母（金光聖母）、風伯、雨師、游奕靈官、翊聖真君、大力鬼王、七仙女、太白金星、赤腳大仙、廣寒宮太陰星君（嫦娥）、玉兔、玉蟾、吳剛、天蓬元帥、天佑元帥、九天玄女、十二金釵、九曜星、日遊神、夜遊神、太陰星君、太陽星君、武德星君、佑聖真君、托塔天王李靖、金吒、木吒（行者惠岸）、三壇海會大神哪吒、巨靈神、月老、左輔右弼、二郎神楊戩、太乙雷聲應化天尊、王善王靈官、薩真人、紫陽真人（張伯端）、文昌帝君。三官大帝：天官、地官、水官。四大天王：增長天王、持國天王、多聞天王、廣目天王。

四值功曹：值年神李丙、值月神黃承乙、值日神周登、值時神劉洪。

四大天師：張道陵、許遜（字敬之，號許旌陽）、邱弘濟、葛洪。

四方神：青龍孟章神君、白虎監兵神君、朱雀陵光神君、玄武執明神君。

四瀆龍神：黃河龍、長江龍、淮河龍、濟水河龍。

馬趙溫關四大元帥：馬元帥（又名馬天君）、趙元帥（即武財神趙公明）、溫元帥溫瓊（東嶽大帝部將）、關元帥關羽。

五方謁諦：金光揭諦、銀頭揭諦、波羅揭諦、波羅僧揭諦、摩訶揭諦。

五炁真君：東方歲星木德真君、南方熒惑火德真君、西方太白金德真君、北方辰星水德真君、中央鎮星土德真君。

五嶽帝君：東嶽泰山天齊仁聖大帝、南嶽衡山司天昭聖大帝、中嶽嵩山中天崇聖大帝、北嶽恒山安天玄聖大帝、西嶽華山金天願聖大帝。

五斗星君：東斗星君、西斗星君、中斗星君、南斗星君、北斗星君。

六丁六甲。六丁為陰神玉女：丁卯神司馬卿、丁巳神崔巨卿、丁未神石叔通、丁酉神臧文公、丁亥神張文通、丁丑神趙子玉。六甲為陽神玉男：甲子神王文卿、甲戌神展子江、甲申神扈文長、甲午神衛玉卿、甲辰神孟非卿、甲寅神明文章。

南斗六星君：第一天府宮，司命星君。第二天相宮，司祿星君。第三天梁宮，延壽星君。第四天同宮，益算星君。第五天樞宮，度厄星君。第六天機宮，上生星君。

北斗七星君：北斗第一陽明貪狼星君、北斗第二陰精巨斗星君、北斗第三真人祿存星君、北斗第四玄冥文曲星君、北斗

第五丹元廉貞星君、北斗第六北極武曲星君、北斗第七天關破軍星君。

《西遊記》獅駝國出現的北斗七星君為另一稱號：天樞、天璇、天璣、天權、玉衡、開陽、搖光。「天樞、天璇、天璣、天權」合起來又稱為「斗魁」或「璇」，後三星組成斗柄，稱「杓」。

八仙：鐵拐李、漢鐘離、呂洞賓、何仙姑、藍采和、韓湘子、曹國舅、張果老。

增長天王手下八將：劉俊、荀雷吉、龐煜、畢宗遠、鄧伯溫、辛漢臣、張元伯、陶元信。

九曜星：金星、木星、水星、火星、土星、羅睺（蝕星）、計都星、紫炁星、月孛星。

十二元辰：中國古代對周天的一種劃分法，大抵是沿天赤道從東向西將周天等分為十二個部分，用地平方位中的十二支名稱來表示，即：子、丑、寅、卯、辰、巳、午、未、申、酉、戌、亥。它與二十八宿星座有一定的對應關係，當星宿南中天的時候，這時十二元辰與地平方位中的十二支也正好一一對應。十二元辰的一種應用就是歲星紀年。十二元辰是管理相應天地的神。

二十八星宿：亢金龍、女土蝠、房日兔、心月狐、尾火虎、箕水豹、斗木獬、牛金牛、土貉、虛日鼠、危月燕、室火豬、壁水㺄、奎木狼、婁金狗、胃土雉、昴日雞、畢月烏、觜火猴、參水猿、井木犴、鬼金羊、柳土獐、星日馬、張月鹿、翼火蛇、軫水蚓、璧水獐。

三十六天將：道教認為北斗眾星中有三十六罡，每個天罡星中有一神，共三十六位神將。每位神將皆有名有姓，並非虛指：蔣光、鐘英、金游、殷郊、龐煜、劉吉、關羽、馬勝、溫

瓊、王菩、康應、朱彥、目魁、方角、恥通、鄧郁光、辛漢臣、張元伯、陶元信、敬雷潔、畢宗遠、趙公明、吳明遠、李青天、梅天順、熊光顯、石遠信、孔雷拮、陳元遠、林大華、周青遠、紀雷剛、崔志旭、江飛捷、駕天祥、高克。

以上三十六天將，有的是歷史人物，如關羽，屬忠義的代表，死後封之為神。有的是高道，如王菩，據說羽化登仙，為王靈官。更多為傳說中的人物，如泰山神溫瓊（又作瘟神）。財神趙公明（亦作冥神、瘟神）。還有小說中的人物，如太歲神殷郊。當然也有些不甚明瞭。

以三清為首的道教完全是玉帝的僕從，且道教神仙與天仙、菩薩混淆。

道教三清即道教的始祖神：元始天尊、靈寶天尊、太上老君。元始天尊即上古神話傳說開天闢地的盤古，又稱元始天王，或浮黎元始天尊。靈寶天尊，又名太上道君，晚於元始天尊，南北朝時期方出現。太上老君，又名道德天尊，是老子李冉的變形借用。老子創造了道家學派，追尋創生宇宙萬物，支配宇宙萬物運行之「道」。東漢張道陵創立道教，奉老子為教祖，老子被異化，完全悖逆老子。以《黃庭經》為主，求長生不死之「道」：煉內丹（氣功），煉外丹（熬煉長生藥），追求羽化登仙。《西遊記》中三位道祖是玉帝元老大臣，老子更被異化為玉帝的煉丹老奴。

元始天尊門下十二金仙：廣成子、赤精子、玉鼎真人、太乙真人、黃龍真人、文殊廣法天尊（文殊菩薩）、普賢真人（普賢菩薩）、慈航道人（觀音菩薩）、靈寶大法師、懼留孫、道行天尊、清虛道德真君。八仙：鐵拐李（李鐵拐）、漢鍾離（鍾離漢）、張果老、何仙姑、藍采和、呂洞賓、韓湘子、曹國舅。還有南極仙翁（老壽星）、全真七真人等等。此可見佛教菩薩與道

教金仙相互混淆。

佛教始祖釋迦牟尼（西元前 565 年－西元前 486 年），原名「喬達摩‧悉達多」，意為「一切義成就者」。他是古印度北部迦毗羅衛國（今尼泊爾境內）的王子，屬剎帝利種姓。因父為釋迦族，成道後被尊稱為釋迦牟尼，即「釋迦族的聖人」。據佛經記載，釋迦牟尼在十九歲時，有感於人世生、老、病、死等諸多苦惱，捨棄王族生活，出家修行。三十五歲時，他在菩提樹下大徹大悟，遂開啟佛教，隨即在印度北部，中部恒河流域一帶傳教，弘法四十五年。年八十歲在拘屍那迦城涅槃。筆者擇要說說佛教經典名詞，理解佛教意蘊。

「釋迦」：喬達摩‧悉達多父親為釋迦族，成道後被尊稱為釋迦牟尼，義即「釋迦族的聖人」。「釋迦」的本義即「能仁」、「能寂」、「能默」等。能仁：能以仁慈善待一切眾生。能仁者，是大慈大悲，有使眾生安樂的慈心，有使眾生脫離苦海的悲心。能寂：「寂」是不著身相，所謂「不離菩提場，而至鹿野苑」，其本義即身在喧囂人間，而心在菩提寂靜悟道。能默：「默」是不著語相，所謂「終日說法，無法可說」。乃至說法四十九年，不曾說出一字，是皆默無語相。釋迦牟尼面對人間苦海，無解，無語，故而佛教強辯說：寂默者，是大智，即無解就是解，無語就是語。

「如來」：譯自梵語。「如」就是「真如」，即一切法（事物）的真實狀況，它又包含「如實」的意義。佛經對「如來」的解釋是：「乘真如之道而來」或「如實而來」。「如來」又是佛學通用名詞，它是「佛陀」的異名。

「佛」：是「佛陀」的簡稱，是梵語的音譯。佛陀的意義是「覺者」或「智者」。「佛陀」在印度佛教有三種涵義：正覺（對一切法的性質相狀，無增無減地如實地覺了）；等覺或

遍覺（不僅自覺，即自己覺悟，而且能平等普遍地覺他，即使別人覺悟）；圓覺或無上覺（覺悟者的智慧和功行都已達到最高的、最圓滿的境地）。

「三界」：指佛教修行「欲界、色界、無色界」。「欲」指男女、飲食、睡眠之欲望。修行者要遠離「欲」，別為「色」所困。「無色」，既無欲，無色，達到涅槃境界。

「揭諦」：梵語為「去、度」，可譯成「走啊」。「波羅」：梵語「彼岸」，即脫離現實苦海，到佛所在的涅槃境界。

「南無」：信佛者念佛經常在佛或者菩薩名前加「南無」。「南無」為梵文的音譯，意為致敬、皈依、歸命，是佛教徒一心歸順佛的用語，常加在佛、菩薩名稱或佛教經典題名前，表示對佛、法的虔誠、尊敬。

在此我們必須說說佛界稱為「修真之總經，作佛之會門也」的佛教經典《摩訶般若波羅蜜多心經》[10]：

> 觀自在菩薩，行深般若波羅蜜多，時照五蘊[11]皆空，度一切苦厄。舍利子，空不異色，色不異空；空即是色，色即是空[12]。受想行識，亦復如是。舍利子[13]是諸法空

---

[10] 摩訶般若：佛教用語，智慧，指通過直覺洞察所獲得的先驗的智慧或最高的知識。「婆羅密多」：梵文意為「度」、「到彼岸」，即度生死苦海，到彼岸涅槃。

[11] 五蘊：佛教指人的色、受、想、行、識五種感覺意識。

[12] 空：佛教語，萬物從道之因緣生，從虛幻中來。道家謂虛靜之性。色：佛教語，指一切的表像存在。在此，色是空的幻象表現，指有形、色、相的一切物，即所謂物質。身，即有形血肉之身，自四大（地、水、火、風）、五塵（色、聲、香、味、觸）等色法而成，故稱色身。色即是空，指世家一切色法（物質）的本性（內在真實性）都是空無所有。

[13] 舍利子：指佛陀，高僧圓寂後火化而成的結晶體。作為佛教的聖物而受到

相，不生不滅，不垢不淨，不增不減。是故空中無色，無受想行識，無眼耳鼻舌身意，無色身香味觸法，無眼界，乃至無意識界，無無明，亦無無明盡。乃至無老死，亦無老死盡。無苦寂滅道，無智亦無得。以無所得故，菩提薩婆，依般若波羅蜜多，心無掛礙；無掛礙故，無有恐怖；遠離顛倒夢想，究竟涅盤。三世諸佛，依般若波羅蜜多故，得阿耨多羅三藐三菩提。故知般若波羅蜜多，是大神咒，是大明咒，是無上咒，是無等等咒，能除一切苦，真實不虛。故說般若波羅蜜多咒，即說咒曰：「揭諦！揭諦！波羅揭諦！波羅僧揭諦！菩提薩婆訶！此乃修真之總經，作佛之會門也。」

其主旨為「空不異色，色不異空；空即是色，色即是空」。「無受想行識，無眼耳鼻舌身意，無色身香味觸法」，即佛教常言之「滅六根，去六識」，消滅一切生命感覺和欲望，就涅盤成佛。進入佛教，修煉自身成石頭，石頭就是佛。

《西遊記》如來非釋迦牟尼佛真身，是中國版佛祖。他在西牛賀洲天竺靈山鷲峰頂上修得丈六金身，神通廣大，法力無邊。以如來為中心，佛界也有等級體系。他們各有其能，各司其職：

燃燈佛、過去未來現在佛、清淨喜佛、毗盧屍佛、寶幢王佛、彌勒尊佛、阿彌陀佛、無量壽佛、接引歸真佛、金剛不壞佛、寶光佛、龍尊王佛、精進善佛、寶月光佛、現無愚佛、婆留那佛、那羅延佛、功德華佛、才功德佛、善游步佛、旃檀光佛、牟尼幢佛、慧炬照佛、海德光明佛、大慈光佛、慈力王佛、賢善首佛、廣主嚴佛、金華光佛、才光明佛、智慧勝佛、世靜

尊崇。舍利有身骨舍利和法身舍利之兩種。

光佛、日月光佛、日月珠光佛、慧幢勝王佛、妙音聲佛、常光幢佛、觀世燈佛、法勝王佛、須彌光佛、大慧力王佛、金海光佛、大通光佛、才光佛、旃檀功德佛（唐僧陳玄奘）。鬥戰勝佛（孫悟空）。

觀世音菩薩、大勢至菩薩、文殊菩薩、普賢菩薩、清淨大海眾菩薩。蓮池海會佛菩薩、西天極樂諸菩薩、三千揭諦大菩薩、五百阿羅大菩薩。比丘夷塞尼菩薩、無邊無量法菩薩、金剛大士聖菩薩、淨壇使者菩薩（豬八戒）、八寶金身羅漢菩薩（沙僧）、八部天龍廣力菩薩（白龍馬）。

儒、佛、道三家比較，各有為人境界。

儒家是以心格心，主張自我完善，追求普世仁德，治天下。「仁者愛人」，「愛己及人」，「修身，齊家，治國，平天下」。主張以仁德「入世」，講究保障社會和諧的禮儀法度。講求「禮義廉恥」，做一個君子，即孔子所言行之「溫良恭儉讓」、「恭寬信敏慧」、「君君臣臣父父子子」、「君仁臣忠，父慈子孝」等等。

佛教講「超世」，主張「無生」。認為現世是人生苦海。人對現實無能為力，所以要忍受，謀求超脫——即「超世」，即《多心經》所言「滅六根去六識」，消滅一切生命欲望，方能超脫，進入超世而涅磐（無苦的極樂世界）。佛教不求認識客觀自然、社會，以求改變自然、社會以適應人類的生命需求，卻以一副人類苦難導引者的面目，認為一切都在人的心性，「心生種種魔生，心滅種種魔滅」，要人消滅一切生命感覺，故而石頭就是佛。

道教主張以生為本真，追求延年養生、肉體成仙。道教認為，人的生命由元氣構成，肉體是精神的住宅，要長生不死，必須形神並養，即煉內丹以內修，煉外丹以外養。所謂內丹就

是氣功,不過一種心理暗示調節。所謂外丹或尋採長生不老藥,或用水銀黃銅等熔煉丹藥,吃則死。

## (四)《西遊記》明性主題與原生態客觀隱性主題、分析思路

與《三國演義》、《水滸傳》相同,《西遊記》有承恩先生刻意設置的明性主題和原生態客觀隱性主題。原生態客觀隱性主題是文本真正的主題,而明性主題則是原生態客觀隱性主題的否決批判的對象。關於《西遊記》主題主要有源自明清諸家的兩種看法,其中就有承恩先生刻意設置的明性主題與原生態客觀隱性主題。

1、王陽明心學的文學體現,講求「存心養性」,「修心煉性之功」,「明心見性之旨」,即「求放心」。現今學界大多認同「求放心」之說。袁行霈先生主編的《中國文學史》(第四冊)採納這一觀點:「作家主觀想通過塑造孫悟空的藝術形象宣揚『明心見性』,維護封建社會正常秩序,但客觀上倒是張揚了人的自我價值和對人性美的追求。……作者在改造和加工傳統的大鬧天宮和取經的故事是納入了時尚的心學的框架,但心學本身在發展過程中又有張揚個性和道德完善的不同傾向,這又和西遊故事在長期流傳過程中積澱的廣大人民群眾的意志相結合,就使《西遊記》在具體的描繪中,實際所表現的精神明顯地突破、超越了這一預設的理性框架,並向肯定自我價值和追求人性完美傾斜。具體而言,假如前七回主觀上想譴責『放心』之害,而在客觀上倒是讚頌了自由和個性的話,那麼第七回『定心』為轉機,以後取經『修心』的過程,就是反復說明了師徒四人在不斷掃除外部邪惡的同時完成了人性的昇華,孫悟空最終成了一個有個性、有理想、有能力的人性美的

象徵。」[14]

　　此論沒有讀懂《西遊記》。筆者以為「以心學說佛理」，使師徒四人（尤其是悟空）皈依天仙、佛教、道教是吳承恩刻意設計的否定仙佛道、反諷心學的明性主題。明清時代以心學說佛理為時尚，心學是玉帝為首的天仙、如來為首的佛教、太上老君為首的道教組合的三界的教化工具。三界的本質決定心學的本質。必須以孔孟之儒、老莊之道為尺度，判定三界的本質，更須判定唐僧五眾（包括小龍馬）為何皈依佛教？他們西行所遇各種妖怪與三界的關係？方可判定三界的本質，進而判定作為三界教化工具的心學的本質，方可進而理解判定悟空人格變異，與唐僧、八戒、沙僧一同皈依仙佛道三界的本質。

　　2、「借神魔描寫人間」。學界廣泛認同這一觀點。概述比較全面具體的是韋鳳娟等編著的《新編中國文學史》：「《西遊記》的魔幻情節曲折地反映了明代社會現實。小說所描寫的天上人間和地府，不管它們披著怎樣的神聖外衣，內裡卻是黑暗、腐敗和醜惡，尤其是天堂的玉皇大帝與他的臣僚們，其昏庸、貪婪、虛偽和專橫，與現實社會朝廷的君臣沒有兩樣。唐僧師徒在取經路上遇到的妖魔鬼怪，有的是被神化了的自然力，但更多的是象徵著現實社會的地方惡勢力。他們各霸一方，敲詐勒索，為所欲為，而且往往與上層神仙有某種關係。這實質上是封建社會狀態的投影。小說對於宗教，特別是對於道教，進行了諷刺和嘲弄，它以嬉謔的筆調描繪宗教的神聖人物和神聖世界，佛教的如來被嘲笑為妖精的外甥，地府裡靠著人事關係可以隨意更改生死簿，理想的西方佛國竟以真經勒索賄賂，

---

[14] 袁行霈主編《中國文學史》（第四卷）北京：高等教育出版社。2005 年 7 月第二版。129-130 頁。

在取經路上唐僧恪守佛教「不殺生」的教條往往顯得愚蠢可笑，宗教的神聖莊嚴，在戲謔裡喪失殆盡。小說描寫孫悟空大鬧天宮和掃清取經路上的妖魔鬼怪，是作者在幻想中對明代社會現實進行批判。」[15]

韋鳳娟等諸位先生所論與吳翁承恩志怪之志相合。前此已敘，承恩在《禹鼎志序》中自言：「雖然吾書名為志怪，蓋不專明鬼，實紀人間變異，亦微有鑒戒寓焉。昔禹受貢金，寫形魑魅，欲使民違弗若。讀茲編者，儻慄然易慮，庶幾哉有夏氏之遺乎！國史非余敢議，野史其何讓焉？」，即名為「志怪野史」，暗為「議國史」。此為讀懂《西遊記》的關鍵。

小說主題分析的關鍵在主題性人物的確定。主題性人物是在某種處境中促使情節發生，推動情節發展、轉折，導致故事結局的人物。此人物及其處境就是主題所在。《西遊記》主題性人物為悟空、八戒、沙僧、小龍馬。他們在仙佛道三界處境中為何成為妖怪？為何皈依佛教跟隨如來徒弟金禪子（唐三藏）西行取經？一路西行所遇之各種妖怪的身份、來歷，為何成為妖怪及其結局，悟空自身人格變異等等，都是主題所在。

故而分析《西遊記》主題的關鍵在：

分析主要主題性兼線索性人物孫悟空人格個性及其人格變異的經歷，分析其經歷所展示的以玉帝為首的天仙界，以太上老君為首的道教界，以如來為首的佛教界以及他們一路西行所遇各種妖怪，我們方能看清《西遊記》仙、佛、道三界及其各種妖精的本質，我們也就能確定在仙、佛、道統治處境中唐僧為何西行取經？孫悟空、豬八戒、沙僧、小龍馬怎麼成為「妖

[15] 韋鳳娟、陶文鵬、石昌渝編著《新編中國文學史》（下卷）。北京人民教育出版社。1989 年 4 月。

怪」？作為「妖怪」的他們歷經苦難，被迫皈依仙、佛、道，保護百無一能的如來的徒弟金蟬子唐僧上西天取經，他們這些心學所謂「心猿意馬」收心，平心，靜心，最後得到如來佛祖認可，成為佛界中的一員（唐僧被封南無檀功德佛、孫悟空被封南無鬥戰勝佛、豬八戒被封南無淨壇使者菩薩、沙僧被封南無八寶金身羅漢菩薩），這一結局本質是什麼？！

　　通過全面具體分析，筆者以為《西遊記》充分體現承恩先生志怪之志：「雖然吾書名為志怪，蓋不專明鬼，實紀人間變異。」，因「國史非余敢議」而借「野史」刻畫揭露「國史」，且多「微言大義」之處。小說通過仙、佛、道三界誣孫悟空為「妖怪」，如來將他鎮壓在五行山下，豬八戒、沙僧、小白龍被玉皇大帝濫刑，貶下凡間成「妖怪」，然後被迫「皈依」佛教，保護百無一能的唐僧（如來弟子金蟬子）上西天取經，最後得到如來封賞，成為天仙、道教、佛教三界認可的佛、菩薩、羅漢的經歷，是封建專制王朝及其宗教文化原生態客觀十分生動的神話版：

　　玉帝為首的天庭仙官體系，是封建專制王朝神化版。臣服於玉帝，以太上老君為首的道教非老子、莊子之道，是中國道教的神化版。維護玉帝威權的如來為首的佛教，非釋迦牟尼真身，是中國化佛教的神化版。孫悟空一路西天之行所遇妖怪，因身為美女，因代表中國文化精神反對佛教，被佛教誣衊為妖怪者達十九個。真正妖魔總數有四十八個（不計被剿滅的小妖）：來自自然界人間的妖魔只有七個，僅占妖魔總數 15%。直接來自仙佛道三界的妖魔達四十一個，其中來自玉帝為首的天仙界的妖魔十六個，來自如來佛為首的佛教界的妖魔十二個，來自以太上老君為首的道教界的妖魔十三個，占妖魔總數 85%，更有玉帝、如來、觀音、文殊菩薩、普賢菩薩、太上老

君等等親身作怪危害人間,而且他們是妖怪們的後臺老闆。統治天地幽冥的仙、佛、道三界與自然界魔怪、民間匪徒一樣沒有孔孟之儒、老莊之道、釋迦牟尼菩提仁道之悟,是有社會制度體系的,有尊卑等級的,有各種冠冕堂皇理論裝飾的頂級妖怪魔鬼。

在這樣的神道社會處境中,有自我思想意志的孫悟空要違逆,反抗以玉帝為中心的仙、佛、道三界統治,追求自我意志,就是「妖怪」,被如來鎮壓在五行山下。天蓬元帥(豬八戒前身)追求嫦娥,被玉帝暴打兩千錘,貶下凡間成為一頭吃人的豬妖——豬剛鬣。捲簾大將(沙僧前身)失手打碎一隻玻璃盞,被玉帝暴打八百錘,貶下流沙河,成為吃人妖怪,還得遭受每七日一次利劍穿胸百餘回的折磨。在生存本能驅動下,他們被迫皈依如來,服從仙、道、佛,保護如來弟子金蟬子唐僧上西天取經,以求贖罪,得到仙道佛的承認即為「仙、佛」,不是「妖」。他們西行一路所遇妖怪大多來自仙、道、佛三界,包括玉帝、如來、太上老君、文殊菩薩、普賢菩薩、觀音菩薩等等親自作怪危害人間。在這樣的「妖魔」經歷中,原本有自我思想意志、行為,被佛教視為「心猿」的孫悟空人格異化,消除自我,由「二心」,成為「一心」,皈依佛門,「隱惡揚善」為仙佛道效勞,上西天被如來封為鬥戰勝佛。豬八戒、沙僧也不敢怨恨玉帝,只得收心,靜心,皈依,由「二心」,成為「一心」,豬八戒被封為南無淨壇使者菩薩,沙僧被封為南無八寶金身羅漢菩薩,重新成為仙佛道三界的奴才。承恩諷刺作為封建社會教化工具的心學,他表面讚揚天仙、佛教、道教三界與為其服務的心學,而三界的妖魔行為,孫悟空等人「皈依」所揭示的人格變異卻是對心學的反諷,因為他們皈依的是制度性的,有尊卑等級的,有各種冠冕堂皇理論裝飾的妖魔社會。

　　《西遊記》是中國封建專制社會政治與其宗教文化原生態客觀的神化版。中國封建專制社會政治與其宗教文化非孔孟仁德之儒、非老莊自由平等之道，想在這社會生存，或升遷，你就得皈依，順從妖魔社會專制威權及其相應的文化規則。與施翁耐庵先生的《水滸傳》完全相同，在文本表面吳承恩常常吹捧粉飾仙、佛、道三界，他們更是自吹自捧，相互美容，但他們的妖魔行為卻恰恰撕裂這些粉飾，露出妖魔真相。此為先生非常老道的反諷，冰山刺骨的黑色幽默，更是社會真相：封建社會專制統治者往往表面上冠冕堂皇，自我吹捧，同堂共舞，相互吹捧，天花亂墜，背地裡狼狽為奸，骯髒齷齪。

　　此下，筆者對承恩先生在《西遊記》刻意設計的明性主題與原生態客觀隱性主題進行具體分析。孫悟空是《西遊記》主題兼線索性人物。這一線索有兩階段：

　　第一階段。從第一回《靈根育孕源流出　心性修持大道生》石猴出身，到石猴飄洋過海學成金剛不壞之身的孫悟空，他大鬧天宮，一直到第七回《八卦爐中逃大聖　五行山下定心猿》被如來佛鎮壓五行山下。

　　第二階段。從第八回《我佛造經傳極樂　觀音奉旨上長安》被鎮壓在五行山受苦受難的孫悟空被迫答應觀音，皈依佛教，作唐僧徒弟。他與豬八戒、沙僧一路西行，擒殺各種妖怪，保護百無一能的唐僧，一直到第九十八回《猿熟馬馴方脫殼　功成行滿見真如》終於到達如來靈山雷音寺，第九十九回《九九數完魔滅盡　三三行滿道歸根》取經回東土，第一百回《徑回東土　五聖成真》他們奉召騰空重返靈山，唐三藏、孫悟空、豬八戒、沙僧、白龍馬都成了佛、菩薩。

　　我們從主題兼線索性主要人物孫悟空說起。

# 第一章　自我思想意志「心猿」悟空的「妖猴」經歷

　　從石猴出身，到石猴飄洋過海，學成金剛不壞之身的孫悟空，再到悟空大鬧天宮，被如來佛鎮壓五行山為第一部分。主要描述野性悟空出自本能的不受玉帝獨裁統治的自由平等思想意志。悟空在這一部分經歷有兩個階段：

　　第一回《靈根育孕源流出　心性修持大道生》他在花果山出生，到第三回《四海千山皆拱伏　九幽十類盡除名》石猴反抗玉帝威權，不伏閻王生死轄制，訪仙學道，跳出三界外，不在五行中，但因沒有得到仙、佛、道的承認，不在玉帝仙官名冊中被稱為「散仙」，辱稱為「妖怪」。

　　第四回《官封弼馬心何足　名注齊天意未寧》悟空不願為奴，不願被欺辱，立志齊天，大鬧天宮，到第七回《八卦爐中逃大聖　五行山下定心猿》被如來佛鎮壓在五行山下。

　　這七回自然野性的石猴，面對天帝專制權力的言語、行為特能體現人人生而就有的以自己生存、趨利避害、平等、自由為不可剝奪的權力意志本能慾望，即聯合國《人權宣言》：「人人生而自由，在尊嚴和權力上一律平等。」有自我思想意志者，就是

佛教所貶損滅絕的「心猿」。

## 第一節　美猴王：不服閻王管，訪仙學道，幸遇另類道中祖師

從第一回《靈根育孕源流出　心性修持大道生》花果山仙石誕生一自由野性石猴，到第三回《四海千山皆拱伏　九幽十類盡除名》，主要描述石猴對玉帝威權的反抗，不服閻王管，要長生，求平等。追求長生、平等是每一個生命的本能欲望，而滿足人類長壽、平等欲望是一切大眾宗教的共同處。

第一回敘述，東勝神洲海外的傲來國，海中有一座山，喚為花果山。此山乃「十洲之祖脈，三島之來龍」。山頂上一塊仙石，「受天真地秀，日精月華」，「內育仙胞，一日迸裂，產一石卵，似圓球樣大。因見風，化作一個石猴」，「目運兩道金光，射沖斗府」，驚動玉帝，但此猴此時並未成為玉帝威權的威脅，故而「玉帝垂慈賜恩曰：『下方之物，乃天地精華所生，不足為異。』」

請注意，玉帝此時並不以石猴為異己，因為天地四方萬物之生死興衰都在他的掌控之中。

石猴初生，享受著自然自由的生活，還沒有感覺到天地間那一隻無形的操控萬物生死興衰的天帝的手。「在山中，卻會行走跳躍，食草木，飲澗泉，采山花，覓樹果；與狼蟲為伴，虎豹為群，獐鹿為友，獼猿為親；夜宿石崖之下，朝遊峰洞之中。」一天天氣炎熱，群猴避暑，在松蔭下玩耍，去山澗洗澡。尋找澗水源頭，來到源流處，看見掛簾似的瀑布飛泉。眾猴說：「哪一個有本事的鑽進去，尋個源頭出來，不傷身體者，我等即拜他為王。」石猴瞑目蹲身，跳入瀑布中，發現了水簾洞，使群猴有了「花果山福地，水簾洞洞天」。群猴序齒排班，朝拜他為「千歲大王」，又稱美猴王。這以後他統領著猿猴、獼猴、馬猴，獨自為王，不

勝快樂。後來他得知生命受閻王管束，一日與群猴飲宴，忽然悲從中來，墮下眼淚，群猴相問：

> 猴王道：「我雖在歡喜之時，卻有一點兒遠慮，故此煩惱。」
> 眾猴又笑道：「大王好不知足！我等日日歡會，在仙山福地，古洞神州，不伏麒麟轄，不伏鳳凰管，又不伏人王拘束，自由自在，乃無量之福，為何遠慮而憂也？」猴王道：「今日雖不歸人王法律，不懼禽獸威服，將來年老血衰，暗中有閻王老子管著，一旦身亡，可不枉生世界之中，不得久住天人之內？」
>
> 眾猴聞此言，一個個掩面悲啼，俱以無常為慮。只見那班部中，忽跳出一個通背猿猴，厲聲高叫道：「大王若是這般遠慮，真所謂道心開發也！如今五蟲之內，惟有三等名色，不伏閻王老子所管。」
>
> 猴王道：「你知哪三等人？」猿猴道：「乃是佛與仙與神聖三者，躲過輪迴，不生不滅，與天地山川齊壽。」猴王道：「此三者居於何所？」猿猴道：「他只在閻浮世界之中，古洞仙山之內。」猴王聞之，滿心歡喜，道：「我明日就辭汝等下山，雲遊海角，遠涉天涯，務必訪此三者，學一個不老長生，躲過閻君之難。」

不受麒麟轄，不伏鳳凰管，不受人間帝王拘束的孫悟空還想不受閻王老子管，此時似乎還沒意識到閻王之上的玉帝。送別宴會後，美猴王登上木筏，撐篙渡海來到南贍部洲。他穿人衣，學人禮，學人話，穿州過府，不覺八九年，無緣得遇神仙。他再乘筏飄過西洋海，直到西牛賀洲地界，登岸來到一座林麓幽深秀麗的高山，得到一個唱歌樵夫的指點，來到神仙須菩提祖師所在的「靈台方寸山，斜月三星洞」。猴王拜須菩提祖師為師，苦心學

道，力求掙脫閻王生死轄制。隱居的菩提祖師是一個非常另類的道中人，他居住在「靈臺方寸山，斜月三星洞」[16]，即駐守自我心性者，其言行有佛道之精髓，與玉帝為首的天仙、太上老君為首的道教、如來為首的佛教作對，也當屬於佛教指控的有自我意志的「心猿」。

須菩提祖師屬於道中人，卻以佛教「菩提」為名，體現道佛結合。菩提即菩提樹，是釋迦牟尼悟道之處。請看他為美猴王取名顯示的佛道混合之悟道。美猴王進斜月洞見祖師，祖師詢問，得知他為仙石所化，為他取名孫悟空：

> 祖師笑道：「你身軀雖是鄙陋，卻像個食松果的猢猻。我與你就身上取個姓氏，意思教你姓『猢』。猢字去了個獸傍，乃是古月。古者，老也；月者，陰也。老陰不能化育，教你姓『孫』倒好。孫字去了獸傍，乃是個子系。子者，兒男也；系者，嬰細也。正合嬰兒之本論。教你姓『孫』罷。」猴王聽說，滿心歡喜，朝上叩頭道：「好！好！好！今日方知姓也。萬望師父慈悲！既然有姓，再乞賜個名字，卻好呼喚。」祖師道：「我門中有十二個字，分派起名到你乃第十輩之小徒矣。」猴王道：「那十二個字？」祖師道：「乃廣、大、智、慧、真、如、性、海、穎、悟、圓、覺十二字。排到你，正當『悟』字。與你起個法名叫做『孫悟空』好麼？」猴王笑道：「好！好！好！自今就叫做孫悟空也！」正是：鴻蒙初辟原無姓，打破頑空須悟空。

---

[16] 靈臺方寸：方寸之心即靈台。斜月三星：乃心之形。乚 即斜月，乚上、、、即三星，組合成心。菩提祖師以自心為居地，守自己的心，真老莊道之精髓。

嬰兒本論出自老子《道德經》,指人當返樸歸真,復歸嬰兒純淨人格境界。《道德經・第十章》:「專氣致柔能如嬰兒乎(人們呼吸吐納,能像嬰兒心平性柔嗎)?」《道德經・第二十章》:「我獨泊兮,其未兆,如嬰兒之未孩(我淡泊恬靜,一如還不會笑的嬰兒)。」《道德經・第二十八章》:「常德不離,復歸於嬰兒(謹守恆久長遠的道德,即回歸嬰兒純淨無邪狀態)。」《道德經・第五十五章》:「含德之厚,比於赤子(含德深厚的人,好比初生嬰兒)」。

「廣大、智慧、真如、性海、穎悟、圓覺」是穎悟成佛必須的關口。廣大、智慧、穎悟為詞語原意。真如,佛教術語,即永恆不變的最高真理或本體。性海,佛教術語,指真如之理性深廣如海。圓覺,又叫做無上覺,是佛教中覺的三種境界之一,指自覺其智慧和功行都已達到最高最圓滿的境界。「悟空」之「空」是佛教重要觀念。佛教認為,空是世界的本質,色是空的幻象,即「空即是色,色即是空」。在祖師看來:「悟空」並不是佛教消滅一切生命感覺之空,其圓覺涅槃的境界,即回歸於嬰兒本心之沒有污染的純淨。秉承老莊,「廣大、智慧、真如、性海、穎悟、圓覺」悟空者,煉成嬰兒孫之本心也。

在第二回《悟徹菩提真妙理　斷魔歸本合元神》文中說菩提祖師登壇高坐,開講大道,「說一會道,講一會禪,三家配合本如然。開明一字皈誠理,指引無生了性玄。」然後,他先試探,讓孫悟空學道教巫術:

> 術字門:請仙扶鸞,問卜揲蓍,能知趨吉避凶之理。流字門:精通儒家、釋家、道家、陰陽家、墨家、醫家,或看經,或念佛,並朝真降聖之類。靜字門:休糧守穀,清靜無為,參禪打坐,戒語持齋,或睡功,或立功,並入定坐關之類。動字門:有為有作,採陰補陽,攀弓踏弩,摩臍

過氣，用方炮製，燒茅打鼎，進紅鉛，煉秋石，並服婦乳
之類。

上述都是道教騙術。菩提祖師直言這些道教邪門巫術是騙
術，與長生無緣：術字門是「請仙扶鸞、問卜揲蓍」的巫術，流
字門是必定腐朽的「壁裡安柱」，靜字門是必定傾塌的「窯頭土
坯」，《西遊記》道教始祖太上老君煉外丹的動字門更是「水中
撈月」。悟空不學這些道教邪門巫術，菩提祖師故意責罵孫悟空
挑剔，打悟空三戒尺，倒背手，進裡屋，關閉中門。悟空悟出祖
師「盤中之暗迷」：三更時候，從後門來學道。祖師因悟空能打
破他「盤中之暗謎」，遂傳給他道教煉內丹的長生秘訣：

> 顯密圓通真妙訣，惜修生命無他說。都來總是<u>精氣神</u>，謹
> 固牢藏休漏泄。休漏泄，體中藏，汝受吾傳道自昌。口訣
> 記來多有益，屏除邪欲得清涼。得清涼，光皎潔，好向丹
> 臺賞明月。月藏玉兔日藏烏，自有龜蛇相盤結。相盤結，
> 性命堅，卻能火裡種金蓮。攢簇五行顛倒用，功完隨作佛
> 和仙。

請注意，《西遊記》中的道教祖師太上老君用巫術煉外丹即
「用方炮製，燒茅打鼎，進紅鉛，煉秋石」求長生，而隱居「靈
臺方寸山，斜月三星洞」的菩提祖師則煉內丹，即鍛煉「精氣神」：
「靈臺方寸山，斜月三星洞」[17]，一切都在心性，此可是道教長
生術的精髓，煉得「精氣神」可使人到達基因決定的生命極限。
當然人類不可能長生不死，照老莊之道看來，宇宙萬物所謂生
死，不過一輪回，沒有死，只有生，即從一種物質生命狀態轉變

---

[17] 靈臺方寸：方寸之心即靈臺。斜月三星，此心之形：乚 即斜月，周邊三、
即三星。菩提祖師以自心為居地，守自己的心，真道之精。

為另一種物質生命狀態。文中說孫悟空得到祖師口訣，煉成「與天同壽」。祖師要孫悟空提防「三災利害」，直言指責玉皇大帝這「天」之惡：

> 祖師道：「你既通法性，會得根源，已注神體，卻只是防備著『三災利害』。」悟空聽說，沉吟良久道：「師父之言謬矣。我常聞道高德隆，與天同壽，水火既濟，百病不生，卻怎麼有個三災利害？」祖師道：「此乃非常之道：<u>奪天地之造化，侵日月之玄機；丹成之後，鬼神難容</u>。雖駐顏益壽，但到了五百年後，天降雷災打你，須要見性明心，預先躲避。躲得過，壽與天齊，躲不過，就此絕命。再五百年後，天降火災燒你。這火不是天火，亦不是凡火，喚做『陰火』。自本身湧泉穴下燒起，直透泥垣宮，五臟成灰，四肢皆朽，把千年苦行，俱為虛幻。再五百年，又降風災吹你。這風不是東南西北風，不是和薰金朔風，亦不是花柳松竹風，喚做『贔風』。自囟門中吹入六腑，過丹田，穿九竅，骨肉消疏，其身自解。所以都要躲過。」悟空聞說，毛骨悚然，叩頭禮拜道：「萬望老爺垂憫，傳與躲避三災之法，到底不敢忘恩。」

這天可是玉皇大帝，誰竟敢私自煉成「與天同壽」，他可要滅誰。大家都知道，急雷閃電可以打死人，燒毀山林；火災毀滅田野、家園，颶風、颱風可以橫掃，摧毀鄉鎮，可這雷電可是玉帝手下雷公電母所掌，火災可是玉帝手下火德真君所掌，颶風颱風可是玉帝手下四海龍王和風婆子所掌。

可以說，須菩提祖師說「三災利害」是對玉皇大帝的揭露、諷刺。從表達手法論，這是對玉帝的間接描寫。從第十四回開始，被壓在五行山下的孫悟空被釋放，跟隨唐僧上西天取經一路所遇

妖魔鬼怪則是對玉帝為首的天神、太上老君為首的道教仙人、如來為首的菩薩的直接揭露、批判、諷刺。

祖師又傳給悟空躲避「三災利害」的七十二般變化和筋斗雲。一天，孫悟空賣弄手段，變成一顆松樹，眾人喝彩，驚動祖師。祖師責備他，要他回花果山。祖師知道孫悟空今後會大鬧天宮，與玉帝和菩薩作對，他的態度是：

> 祖師道：「你快回去，全你性命，若在此間，斷然不可！」悟空領罪，「上告尊師，我也離家有二十年矣，雖是回顧舊日兒孫，但念師父厚恩未報，不敢去。」祖師道：「哪裡甚麼恩義？你只是不惹禍不牽帶我就罷了！」
>
> 悟空見沒奈何，只得拜辭，與眾相別。祖師道：「你這去，定生不良。憑你怎麼惹禍行兇，卻不許說是我的徒弟。你說出半個字來，我就知之，把你這猢猻剝皮銼骨，將神魂貶在九幽之處，教你萬劫不得翻身！」悟空道：「決不敢提起師父一字，只說是我自家會的便罷。」

此可見菩提祖師非常另類，是一個與天帝、佛道作對而隱居的真正老莊道中人。他知道孫悟空這一去「定生不良」，即冒犯威脅玉帝威權，擾亂天界，打擊道教，震撼佛教，但他也逼悟空走。可以說，孫悟空大鬧天空，是隱身西牛賀洲「靈台方寸山，斜月三星洞」的菩提祖師的策劃或者說「陰謀詭計」。

此時的孫悟空變成一棵松，具有人格象徵意味。自從孔子說「歲寒，然後知松柏之後凋也」之後，松柏在中國文化精神中成為傲然不屈的人格意象。悟空本性就是松，他挺然屹立，獨傲蒼穹，玉帝威權不倒，雷霆難轟，刀斬不死，老君丹爐燒他不滅，最後被如來鎮壓在五行山下，在佛教緊箍咒下，悟空這松就開始他的變形變態之歷程。

就在這第二回，孫悟空一個筋斗雲，旋轉翻身回歸花果山。眼見花果山破敗，群猴凋零，他收羅失散猴群，殺了再次攻擊花果山的混世魔王，重振花果山。他向群猴宣佈自己學得「與天同壽真功夫，不死長生大法門」。

## 第二節　「心猿」悟空：下大海拿走定海神針，入幽冥強銷生死籍，挑戰玉帝

從第三回《四海千山皆拱伏　九幽十類盡除名》到第七回《八卦爐中逃大聖　五行山下定心猿》主要寫有自我思想意志「心猿」悟空大鬧天宮，最後被如來佛鎮壓在五行山下。請注意「心猿」一詞為佛教專用詞，用於貶損反對威權，具有自我思想意志者。「心猿」源自《敦煌變文集──維摩詰經講經文》「卓定深沉莫測量，心猿意馬罷癲狂」。以「心猿意馬」象徵有自我思想意志，不遵佛教者。悟空就是心猿，第十五回出現的小白龍就是意馬。

第三回，回到花果山的孫悟空為了防備人王、禽王、獸王以為他要「操兵造反」，而「興師來相殺」，他駕雲，潛入花果山外的傲來國，偷來刀槍劍戟，教群猴武藝。第二天排營統計群猴有四萬七千餘口，引得滿山「怪獸」狼蟲虎豹，共七十二洞「妖王」[18]都來參拜猴王。他封四個老猴為健將、兩個赤尻猴為馬、流二元帥，兩個通臂猿猴為崩、芭二將軍。此時花果山是一個自由小王國。悟空還有了外交成果，結拜牛魔王、蛟魔王、鵬魔王、獅駝王、獼猴王、犭禺犭王為兄弟。孫悟空除了偷得傲來國的刀槍劍戟之外，可沒有──以後也沒有──危害人間的妖邪行為，而他結拜的六兄弟可是真正的魔王。美猴王是一個嬰兒本性的野猴子，仗其神功，善待、感化一切生物，震撼玉帝獨霸之天地四面

───────────────

[18] 「怪獸」「妖王」皆佛教、道教所言，只要不遵佛道，就是「妖怪」。

八方。

　　驚動玉帝的是孫悟空潛入東海，向龍王敖廣強行索取武器、衣甲，拿走大禹治水留下的定海神針鐵（即金箍棒）。接著，他潛入幽冥地府，威脅十位閻王，強銷猴類生死籍，使九幽十類不受玉帝之閻王地獄管轄。這一情節，我們看四海龍王和幽冥界十位閻王的奏疏可知其梗概：

　　　　敖廣宣至靈霄殿下，禮拜畢。旁有引奏仙童，接上表文。
　　　　玉皇從頭看過。表曰：「水元下界東勝神洲東海小龍臣敖
　　　　廣啟奏大天聖主玄穹高上帝君：近因花果山生、水簾洞住
　　　　妖仙孫悟空者，欺虐小龍，強坐水宅，索兵器，施法施威；
　　　　要披掛，騁凶騁勢。驚傷水族，唬走龜鼉。南海龍戰戰兢
　　　　兢；西海龍淒淒慘慘；北海龍縮首歸降；臣敖廣舒身下拜。
　　　　獻神珍之鐵棒，鳳翅之金冠，與那鎖子甲、步雲履，以禮
　　　　送出。他仍弄武藝，顯神通，但云『聒噪！聒噪！』果然
　　　　無敵，甚為難制，臣今啟奏，伏望聖裁。懇乞天兵，收此
　　　　妖孽，庶使海嶽清寧，下元安泰。奉奏。」
　　　　聖帝覽畢，傳旨：「著龍神回海，朕即遣將擒拿。」老龍
　　　　王頓首謝去。
　　　　接著葛仙翁天師啟奏道：「萬歲，有冥司秦廣王齎奉幽冥
　　　　教主地藏王菩薩表文進上。」旁有傳言玉女，接上表文，
　　　　玉皇亦從頭看過。表曰：
　　　　「幽冥境界，乃地之陰司。天有神而地有鬼，陰陽轉輪；
　　　　禽有生而獸有死，反復雌雄。生生化化，孕女成男，此自
　　　　然之數，不能易也。今有花果山水簾洞天產妖猴孫悟空，
　　　　逞強行兇，不服拘喚。弄神通，打絕九幽鬼使；恃勢力，
　　　　驚傷十代慈王。大鬧羅森，強銷名號。致使猴屬之類無拘，
　　　　獼猴之畜多壽；寂滅輪回，各無生死。貧僧具表，冒瀆天

威。伏乞調遣神兵，收降此妖，整理陰陽，永安地府。謹
奏。」
　　玉皇覽畢，傳旨：「著冥君回歸地府，朕即遣將擒拿。」
秦廣王亦頓首謝去。

　　可見，在玉帝眼裡，天地萬物均歸他所有，萬物生死均由他
操控。自然生命悟空得長生，沒得他許可承認，就是「妖怪」。
從東海拿走他霸佔的龍王掌管的大禹治水留下的定海神針，下地
獄強銷他決定的閻王掌管的猴類生死籍，就是「寂滅輪迴」，「冒
瀆天威」，即佛教所謂有自我心性思想意志的「心猿」。
　　於是玉帝決定派遣神將擒拿悟空。

## 第三節　「心猿」悟空：不願爲奴，大鬧天宮，志在「齊天」

　　玉皇大帝獨霸三界，一切都是他的，一切生命萬物之禍福、
生死輪迴、身份等級均得由他裁定。他的意志就是天意，不可違
逆，違逆者即是「妖怪」。玉帝從千里眼、順風耳口中得知「這
猴乃三百年前天產石猴。當時不以為然，不知這幾年在何方修煉
成仙，降龍伏虎，強銷死籍也。」他問：「哪路神將下界收伏？」
於是《西遊記》仙界老好人太白長庚星第一次出場，他要玉帝「念
生化之慈恩」，招安孫悟空：

> 班中閃出太白長庚星，俯首啟奏道：「上聖三界中，凡有
> 九竅者，皆可修仙。奈此猴乃天地育成之體，日月孕就之
> 身，他也頂天履地，服露餐霞；今既修成仙道，有降龍伏
> 虎之能，與人何以異哉？臣啟陛下，可念生化之慈恩，降
> 一道招安聖旨，把他宣來上居，授他一個大小官職，與他
> 籍名在錄，拘束此間，若受天命，後再升賞；若違天命，

就此擒拿。一則不動眾勞師，二則收仙有道也。」玉帝聞
言甚喜，道：「依卿所奏。」即著文曲星官修詔，著太白
金星招安。

這是玉帝第一次招安孫悟空，讓在自由意志孫悟空「受天
命」，即接受他玉帝的轄制。於是太白金星來到花果山招安孫悟
空。得知上天差來的天使，有聖旨相請，孫悟空「聽得大喜」。
他也急於進入玉帝正式的仙官編制，得免「妖仙」之名，正如文
中所說「高遷上品天仙位，名列雲班寶籙中」。

第四回孫悟空進入南天門所見，這仙境完全是人間帝王威權
的神話翻版：

初登上界，乍入天堂。金光萬道滾紅霓，瑞氣千條噴紫霧。
只見那南天門，碧沉沉，琉璃造就；明幌幌，寶玉妝成。
兩邊擺數十員鎮天元帥，一員員頂梁靠柱，持銑擁旄；四
下列十數個金甲神人，一個個執戟懸鞭，持刀仗劍。外廂
猶可，入內驚人：裡廂有幾根大柱，柱上纏繞著金鱗耀日
赤鬚龍；又有幾座長橋，橋上盤旋著彩羽凌空丹頂鳳。明
霞幌幌映天光，碧霧濛濛遮斗口。這天上有三十三座天
宮，乃遣雲宮、毗沙宮、五明宮、太陽宮、花藥宮、……
一宮宮脊吞金穩獸；又有七十二重寶殿，乃朝會殿、凌虛
殿、寶光殿、天王殿、靈官殿、……一殿殿柱列玉麒麟。
壽星臺上，有千千年不卸的名花；煉藥爐邊，有萬萬載常
青的繡草。又至那朝聖樓前，絳紗衣，星辰燦爛；芙蓉冠，
金璧輝煌。玉簪珠履，紫綬金章。金鐘撞動，三曹神表進
丹墀；天鼓鳴時，萬聖朝王參玉帝。又至那靈霄寶殿，金
釘攢玉戶，彩鳳舞朱門。複道回廊，處處玲瓏剔透；三簷
四簇，層層龍鳳翔翔。上面有個紫巍巍，明幌幌，圓丟丟，

亮灼灼，大金葫蘆頂；下面有天妃懸掌扇，捧仙巾。惡狠狠，掌朝的天將；氣昂昂，護駕的仙卿。正中間，琉璃盤內，放許多重重疊疊太乙丹；瑪瑙瓶中，插幾枝彎彎曲曲珊瑚樹。正是天宮異物般般有，世上如他件件無。金闕銀鑾並紫府，琪花瑤草暨瓊葩。朝王玉兔壇邊過，參聖金烏著底飛。猴王有份來天境，不墮人間點污泥。

這可真是非儒、非道、非佛的帝王頂級奢侈生活。孫悟空到靈霄殿體現的個性是自然野性。這自然野性就是沒有等級秩序，回歸自然，萬物平等的真正老莊之道，卻被眾仙卿指責：

太白金星，領著美猴王，到於靈霄殿外。不等宣詔，直至御前，朝上禮拜。悟空挺身在旁，且不朝禮，但側耳以聽金星啟奏。金星奏道：「臣領聖旨，已宣妖仙到了。」（沒有得到玉帝承認就是「妖仙」。）玉帝垂簾問曰：「哪個是妖仙？」悟空卻才躬身答道：「老孫便是！」仙卿們都大驚失色道：「這個野猴！怎麼不拜伏參見，輒敢這等答應道：『老孫便是！』卻該死了！該死了！」玉帝傳旨道：「那孫悟空乃下界妖仙，初得人身，不知朝禮，且姑恕罪。」眾仙卿叫聲「謝恩！」猴王卻才朝上唱個大喏。

只因沒在仙道佛三界體制內，沒得到仙道佛三界的認可，就是「妖」，玉帝、金星、眾仙卿都稱孫悟空為「妖仙」，這是無禮。孫悟空不願遵守天宮等級秩序，自稱「老孫」，這是民間俗語，並無違逆禮儀處，但在等級制度森嚴的專制天宮就「該死」。老子和莊子提倡道法自然，萬物平等，所以從來沒有得到專制統治者的喜愛。《西遊記》中的老子已經被封建社會道教異化，是玉皇大帝鷹犬，是以水銀煉丹的愚蠢的太上老君。

孫悟空得封御馬監的弼馬溫，歡歡喜喜赴任。沒有幾天，他

從手下人口中得知這弼馬溫是「未入流」,「最低最小」,不是官的「官」,如果殷勤「餵得馬肥,只落得道聲『好』字」,如果餵的不好則要「見責」,傷損更要「罰贖問罪」。悟空惱怒:

> 猴王聞此,不覺心頭火起,咬牙大怒道:「這般藐視老孫!老孫在花果山,稱王稱祖,怎麼哄我來替他養馬?養馬者,乃後生小輩,下賤之役,豈是待我的?不做他!不做他!我將去也!」

孫悟空憤怒「玉帝輕賢」,也就是沒有尊重他,封他高級仙官,反而為奴。他反出天宮,回到花果山,再為猴王,自封「齊天大聖」,並在花果山豎起「齊天大聖」旌旗。悟空並無以玉帝為正統權威的觀念,你玉帝不欣賞我,不封我,我自己欣賞自己,自己封自己。得知孫悟空嫌官小,「反下天宮」,回花果山,玉帝要「擒拿此怪」。不服從他玉帝,就是「妖怪」。玉帝封托塔天王李靖為降魔大元帥,哪吒為三壇海會大神,興師下界征討孫悟空。孫悟空先後打敗巨靈神、哪吒、李天王。他知道玉帝要他「皈依」,他皈依的要價是做「齊天大聖」:

> 悟空笑道:「小太子,你的奶牙尚未退,胎毛尚未乾,怎敢說這般大話?我且留你的性命,不打你。你只看我旌旗上的是甚麼字型大小,拜上玉帝:是這般官銜,再也不須動眾,我自皈依;若是不遂我心,定要打上靈霄寶殿。」哪吒抬頭看處,乃「齊天大聖」四字。哪吒道:「這妖猴能有多大神通,就敢稱此名號!不要怕!吃吾一劍!」

「齊天」就是與「天齊」,中國神話這「天」可是玉皇大帝。孫悟空自由野猴,不服玉帝威權。打敗李天王和哪吒率領的天兵天將之後,孫悟空六位結拜兄弟都來慶賀。這些真妖怪也反抗玉皇的專制獨裁,自封為大聖:

你看那猴王得勝歸山,那七十二洞妖王與那六弟兄,俱來賀喜。在洞天福地,飲樂無比。他卻對六弟兄說:「小弟既稱齊天大聖,你們亦可以大聖稱之。」內有牛魔王忽然高聲叫道:「賢弟言之有理,我即稱做個平天大聖。」蛟魔王道:「我稱覆海大聖。」鵬魔王道:「我稱混天大聖。」獅駝王道:「我稱移山大聖。」獼猴王道:「我稱通風大聖。」獝狨王道:「我稱驅神大聖。」此時七大聖自作自為,自稱自號,要樂一日,各散訖。

上述封號,特別體現人類本能中的權力意志欲望。孫悟空要「齊天」,牛魔王要「平天」,體現人類自尊、自愛,要求「平等、自由」的權力意志本能慾望,但如果在一個社會人類權力意志欲望得不到公開公正公平的實現,就會產生反抗欲望和行為:蛟魔王要「覆海」,鵬魔王要「混天」,獅駝王要「移山」,獼狨王要「驅神」。

李天王敗回靈霄寶殿。玉帝得知孫悟空要封「齊天大聖」,不然打上靈霄殿,他驚訝妖猴狂妄,要「著眾將即刻誅之」。和事佬太白金星再次出班,他建議玉帝,欺騙孫悟空,即「就封他個齊天大聖」,但「有官無祿」,即「名是齊天大聖,只不與他事管,不與他俸祿,且養在天壤之間,收他邪心,使不狂妄,庶乾坤安靖,海宇得清寧也。」玉帝只得答應,於是太白金星第二次來花果山招安。孫悟空又一次「大喜」,回到天界。這一回孫悟空再到天宮的待遇可與第一次大不同:

孫悟空來到南天門,「那些天丁天將,都拱手相迎」。玉帝也不叫他「妖仙」,說:「那孫悟空過來,今宣你做個『齊天大聖』。官品極矣,但且不可胡為。」孫悟空「亦止朝上唱個喏」,也「道聲謝恩」,玉帝命令工幹官張、魯二班,為孫悟空修建齊天大聖府,府內設兩個司:安靜司、寧神司,還有仙吏左右扶持。

又差五斗星君送悟空赴任，賜給御酒二瓶，金花十朵，「著他安心定志，再勿胡為」。被欺騙的孫悟空「心滿意足，喜地歡天」，且看守桃園有桃子吃，他也不吵鬧。正因為「有官無祿」，王母娘娘蟠桃宴沒有請他，受到蔑視。孫悟空感覺受辱，他先偷桃，後偷酒，攪亂蟠桃大會，又竊了太上老君的仙丹，並將御酒偷來花果山與群猴共用。於是：

> 玉帝大惱。即差四大天王，協同李天王並哪吒太子，點二十八宿、九曜星官、十二元辰、五方揭諦、四值功曹、東西星斗、南北二神、五嶽四瀆、普天星相，共十萬天兵，布一十八架天羅地網下界，去花果山圍困，定捉獲那廝處治。眾神即時興師，離了天宮。

## 第四節　「心猿」悟空被壓五行山：「太上老君」非老子，「如來」非釋迦牟尼

孫悟空再次大鬧天宮。他打退哪吒，戰敗李天王為首的五大天王，卻敗於道、佛。第六回，應邀赴宴，恰逢此戰的觀音詢問妖猴的來歷，玉帝的回答體現何謂「妖怪」：

> 菩薩道：「妖猴是何出處？」玉帝道：「妖猴乃東勝神洲傲來國花果山石卵化生的。當時生出，即目運金光，射沖斗府。始不介意，繼而成精，降龍伏虎，自削死籍。（自己「降龍伏虎，自削死籍」，不服從玉帝威權就是「妖精」。）當有龍王、閻王啟奏。朕欲擒拿，是長庚星啟奏道：『三界之間，凡有九竅者，可以成仙。』朕即施教育賢，宣他上界，封為御馬監弼馬溫官。那廝嫌惡官小，反了天宮。即差李天王與哪吒太子收降，又降詔撫安，宣至上界，就封他做個『齊天大聖』，只是有官無祿。他因沒事幹管理，

東遊西蕩。朕又恐別生事端,著他代管蟠桃園。他又不遵法律,將老樹大桃,盡行偷吃。及至設會,他乃無祿人員,不曾請他,他就設計賺哄赤腳大仙,卻自變他相貌入會,將仙肴仙酒盡偷吃了,又偷老君仙丹,又偷御酒若干,去與本山眾猴享樂。朕心為此煩惱,故調十萬天兵,天羅地網收伏。這一日不見回報,不知勝負如何。」

在玉帝看來不服從我天界威權,自個「降龍伏虎,自削死籍,自封齊天大聖」就是妖怪。他謊言欺騙悟空,「有官無祿」辱損悟空尊嚴,刺激悟空,迫使他大鬧天宮。觀音令徒弟惠岸前往花果山打探。孫悟空打敗惠岸,觀音推薦玉帝外甥二郎神征討悟空。

第六回孫悟空孤身大戰二郎神和他的梅山六兄弟。太上老君前身是老子李冉,但完全沒有半點老子的影子,是玉帝的高級奴才。在南天門觀戰,太上老君與觀音暗中較勁,比試法力,他用金鋼琢打中孫悟空天靈蓋。孫悟空跌倒,再被二郎神的神犬咬了一口,二郎神和六兄弟「一擁按住,即將繩索捆綁,使勾刀穿了琵琶骨」而被生擒。

第七回玉帝命令大力鬼王押悟空上斬妖台,綁縛降妖柱,刀砍斧剁,不能傷其身。火部眾神放火也燒不死。雷部眾神以雷屑釘打,不能傷猴毛。看看老君的行為:

那大力鬼王與眾啟奏道:「萬歲,這大聖不知是何處學得這護身之法,臣等用刀砍斧剁,雷打火燒,一毫不能傷損,卻如之何?」玉帝聞言道:「這廝這等,這等如何處治?」太上老君即奏道:「那猴吃了蟠桃,飲了御酒,又盜了仙丹,⋯⋯我那五壺丹,有生有熟,被他都吃在肚裡。運用三昧火,煆成一塊,所以渾做金鋼之軀,急不能傷。不若與老道領去,放在『八卦爐』中,以文武火煆煉。煉出我

的丹來，他身自為灰燼矣。」玉帝聞言，即教六丁、六甲，將他解下，付與老君。老君領旨去訖。……

那老君到兜率宮，將大聖解去繩索，放了穿琵琶骨之器，推入八卦爐中，命看爐的道人，架火的童子，將火煽起煆煉。

這老君可不是宣導自然自由平等的老子，完全被道教異化，是用人為材料煉丹的邪教老奴。這一鍛煉，將悟空焚燒了七七四十九天。天界一天就是下界一年，老君將孫悟空煆煉了四十九年，但他沒能如願，悟空還是跑了：

真個光陰迅速，不覺七七四十九日，老君的火候俱全。忽一日，開爐取丹，那大聖雙手侮著眼，正自搓揉流涕，只聽得爐頭聲響。猛睜眼看見光明，他就忍不住，將身一縱，跳出丹爐，唿喇的一聲，蹬倒八卦爐，往外就走。慌得那架火、看爐，與丁甲一班人來扯，被他一個個都放倒，好似癲癇的白額虎，瘋狂的獨角龍。老君趕上抓一把，被他一捽，捽了個倒栽蔥，脫身走了。即去耳中掣出如意棒，迎風晃一晃，碗來粗細，依然拿在手中，不分好歹，卻又大亂天宮，打得那九曜星閉門閉戶，四天王無影無形。

太上老君不是老子，完全冒名頂替。老子年高，離開周都，歸隱求道，騎牛過函谷關，關令尹喜求他傳道。他留下五千言《道德經》，自己歸隱山野，就是為了遠離權利，尋取自由，追求化生宇宙萬物、操控宇宙萬物之道。此老君想煉孫悟空成長壽丹藥沒成功，孫悟空從煉丹爐逃跑，再一次大鬧天宮，驚動玉帝。玉帝派游奕仙官上西方請來佛祖如來。於是如來佛前來「煉魔救駕」。請看，孫悟空與如來佛在靈霄殿前的對話：

悟空說：「……在因凡間嫌地窄，立心端要住瑤天。靈霄

寶殿非他久,歷代人王有分傳。強者為尊該讓我,英雄只此敢爭先。」佛祖聽言,呵呵冷笑道:「你那廝乃是個猴子成精,焉敢欺心,要奪玉皇上帝尊位?他自幼修持,苦歷過一千七百五十劫。每劫該十二萬九千六百年。你算,他該多少年數,方能享受此無極大道?你那個初世為人的畜生,如何出此大言!不當人子!不當人子!折了你的壽算!趁早皈依,切莫胡說!但恐遭了毒手,性命頃刻而休,可惜了你的本來面目!」大聖道:「他雖年久修長,也不應久佔在此。常言道:『皇帝輪流做,明年到我家。』只教他搬出去,將天宮讓與我,便罷了。若還不讓,定要攪亂,永不清平!」(此番對答,悟空所言特體現筆者「導論」所言人人皆有的要求平等共享,支配社會按照自我意志運轉的權利意志本能慾望。如果一個社會人們權利意志本能慾望不能得到公開公正公平的實現,由某些人獨霸,就會出現普遍的敵對,如來卻為玉帝獨霸做謊言辯護。)佛祖道:「你除了生長變化之法,再有何能,敢佔天宮勝境?」

大聖道:「我的手段多哩!我有七十二般變化,萬劫不老長生。會駕筋斗雲,一縱十萬八千里。如何坐不得天位?」佛祖道:「我與你打個賭賽:你若有本事,一筋斗打出我這右手掌中,算你贏,再不用動刀兵苦爭戰,就請玉帝到西方居住,把天宮讓你;若不能打出手掌,你還下界為妖,再修幾劫,卻來爭吵。」

這一段孫悟空與如來佛的對話特有意思。如來佛說玉帝「他自幼修持,苦歷過一千七百五十劫。每劫該十二萬九千六百年。你算,他該多少年數,方能享受此無極大道?」這一說法既完全悖逆佛教色空觀念,也不合儒家以仁德治天下。佛教經典《多心

經》說「空即是色，色即是空。空中無色，色中無空。一切受、想、行、識亦復如是。」說空才是宇宙的本質，宇宙一切色相都是空的幻象。這色相就包括權利、色欲、金錢等，如來佛說玉皇大帝應該「享受此無極大道」，相當於他說宋徽宗應該享用花石綱，應該掘地道與東京名妓李師師、趙元奴幽會。可見，這佛非佛，完全是俗人一個。而且這如來權力之大，可以自己做主，如果孫悟空打賭獲勝，他可以移居玉帝到西方，把天宮讓給孫悟空。

悟空所言「靈霄寶殿非他久，歷代人王有分傳。強者為尊該讓我，英雄只此敢爭先」與「皇帝輪流做，明年到我家」特別體現他強烈的權利意志本能欲望，相當於陳涉起事時宣言：「帝王將相寧有種乎？」現今聯合國《世界人權宣言》「人人生而自由，在尊嚴和權利上一律平等。」體現了每一個人生而就有的平等權利意志本能欲望，孫悟空是先行者，被強權鎮壓。

孫悟空沒能跳出如來手掌心，如來將自己手指化作五行山，「殄滅了妖猴」。此如來非佛。於是玉帝舉行「安天大會」，請再看此如來之非佛：

> ……請如來高坐七寶靈臺（佛教八戒第七戒：「不坐臥高大床」，何況七寶靈臺。這七寶築成的心型坐臺，可是硨磲、瑪瑙、水晶、珊瑚、琥珀、珍珠、麝香構成。佛教各經典所記七寶有區別，但在古時都是寶物，這也體現印度佛教後世遠離釋迦牟尼。鳩摩羅升所譯《阿彌托經》說七寶為金、銀、琉璃、玻璃、硨磲、赤珠、瑪瑙。玄奘所譯《稱讚淨土經》說七寶為金、銀、琉璃、頗胝伽、牟娑羅揭拉婆、赤珍珠、阿濕摩揭拉婆。《般若經》記七寶為金、銀、琉璃、珊瑚、琥珀、硨磲、瑪瑙。《法華經》記七寶為金、銀、琉璃、硨磲、瑪瑙、珍珠、玫瑰。這可都是「色」！是「空」？！除非眼睛瞎了。）調設各班座位，安排龍肝

鳳髓、（佛教八戒第一戒「不殺生」。這可是活龍的心肝，活鳳凰的脊髓啊！）玉液蟠桃。……不一時，那玉清元始天尊、上清靈寶天尊、太清道德天尊、五氣真君、五斗星君、三官四聖、九曜真君、左輔、右弼、天王、哪吒、元虛一應靈通，對對旌旗，雙雙幡蓋，都捧著明珠異寶，壽果奇花，向佛前拜獻。（財寶進獻。）……王母娘娘引一班仙子、仙娥、美姬、美女飄飄蕩蕩舞向佛前，（美女舞蹈奉佛，而佛教八戒第三戒淫邪。第六戒香華，即花不上頭、身，香油不塗身，不歌舞，倡妓不往觀聽。）施禮曰：「前被妖猴攪亂蟠桃一會，今蒙如來大法鏈鎖頑猴，喜慶『安天大會』，無物可謝，今是我淨手親摘大株蟠桃數枚奉獻。」……壽星又到。見玉帝禮畢，又見如來，申謝道：「始聞那妖猴被老君引至兜率宮煅煉，以為必致平安，不期他又反出。幸如來善伏此怪，設宴奉謝，故此聞風而來。更無他物可獻，特具紫芝瑤草，碧藕金丹奉上。」……赤腳大仙又至，向玉帝前俯囱禮畢，又對佛祖謝道：「深感法力，降伏妖猴。無物可以表敬，特具交梨二顆，火棗數枚奉獻。」

辭別玉帝眾神，如來出天門，召土地神居住五行山，與五方揭諦配合監押孫悟空，說：「他饑時，與他鐵丸吃；口渴時，與他溶化的銅汁飲。待他災愆滿日，自有人救他。」文中詞曰：

> 妖猴大膽反天宮，卻被如來伏手降。渴飲溶銅捱歲月，饑餐鐵彈度時光。
> 天災苦困遭磨折，人事淒涼喜命長。若得英雄重展挣，他年奉佛上西方。

五方揭諦是佛教五方守護大力神：金光揭諦、銀頭揭諦、波

羅揭諦、波羅僧揭諦、摩訶揭諦[19]，但又在玉帝天宮仙官體系中。土地神可是玉帝主管土地的三官大帝之一地官屬下。如來可以擅自調動，可見如來權勢之大。他讓被鎮壓在五行山下的孫悟空五百年吃鐵丸，喝銅汁，可見如來之惡。而他不殺孫悟空，就在要他皈依他如來佛，「奉佛上西方」，做奴才，即詩中所言「若得英雄重展掙，他年奉佛上西方」。

佛教第一戒就是不殺生，這如來卻吃「龍肝鳳髓」。第十回涇河龍王被斬於「剮龍台」，可見這剮龍台為玉帝斬龍專用，方式是「剮」，即一刀一刀削片，專供玉帝等燒烤或湯鍋烹煮。第二十五回鎮元大仙鞭打孫悟空的皮鞭，「不是什麼牛皮、羊皮、麂皮、牛犢皮，原來是龍皮做的七星鞭」。可見這「剮」是剮活活地剝皮，再活活地剮肉。佛教經典《多心經》說「空不異色，色不異空；空即是色，色即是空」，要佛徒們消滅一切生命感覺，「無眼耳鼻舌身意，無色身香味觸法」，而如來自己卻欣然享受玉帝奉獻天庭新剮龍肝鳳髓、金銀珠寶、美食美女舞蹈等萬般色相，他完全無戒，無「空」。可見此如來非真如來，是一個假冒佛祖如來之名，行霸天地的大奸雄。

第八回《我佛造經傳極樂　觀音奉旨上長安》如來儀仗宏大、色相萬般、威風凜凜地回到靈山大雷音寶剎，向手下諸佛、阿羅、揭諦、菩薩、金剛、比丘僧尼自誇：「玉帝大開金闕瑤宮，請我坐了首席，立安天大會謝我，卻方辭駕而回。」他將帶回的寶盆中「百樣奇花，千般異果」等品物，著迦葉布散給諸佛、阿羅、揭諦、菩薩、金剛、比丘僧尼。奴才們感激，各各獻詩奉承如來：

---

[19]　「揭諦」：意為「去」，從痛苦中走向解脫，從無明中走向覺照，從二走向不二。《般若婆羅蜜多心經》「揭諦，揭諦」的意思是「去呀，去呀」。

福詩曰:福聖光耀性尊前,福納彌深遠更綿。福德無疆同地久,福緣有慶與天連。福田廣種年年盛,福海洪深歲歲堅。福滿乾坤多福蔭,福增無量永周全。

祿詩曰:祿重如山彩鳳鳴,祿隨時泰視長庚。祿添萬斛身康健,祿享千鐘也太平。祿俸齊天還永固,祿名似海更澄清。祿思遠繼多瞻仰,祿爵無邊萬國榮。

壽詩曰:壽星獻彩對如來,壽域光華自此開。壽果滿盤生瑞靄,壽花新採插蓮臺。壽詩清雅多奇妙,壽曲調音按美才。壽命延長同日月,壽如山海更悠哉。

眾菩薩獻畢,因請如來明示根本,指解源流。那如來微開善口,敷演大法,宣揚正果,講的是三乘妙典,五蘊得嚴。但見那天龍同繞,花雨繽紛。

這如來追求極度絕頂「福祿壽」,心身皆色,心內身外色相繽紛,非佛。他所講「三乘妙典」,也不過就是追求「福、祿、壽」的妙典,但即便追求福祿壽,沒有思想和行動,盤腿坐著唱頌如來「三乘妙典」,這福、祿、壽就來了嗎?

筆者想承恩先生該加一個來自史實的情節:全球封建專制帝王們得知上帝都須佛祖如來保護才能安坐靈霄寶殿,必定皈依佛教,必定每日念佛,供奉龍肝鳳髓、奇珍異寶,精選美女配寢,以求自己江山永固。毫無疑問,非常真實,這是佛教之所以在封建專制國度得到吹捧,流布天下,但在西方平等自由國家卻受到冷遇的根本原因。佛教以假為真,以真為假,以空無為實有,以實有為空無,要專制社會奴隸們消滅一切生命感覺、慾望,服從皇帝們的專制霸權,皇帝們當然特高興,特推崇。

# 第二章　自我思想意志「心猿」悟空人格變異「成佛」的經歷

第八回《我佛造經傳極樂　觀音奉旨上長安》承恩先生在此刻意設下伏筆，讓如來肆口亂言，隨後揭露其謊言累累，顛倒黑白，不知羞恥。如來說：

> 東勝神州（印度彌陀佛須彌山所在地區）者，敬天敬地，心爽氣和；百鉅蘆洲（印度鍵陀螺神所在印度北部地區）者，雖好殺生，只因糊口，性拙情疏，無多作踐；我西牛賀洲（如來大雷音寺所在）者，不貪不殺，養氣潛靈，雖無上真，人人固壽，但那南贍部洲（大唐中國）者，貪淫樂禍，多殺多爭，正所謂口舌兜場，是非惡海。我今有三藏真經，可勸人為善。

如來要觀音前往東土，尋一個善信（即被如來殘害的徒弟金蟬子）「到我處求取真經，永傳東土，勸化眾生」。然而其後唐僧西行取經在貞觀之治的唐太宗中國境內，無一個妖怪，而出境上西方卻妖怪越來越多，85％都來自天仙、佛教、道教，且玉帝等各位天仙、太上老君等各位道仙、如來等各位菩薩是他們的後臺老闆，更有他們自己為魔作怪，殘害人間，此佛經可是妖經。

於是觀音聽命前往東土尋找金蟬子作取經人。

這使孫猴子得以出五行山，護送如來徒弟金蟬子唐僧上西天取經。可見孫猴子沒被如來弄死，就因徒弟金蟬子取經需要保護者。第八回交代為取經，如來授予觀音的三個「緊箍兒」，說：「我有『金緊禁』的咒語三篇。假若路上撞見神通廣大的妖魔。你須是勸他學好，跟那取經人做個徒弟。他若不伏使喚，可將此箍兒與他帶在頭上，自然見肉生根。各依所用的咒語念一念，眼脹頭痛，腦門皆裂，管教他入我門來。」這是如來叫人皈依佛門的惡法，非佛性、佛行。

## 第一節　唐僧、八戒、沙僧、白龍馬的來歷

觀音奉如來旨意到長安尋取取經人。我們不說其他，單說先後出現的取經人沙僧、豬八戒、西海龍王之子小玉龍、唐僧陳玄奘的身世由來，就可見玉帝、如來皆是頂級惡魔。

第八回觀音與徒弟惠岸相中的第一個魔怪是沙河怪。沙河怪在流沙河吃人，他不知今日所見是觀音菩薩，與惠岸大戰了十餘回合。相互問來歷，沙河怪聽得他們是觀音與徒弟惠岸，便曲腿跪拜，向觀音自述身世：

> 怪物聞言，連聲喏喏，收了寶杖，讓木吒揪了去見觀音。納頭下拜，告道：「菩薩，恕我之罪，待我訴告。我不是妖邪，我是靈霄殿下侍鑾輿的捲簾大將。<u>只因在蟠桃會上，失手打碎了玻璃盞，玉帝把我打了八百，貶下界來，變得這般模樣；又教七日一次，將飛劍來穿我胸脅百餘下方回，故此這般苦惱</u>。沒奈何，饑寒難忍，三二日間，出波濤尋一個行人食用。不期今日無知，衝撞了大慈菩薩。」菩薩道：「你在天有罪，既貶下來，今又這等傷生，正所謂罪上加罪。我今領了佛旨，上東上尋取經人。你何不入

我門來，皈依善果，跟那取經人做個徒弟，上西天拜佛求
經？我教飛劍不來穿你。那時節功成免罪，復你本職，心
下如何？」

那怪道：「我願皈正果。」……菩薩方與他摩頂受戒，指
沙為姓，就姓了沙，起個法名，叫做個沙悟淨。當時入了
沙門，送菩薩過了河，他洗心滌慮，再不傷生，專等取經
人。

一個靈霄殿下侍鑾輿的捲簾大將，僅僅不小心失手打碎了玻
璃盞，玉帝就暴打他八百錘，貶下凡間，讓他成為「這般模樣」：
「青不青，黑不黑，晦氣色臉；長不長，短不短，赤腳筋軀。眼
光閃爍，好似灶底雙燈；口角丫叉，就如屠家火缽。獠牙撐劍
刃，紅髮亂蓬鬆。」還要「七日一次，飛劍穿我胸脅百餘下方回」。

這玉帝當是天下最惡、最毒者，伺候他的臣僚、僕從們隨時
都該提心吊膽，被打下凡間日夜受罪者當為數眾多。觀音對玉帝
的惡性惡行啞口無言，反說沙河怪「你有罪在天」，貶下凡間吃
人，是「罪上加罪」。她要沙河怪做取經人徒弟，許諾「我叫飛
劍不來穿你」，「功成免罪，復你本職」。皈依就重享天界天仙
潑天富貴，不皈依則生不如死，卻又死不了。面對這兩種前途，
前捲簾大將沙河怪也只能選擇皈依，再求「正果」。

可見這「正果」的本質：重新成為暴君治下的奴才。而且，
前捲簾大將在流沙河吃人度日，掌管天地幽冥三界的玉帝和觀世
音竟然沒有一絲反應。據第二十二回這前捲簾大將對八戒說：「飽
時困臥此山中，餓去翻波尋食餉。樵子逢吾命不存，漁翁見我身
皆喪。來來往往吃人多，翻翻覆覆傷生瘴。」他要吃豬八戒，不
嫌豬皮粗厚，還會紅案烹調：「你敢行兇到我門，今日肚皮有所
望。莫言粗糙不堪嘗，拿住消停剁鮓醬。」

觀音沒有責罵玉帝，她為沙河怪摩頂受戒，取名沙悟淨。「淨」

是佛教術語，指信佛者要清靜六根。六根指六種感覺器官的感覺能力，也即六識所依的六種根：眼根、耳根、鼻根、舌根、身根、意根。六根能生六識：眼根生眼識，能見眾色而動色心。耳根生耳識，能聽聞誘惑人心之聲。鼻根生鼻識，能嗅聞誘惑人心之香氣。舌根生舌識，能品嘗誘惑人心之香味。身根生身識，能滋生誘惑人心之觸覺。意生意識，能產生人之自我思想意識和行為。消滅一切感覺慾望，即佛之「心靜」：「隨其心淨，即佛土淨。」

文中「沙門」是佛教詞，意為勤息、息心、淨志。《佛學大詞典》四十二章經曰：「辭親出家，識心達本，解無為法，名曰沙門。」增一阿含經四十七曰：「沙門名息心，諸惡永已盡，梵志名清淨，除去諸亂想。」

如果此觀音真的信奉佛教，她該問問玉帝和如來佛：「陛下、如來佛祖、你們『悟淨』否？你們六根清淨，四大皆空進入沙門否？」她也該捫心自問：「我『悟淨』否？六根清淨，四大皆空進入沙門否？」

在玉帝威權之下，觀音要沙河怪「悟淨」，進入「沙門」，其本質就是要求沙河怪對玉帝的殘害，麻木到沒有任何感覺，為他們效勞，就是「悟淨」，進入「沙門」。

觀音和徒弟惠岸在福陵山遇見第二個魔怪，即其後第十九回《雲棧洞悟空收八戒　浮屠山玄奘受心經》被悟空收服，自稱「豬剛鬣」的豬八戒。豬剛鬣即《禮記·曲禮下》所記載天子宗廟祭祀的犧牲豬，名曰「剛鬣」。請看第八回作為玉帝供品豬剛鬣對觀音說自己的身世：

> 觀音按下雲頭，前來問道：「你是哪裡成精的野豕，何方
> 作怪的老彘，敢在此間擋我？」那怪道：「我不是野豕，
> 亦不是老彘，我本是天河裡天蓬元帥。只因帶酒戲弄嫦
> 娥，玉帝把我打了二千錘，貶下塵凡；一靈真性，竟來奪

舍投胎，不期錯了道路，投在個母豬胎裡，變得這般模樣。
是我咬殺母豬，打死群彘，在此處佔了山場，吃人度日。
不期撞著菩薩，萬望拔救拔救。」

天蓬元帥酒醉，一時大膽追求嫦娥，玉帝就暴打他兩千錘，
貶下凡塵，變成一隻豬，這也特狠。這隻豬來到人間吃人度日，
玉帝反而不管，似乎這前元帥在人間吃人與他無干。觀音不指責
玉帝之惡，指責這魔怪：「你即上界違法，今又不改凶心，傷生
造孽」，威脅要「二罪並罰」。豬剛鬣文縐縐地引用孔子《論語》
之言說：「我欲從正，奈何『獲罪於天，無所禱也』[20]！」觀音
菩薩許諾：如果他跟取經人做徒弟，「往西天走一遭來，將功折
罪，管你脫離災瘴」。豬剛鬣急忙答應：「願隨！願隨！」觀音
又為他摩頂受戒，指身為姓，姓豬，法名悟能。悟能是皈依佛法，
因悟而有能，而皈依佛法，就得八戒，故而其後第十九回悟空收
服豬剛鬣，唐僧為他取別名「八戒」。佛要求豬屬行八戒，成佛。
這也特別好笑。

被暴打兩千錘，變身豬的前天蓬元帥自名「豬剛鬣（即天帝
的供品犧牲豬）」。此名可是古代祭祀所用豬的專稱。《禮記・
曲禮下》：「凡祭宗廟之禮，牛曰一元大武，豕曰剛鬣。」「孔疏」
曰：「豕肥則毛鬣剛大也。」前天蓬元帥自名「豬剛鬣」，的確
深感自己只是一頭供奉玉帝品嘗的犧牲豬，隨時可能被宰殺。言
談間，他以孔子之言「獲罪於天，無所禱也」，反諷玉皇大帝。
玉皇大帝這「天」，可不是生五穀，養萬物的天，而是人間暴虐
帝王的神話翻版。天蓬元帥向嫦娥求愛被貶，成了一隻吃人度日
的豬。

面對觀音的誘惑，豬剛鬣答應皈依佛教。觀音為他取名為豬

---

[20] 見《論語・八佾》，指稟行天道之天。豬所言之「天」乃無道玉帝。

悟能,「悟能」即皈依佛法要持戒,故而唐僧給他取得另一個名字叫「八戒」。没有戒律就没有佛法,佛法能寓於持戒之中,守戒即是悟能。八戒全稱「八齋戒」,是佛教為在家信徒制定的八項戒條,包括:不殺生,不偷盜,不淫欲,不妄語,不飲酒,不眠坐華麗之床,不打扮及觀聽歌舞,不食非時之食。皈依遵守這八條戒規就是「悟能」,豬剛鬣一定得「八戒」,「悟能」,才不是豬。誰是「豬」?這愚昧無知、貪欲無盡、殘忍到極點的「豬」該是玉皇大帝、如來佛,他們最該八戒!

如來佛所保護的玉帝「八戒」了嗎?如來佛自己「八戒」了嗎?從上述可見,他們的行為完全相反,驕奢淫欲的生活,頂端福祿壽的享用,手段殘忍地對待屬下。如來佛還吃了玉帝奉獻的「龍肝鳳髓」,這可是活龍心肝,活鳳凰的脊髓!

當然,在玉帝威權治下,如來、觀音的「八戒」只是針對被統治的人民:這天地萬物都屬於他們與玉帝,他們和玉帝「無戒」,濫行殺生吃肉無戒,霸佔天地掠取無界,奢侈享樂淫蕩無度,妄語胡說無羞,謊言騙世無恥等等。

接下來,觀音遇見後來成了唐僧坐騎的玉龍。請看他待斬的緣由:

> 菩薩卻與木吒,辭了悟能,半興雲霧前來正走處,只見空中有一條玉龍叫喚。菩薩近前問曰:「你是何龍,在此受罪?」那龍道:「我是西海龍王敖閏之子。因縱火燒了殿上明珠,我父王表奏天庭,告了忤逆。玉帝把我吊在空中。打了三百,不日遭誅。望菩薩搭救搭救。」
> 觀音聞言,即與木吒撞上南天門裡。早有丘、張二天師接著,問道:「何往?」菩薩道:「貧僧要見玉帝一面。」二天師即忙上奏。玉帝遂下殿迎接。菩薩上前禮畢道:「貧僧領佛旨上東土尋取經人,路遇孽龍懸吊,特來啟奏,饒

他性命，賜與貧僧，教他與取經人做個腳力。」玉帝聞言，即傳旨赦宥，差天將解放，送與菩薩。菩薩謝恩而出。這小龍叩頭謝活命之恩，聽從菩薩使喚。菩薩把他送在深澗之中，只等取經人來，變做白馬，上西方立功。小龍領命潛身不題。

文中沒有說玉龍因何緣故，放火燒了殿上明珠，使得父親告他忤逆不孝。玉帝把他吊在空中，打了三百，還要砍頭！西海龍王有愛子之心嗎？玉帝不查問緣由就吊打，砍頭！此為人間禮教的天界版：父叫子亡，子不亡不孝；君叫臣死，臣不死不忠。

觀音第四個遇見的就是《西遊記》最重量級，最有自我思想意志的主題性人物「心猿」孫悟空。觀音來到五行山下，被鎮壓五百餘年，只能吃鐵丸，喝銅汁的孫悟空生平第一次哀求：「如來哄了我，把我壓在此山，五百餘年了，不能展掙。萬望菩薩方便一二，救我老孫一救！」觀音責罵他，他說：「我已知悔。但願大慈悲指條門路，情願修行。」觀音「滿心歡喜」。這正是如來的目的。觀音要孫悟空做取經人徒弟，「入我佛門，再修正果」。與豬剛鬣、沙僧一樣，孫悟空皈依成奴，方可解脫五行山鎮壓的苦難。

第八回觀音前往長安尋找如來欽定的取經人唐僧。第九回文中交代了唐僧的來歷，其前身帶來的今世父母災難，第十二回則交代此災難首惡為如來，特體現如來之惡和佛教文化霸權，也再次體現玉帝毒心無道。第十二回觀音和徒弟惠岸來到西安，唐僧陳玄奘出場來了。他的出場因唐太宗魂游地府，還陽回來後開設「水陸大會」，超度幽冥孤魂。這一段經歷也特體現玉帝之惡，與閻王幽冥界的枉法無道。

這一事件緣起於第十回《老龍王拙計犯天條　魏丞相遺書托冥吏》長安城外涇河捕魚的漁翁張梢，與山中砍柴的樵夫李定賦

詩爭論，漁夫說「山青不如水秀」，樵夫說「水秀不如山青」。離別分手，相互不服，詛咒對方。漁夫要樵夫「仔細看虎」，樵夫要漁夫警惕「遇浪翻江」。漁夫說自己「永世也不得翻江」：「你是不曉得。這長安城裡，西門街上，有一個賣卦的先生。我每日送他一尾金色鯉，他就與我袖傳一課，依方位，百下百著。今日我又去買卦，他教我在涇河灣頭東邊下網，西岸拋釣，定獲滿載魚蝦而歸。明日上城來，賣錢沽酒，再與老兄相敘。」

河中有耳，涇河龍王府中一個巡河的夜叉聽到這話，急忙回水晶宮報告。龍王為了保護自己的水族，變身白衣秀士來到長安西大街袁守誠賣卦處，與他賭賽：

先生問曰：「公來問何事？」龍王曰：「請卜天上陰晴事如何。」先生即袖傳一課，斷曰：「雲迷山頂，霧罩林梢。若占雨澤，准在明朝。」龍王曰：「明日甚時下雨？雨有多少尺寸？」先生道：「明日辰時布雲，巳時發雷，午時下雨，未時雨足，共得水三尺三寸零四十八點」。龍王笑曰：「此言不可作戲。如是明日有雨，依你斷的時辰數目，我送課金五十兩奉謝。若無雨，或不按時辰數目，我與你實說，定要打壞你的門面，扯碎你的招牌，即時趕出長安，不許在此惑眾！」先生欣然而答：「這個一定任你。請了，請了，明朝雨後來會。」

龍王是「八河都總管，司雨大龍神」，以為這雨在自己掌握之中，袁守誠必輸無疑，自己水族會得到保護。哪裡知道，回到水晶宮，就得到玉帝要他下雨的旨令，而且下雨的時辰、點數與袁守誠所言分毫不差。鱖魚軍師出計，要龍王降雨時「差時辰，少點數」以贏取打賭，保護水族，龍王這樣做了。下雨後，他徑直來到袁守誠賣卦處大罵，要撤他的門面。袁守誠知道他是涇河

龍王，說：「你違了玉帝赦旨，改了時辰，克了點數。你在那剮龍臺上，恐難免一刀，你還在此罵我？」

老龍討饒，袁守誠說玉帝要唐王李世民的丞相魏徵執刑，要龍王去求李世民。當晚，李世民夢見老龍述說此事，他答應管住魏徵，救老龍性命。第二天李世民傳旨要魏徵陪他下棋，意在使魏徵不得脫身上天殺老龍。魏徵下著棋，奇怪地睡著，進入夢中，上天斬殺了老龍。死老龍以為李世民無誠信，在陰間告狀，於是李世民魂靈進入地府受審，三曹對案。酆都判官崔珏前身為大唐茲州令，且與魏徵拜結為兄弟，魏徵又經常與他夢中歡會，而且看顧他的子孫。判決時，崔判官私自將李世民壽終於貞觀十三年，改為貞觀三十三年，李世民得以生還。

因為算命人袁守誠的八卦，涇河水族將滅絕。涇河龍王為保水族的性命，下雨差了一點時辰，少一點雨水量就被砍頭，還要剮龍皮。涇河龍王保護水族，可說是仗義行仁，但被處死。這玉帝如此判案，非「愛己及人」之儒，非「普渡眾生」之佛，非「眾生平等」之道。閻王判官崔珏徇私枉法，篡改壽數，放回唐王，這地獄就是人間司法無道的翻版。

有此一番經歷，第十二回還魂的唐王決定舉行「水陸大會」，超度幽冥孤魂。年輕和尚陳玄奘被選為壇主法師。他一出場，身在現場的觀音一眼「見得法師壇主乃是江流兒和尚，正是極樂中降來的佛子，她又是引送投胎的長老」，她「十分歡喜」地確定陳玄奘為上西天取經的不二人選。接著她和徒弟惠岸變成兩個破衣癩頭和尚，在大街上與唐王相遇，將如來所賜金襴異寶袈裟、九環錫杖送給唐王，要唐王轉送給玄奘。玄奘登壇講法時，觀音和徒弟惠岸真身在半空出現，踏祥雲，直上九霄，丟下一張簡帖，要唐王派人上西天取「大乘佛法三藏」。文中說這三藏真經「能超亡者升天，能度難人脫苦，能修無量壽身，能作無來無去」。

簡帖幾句頌子曰:

> 禮上大唐君,西方有妙文。程途十萬八千里,大乘進殷勤。
> 此經回上國,能超鬼出群。若有肯去者,求正果金身。

唐王選舉上西天取經人。玄奘主動請纓,說:「貧僧不才,願效犬馬之勞,與陛下求取真經,祈保我王江山永固。」唐王大喜,與玄奘結拜為兄弟。第二天,唐僧帶著蓋有唐太宗寶印的取經文牒,喝了太宗點撒國土,囑咐勿忘故土的御酒,上路走向西方。

觀音「十分歡喜」地確定陳玄奘為取經人,因陳玄奘前世前身是如來的徒弟金蟬子。他的前世前身帶來他父母與自己今世今身的災難,與他被觀音看中,為如來所認可,成為取經人,特別能體現這中國版如來佛,惡!非釋迦牟尼佛真身之「能仁」。

小說裡的陳玄奘是虛構的人物,與歷史人物玄奘法師完全是兩碼事。《西遊記》陳玄奘,前世原為佛祖如來第二弟子金蟬子。第十二回《唐王秉誠修大會 觀音顯像化金禪》交代他被貶下凡間,出生逢災的原因:

> 靈通本諱號金蟬,只為無心聽佛講。轉托凡塵凡苦受磨,降生世俗遭羅網。投胎落地就逢凶,未出之前逢惡黨。父是海州陳狀元,外公總管當朝長。出身命犯落江星,順水隨波逐浪洪。……

陳玄奘本為如來二徒弟金蟬子,「只為無心聽佛講」,於是金蟬子被貶,進入新科狀元陳光蕊的妻子殷溫嬌子宮,帶來父母一生厄難。佛祖如來設計,菩薩觀音奉命實施這一厄難。第九回敘述,新科狀元陳光蕊騎馬遊街,丞相殷開山的女兒殷溫嬌一眼鍾情,拋繡球打中,於是當朝雅士與丞相嬌女結親。新婚第二天唐太宗任命他為江州州主,剛懷上金蟬子這禍胎的新婚妻子殷溫嬌

隨同前往。在洪江渡口乘船過河，陳光蕊被客船梢公劉洪、李彪打死，投入江中。劉洪冒名頂替，前往江州任州主。溫嬌因身有遺腹子，不能尋死，屈身相從。一日劉洪外出，她產下一子，南極星君來了：

> 耳邊有人囑咐曰：「滿堂嬌，聽吾叮嚀。吾乃南極星君，奉觀音菩薩法旨，特送此子與你。（這一切都是觀音奉如來之命親手安排的。觀音是如來佛大弟子，金蟬子是如來佛二弟子。）異日聲名遠大，非比等閒。（如此折磨，如來算定金蟬子終會皈依佛教成好奴才，預先確定他上西天取經成佛。）劉賊若回，必害此子，汝可用心保護。汝夫已得龍王相救，日後夫妻相會，子母團圓，雪冤報仇有日也。（這劉賊可是奉如來、觀音之命。如果報仇削冤，第一仇敵當是如來、觀音。）謹記吾言。快醒！快醒！」

怕劉洪殺孩子，殷溫嬌咬破手指，寫下血書一封，用貼身汗衫包裹孩子，來到江邊，將孩子安放在一塊飄來的木板上，推入江流中，聽天由命。金山寺長老發明和尚聽見江流中傳來嬰兒的哭聲，撈取，救了他。看見殷溫嬌親筆血書，長老知其悲慘身世，為他取名玄奘，小名為「江流兒」。

江流兒成人後，一日看到佛寺長老收藏的母親血書，得知自己身世，大哭。他前往江州與母親殷溫嬌秘密相認，再前往京城與姥爺丞相殷開山相認，講述了自己和父母的災難。殷丞相奏報唐王，發兵江州為女兒女婿報仇。文中說，因陳光蕊曾經放生化身為金魚的老龍，老龍報恩，被沉入江水中死去的他，得以生還。被強賊霸佔的殷溫嬌自覺無臉見丈夫，「從容自盡」。

這一切災難，就因為陳玄奘的前身是如來佛徒弟金蟬子，「只因無心聽佛講」，如來就如此殘忍地報復，貶他下凡間，使他身

在母腹，父親就沉屍江中，母親被強人霸佔，自己剛出母腹就漂身在江流波濤之中。如此心狠手毒的如來是佛嗎？！他是一個假佛之名，而行惡魔之實的鬼怪！他如此報復一個沒聽講的學生，一在信徒中顯示樹立自己絕頂的威權，二在讓金蟬子受苦受難，服從他的威權，他可是《西遊記》中頂級惡魔！

洞曉過去未來、法力無邊的如來設計了這一切，奴才觀音奉命安排，實施了這一切。觀音奉命前往東土大唐國都長安，面見受盡懲罰的金蟬子，安排孫悟空、豬八戒、沙僧保護金蟬子，讓他為如來效勞，上西天取經，獲取如來的寬宥，最後成佛。這百無一能，遇魔難就哭，完全是孫悟空累贅的金蟬子上西天，成了南無檀功德佛，名列四十七。這如來佛可深諳專制奸雄術——恩威並用：不聽話，殘酷到極點地懲處；乖乖聽話順從，乖乖金蟬子就成乖乖佛。

唐僧師徒四人、小玉龍歸依佛教皆因玉帝、如來威權迫害，且同有所求，即遵循如來法旨，西天取經，經歷了重重艱險困阻，種種考驗，消除自我「心猿」，成仙、道、佛三界認同的奴才「正果」。《西遊記》結局共計九九八十一難。這八十一難寓意深厚，既取譬自然，又象徵社會，影射歷史和當世，更直指權貴人心。其角度不一，寫法各異，囊括了中國封建專制社會，乃至整個人類社會制度、文化、人性的變態。

請注意《西遊記》主題表達：孫悟空一路西行所遇的各種妖怪的行為、身份來歷。各位天神、道仙、菩薩、玉帝、如來的假面謊言、妖魔行為。孫悟空自身的人格異化。

緊接其上，我們從唐僧出長安西行說起。

## 第二節　唐僧四眾一路西行所遇妖怪與悟空人格變異分析

請注意各種妖怪的身份、來歷，唐僧和悟空面對各種妖怪體現之人格，尤其要注意承恩先生在文中的「微言大義」之處。

### 一、雙叉嶺寅將軍、熊山君、特處士案：奉佛祖之命吃人以考驗唐僧

第十三回《陷虎穴金星解厄　雙叉嶺伯欽留僧》，唐僧帶著唐王李世民所賜的兩個隨從，出長安，向西而行，一出大唐邊界，在雙叉嶺遭遇三魔王：寅將軍、熊山君、特處士。三位猛獸魔王名號文質彬彬、言談文質彬彬，但吃人。虎魔自稱「寅將軍」，寅就是老虎，能殺人吃人就是將軍，真人間真相。熊魔自稱「山君」，即自稱為人格高尚的君子，效法老莊，遠避人世，棲身山野，實則為佔山為王的熊。野牛精自稱「特處士」，「特」本義是雄性野牛，「處士」即效法老莊，遠離人間污濁，居家不出的隱士。這頭公牛封自己為處士，但這處士牛也吃人。唐僧和兩個隨從失足掉進寅將軍的陷阱，被擒拿。寅將軍正要安排吞食，熊山君與特處士來了。他們的言談機鋒，表現出對人肉的愛好：

> 正要安排吞食，只聽得外面喧嘩，有妖來報：「熊山君與特處士來也。」（兩魔聞得人肉香味，打秋風來也。）三藏聞言，抬頭觀看，前面走的是一條黑漢，又見那後面來的一條胖漢。兩個搖搖擺擺走入裡面，慌得那魔王奔出迎接。熊山君道：「寅將軍，一向得意，可賀！可賀！」（觀虎面得意，此言暗示我知道你抓得三人肉。）特處士道：「寅將軍，丰姿勝常，真可喜！真可喜！」（觀虎姿非平常，暗示我也知你獵獲三人肉。）魔王道：「二公連日如何？」（相互恭維，你稱我將軍，我呼爾為公。「公」在此

可是爵名,是五爵——公、侯、伯、子、男——之首。)
山君道:「惟守素耳。」(守素本是佛教徒嚴守的不殺生的
佛戒,而熊山君借此說自己許久沒有殺人吃肉,惟望恩賜
一塊。)處士道:「惟隨時耳。」(隨時守分,即順應時勢,
嚴守本分,不妄求。這也是道家常用言語。在此可指有啥
吃啥,今天我可是來吃人肉的。)三個敘罷,各坐談笑。
(寅將軍不自提人肉,可見也各嗇。)

只聽那從者綁得痛切悲啼。那黑漢道:「此三者何來?」
(就為這三人肉而來。)魔王道:「自送上門來者。」處
士笑云:「可能待客否?」魔王道:「奉承!奉承!」(露
餡了,不奉承沒臉。)山君道:「不可盡用,食其二,留
其一可也。」(為何?他們肚皮容量不夠,吃不了嗎?只
因太白金星有吩咐耳。此後太白金星出現,有交待。)魔
王許諾,即呼左右,將二從者破腹剜心,剁碎其屍。將首
級與心肝奉獻二客,將四肢自食,其餘骨肉,分給各妖。
只聽得啯啅之聲,直似虎啖羊羔,霎時食盡,把一個長老
幾乎唬死。這才是初出長安第一難。

東方發白時分,熊山君與特處士文質彬彬地告別:「今日厚
擾,容日竭誠奉酬。」也就是說我倆抓住人肉,也回請你。三魔
一擁而退,單單留下又白又嫩的好肉唐三藏。這時一老叟來了,
「用手一拂,繩索皆斷。對面吹了一口氣,三藏方蘇」。然後老
叟對三藏說:「處士是個野牛精,山君是個熊羆精,寅將軍是個
老虎精。……只因你本性原明,所以吃不得你。」然後他化一陣
清風,騰空而去,空中飄下一張簡帖,四句頌子曰:「吾乃西天
太白星,特來搭救汝生靈。前行自有神徒助,莫為艱難抱怨經。」
太白星所謂「只因你本性原明,所以吃不得你」說的就是唐
僧前生為如來徒弟金蟬子,有佛祖保護,妖怪不吃,而倆隨從不

是金蟬子，三魔王可以大快朵頤！可見太白金星奉佛祖之命而來，三個文質彬彬的魔怪也是奉佛祖之命吃人，作為「初出長安第一難」考驗唐僧。人間魔王與佛界佛祖、仙界神將太白星宿，相互勾連，沆瀣一氣。人肉可是匪寇們常用食品，《水滸傳》多處吃人肉及心肝可不是憑空虛構。中國從古代到近現代吃人都是常事，匪徒吃人；民眾缺糧吃人。中共紅軍北上路過貴州箭頭埡，一司務長被民團抓獲，剖心吃掉。建國後，農民槍斃無罪地主、有罪惡霸，也有吃他們的肉和心肝的事。

這寅將軍（老虎精）、熊山君（熊羆精）、特處士（野牛精）奉太白金星所傳佛祖之命吃人，考驗唐僧，是來自仙界的三個妖怪，也是來自仙、道、佛三界的三個妖怪。他們文質彬彬自命將軍、處士、山君，在文質彬彬的言談中吃人，就是人間許多所謂文人的翻版。從古到今許多所謂文人，既無文人之德又無文人之才，滿口之乎者也，掩飾其惡魔心性。

二、「心猿歸正，六賊無蹤」案：悟空被騙戴金箍，被強制奴化

第十三回結尾，唐僧在這雙叉領又遭遇一隻猛虎，獵人劉伯欽救了他，送他出大唐與韃靼[21]交界的兩界山（五行山），遠遠就聽見山下石匣中孫猴子叫：「我師傅來也！我師傅來也！」

第十四回《心猿歸正　六賊無蹤》開篇，獵人劉伯欽陪同唐三藏，尋聲來到五行山下，見到被石匣囚禁山腳的老猿孫悟空。孫悟空自認有「誑上之罪，被佛祖壓於此處」，說觀音要他做唐僧徒弟，上西天取經。唐僧遵旨，上山頂，揭了如來佛的金字壓帖。一時間地裂山崩，孫悟空跳出石匣，拜唐僧為師。這就是篇目所言「心猿歸正」。佛教以為有自我思想意志者就是「心猿」。

---

[21] 韃靼（dá dá）：北方遊牧民族，前蘇聯民族之一。

其後出現的「六賊」，即佛教認為「六根」產生「六識」，「六識」產生「六賊」，故而有「六賊」的象徵性情節。

告別劉伯欽，第二天一早，他倆向西前行，遇見六個剪徑強賊。一強賊對唐僧、悟空宣告「六賊」駕到：「一個喚做眼看喜，一個喚做耳聽怒，一個喚做鼻嗅愛，一個喚做舌嘗思，一個喚做身本憂，一個喚做意見欲」。這一情節蘊涵豐富。

唐三藏「魂飛魄散」，行者膽大無畏，上前對強賊「叉手施禮」，談判。強賊自稱「我等是剪徑的大王，行好心的山主。大名久播，你諒不知，早早的留下東西，放你過去；若道半個不字，教你碎屍粉骨！」悟空說自己一無所有，笑著要他們：「把那打劫的珍寶拿出來，我與你作七分兒均分，饒了你罷！」六賊聞言，「喜的喜，怒的怒，愛的愛，思的思，欲的欲，憂的憂」，上前亂罵：「這和尚無禮！你的東西全然沒有，轉來和我等要分東西！」他們掄槍舞劍，一擁前來，照行者劈頭亂砍，乒乒乓乓，砍有七八十下。悟空頭硬，只當不知，拿出金箍棒將六賊「一個個盡皆打死。剝了他的衣服，奪了他的盤纏」。於是孫悟空與唐僧發生爭論。

三藏認為，這六賊雖是剪徑的強徒，悟空「只可退他去便了」，不該「都打死」。他說「出家人掃地恐傷螻蟻命，愛惜飛蛾紗罩燈」，指責孫悟空「不分皂白，一頓打死，全無一點慈悲好善之心」。

悟空辯說道：「師父，我若不打死他，他卻要打死你哩。」唐三藏說：「我這出家人，寧死決不敢行兇。」行者說：「不瞞師父說，我老孫五百年前，據花果山稱王為怪的時節，也不知打死多少人。」孫悟空此言為嚇唬唐僧，他大鬧天宮的時候的確打死不少天兵天將，自己子孫被天兵天將打死更多，其他無辜殺人事絕沒有。三藏說孫悟空：「只因你沒收沒管，暴橫人間，欺天

誆上，才受這五百年前之難。今既入了沙門，若是還像當時行兇，一味傷生，去不得西天，做不得和尚！咄惡！咄惡！」孫猴子一生受不得氣，見三藏絮絮叨叨，按不住心頭火發說：「你既是這等，說我做不得和尚，上不得西天，不必恁般絮咶惡我，我回去便了！」三藏不曾答應，他將身一縱，說一聲「老孫去也！」就不見蹤影，回東而去。

《心猿歸正　六賊無蹤》案內涵，主要有兩點：

其一、「六賊」是佛教「六識」觀的象徵。在佛教看來，人類有「眼、耳、鼻、舌、身、意」六根，就有「色、聲、香、味、觸、法」等「六識」，就有「喜、怒、愛、思、欲、憂」六種欲望，就會成各種各樣的賊。故而承恩先生依據佛教給這六賊取名為「眼看喜、耳聽怒、鼻嗅愛、舌嘗思、身本憂、意見欲」。君子愛財，取之有道。這六位強賊為滿足自己的欲望，殺人搶劫，也是妖怪，是來自人間自然界的妖怪。

然而在佛教看來，只有滅「六根」，去「六識」，克制自己的欲望，即「六根清淨，四大皆空」[22]，方可消滅犯罪。佛教沒有研究，人類應該怎麼去尋找正道，來實現自己的欲望，卻可笑地要人類消滅自我生命感覺和欲望，然而除非死了（即佛教所謂「涅磐」）人類的生命感覺欲望才會消滅；不願意死，就有欲望；不願意死，想活著，活得好，是人類第一欲望。

其二、孫悟空不遵佛教，有自我思想意志就是「心猿」。「心猿」本意指人心如猴子跳躍，拴縛不住，在佛教則指有自己獨立思想意志，不能一心一意皈佛者。孫悟空不遵佛教「不以暴力抗惡」，仗義行俠打死六個砍他七八十刀的強賊，本來嚇得「魂飛

---

[22] 四大皆空：佛教用語，指世界一切都是空虛的。印度古代認為地、水、火、風為組成宇宙的四大元素，佛教稱為四大。六根清淨：佛教指眼、耳、鼻、身、舌、意。認為這六者是罪孽的根源。

魄散,跌下馬」的唐三藏就責罵悟空「全無一點慈悲好善之心」,他說「我這出家人,寧死決不敢行兇」,即寧願被強賊殺死,也不反抗。這話就是佛教「不以惡對惡,勸惡為善」,然而面對惡勢力沒有武力法制為後盾的善,就是傻冒。這六個強賊拿刀,搶唐僧的行李,再砍唐僧彎腰伸頸,等著刀的光頭,他們只會大笑這伸頸待殺的光頭和尚是個大傻冒。他們會激動地、殷切地希望全中國、全世界都是這樣引頸待死,絕不還手的佛教傻冒,這樣他們就能獨霸全球。中國秦始皇、德國希特勒、日本天皇和總理東條英機肯定最喜歡這樣的傻冒!

在此,吳翁諷刺佛教沒有法制與武力為後盾的「不以暴力抗惡」。其後的情節描述佛教文化專制霸權,不容異己,強迫「心猿歸正」,即悟空被強制奴化。

悟空走了,三藏悲怨不已,他知道沒有孫悟空,自己就上不了西天。這時,觀世音變作一個老母來了。她當然不會責怪遵循佛法的唐僧,親手送給三藏「一領綿布直裰,一頂嵌金花帽」,教三藏念對付孫悟空這「心猿」的「定心真言」即「緊箍咒」,說:「他若不服你使喚,你就默念此咒,他再不敢行兇,也再不敢去了。」觀音化一道金光,升空而去,唐僧「急忙撮土焚香,望東懇懇禮拜」。然後,將「定心真言」「緊箍咒」念得爛熟,牢記在心。

離開三藏的悟空來到東洋大海。龍王出水迎接,進水晶宮,孫悟空自述「隨東土唐僧,上西方拜佛,皈依沙門」,但因「唐僧不識人性」,他打死幾個剪徑毛賊,唐僧就絮絮叨叨,自己受不得悶氣,離開唐僧,欲回花果山。龍王用水晶宮牆壁上「張良圯橋三進履的畫」,勸誡悟空,要悟空效法漢代張良「三進履」,效勞三藏。「張良圯橋三進履」是一個傳說。仙人黃石公試探張良,他坐在圯橋上,故意將鞋掉於橋下,喚張良下橋取來。張良

眼觀此老不凡，急忙下橋撿鞋，跪獻給黃石公。黃石公三次丟鞋
下橋，張良三次下橋撿鞋，捧鞋跪獻，親手穿鞋，一副忠心奴才
相。於是黃石公愛他，夜授天書，要他為劉邦效勞。後來張良為
劉邦運籌帷幄之中，決勝千里之外。漢朝建立後，張良棄職歸山，
從赤松子遊，悟道成仙。龍王告誡悟空：「大聖，你若不保唐僧，
不盡勤勞，不受教誨，到底是個妖仙，休想得成正果。」「悟空
聞言，沉吟半晌不語。」龍王又說：「大聖自當裁處，不可圖自
在，誤了前程。」

　　一個生命修煉成神仙，跳出三界外，不在五行中，然而沒有
得到以玉帝為首的天仙界、以如來為首的佛界、以太上老君為首
的道界的承認，就是「妖仙」，而想得到承認，得皈依三界，一
心一意做他們的奴才，才成「正果」。為成「正果」，悟空只好
聽從龍王勸告，決定回去，效法張良，給唐僧提鞋，穿鞋。回歸
途中，悟空遇見四處尋找他回去戴金箍兒的觀世音。觀音要他「趕
早去，莫錯過了念頭」。

　　孫悟空厚著臉皮，回到「行又不敢行，動又不敢動」的三藏
師父身邊。唐僧騙孫悟空穿上觀音送的綿布直裰，戴上嵌金花
帽，立即默念緊箍咒，蒙在鼓裡的行者慘叫：「頭痛！頭痛！」。
唐僧又念了幾遍，把悟空「痛得打滾，抓破了嵌金的花帽」。唐
僧怕扯斷金箍，住了口不念。孫悟空從耳朵裡取出金箍棒，插入
金箍，往外亂撬。三藏恐怕他撬斷，又念緊箍咒，悟空「痛得豎
蜻蜓，翻筋斗，耳紅面赤，眼脹身麻」，這時候，孫悟空方明白
「是師父咒我的」。三藏說：「你今番可聽我教誨了？」孫悟空
急忙說：「聽教了！不敢了！」他口裡答應著，手捏金箍棒，望
著唐僧就欲下手。驚慌的唐僧又念了三遍，孫猴子跌倒在地，求
饒：「師父！我曉得了！再莫念！再莫念！」從師傅口中，得知
這一切是觀音的安排，孫悟空要上南海打觀音，三藏道：「此法

既是她授與我，她必然先曉得了。你若尋她，她念起來，你卻不是死了？」行者不敢動身，只得回心，跪下哀告道：「師父！這是她奈何我的法兒，教我隨你西去。我也不去惹她，你也莫當常言，只管念誦。我願保你，再無退悔之意了。」三藏道：「既如此，伏侍我上馬去也。」文中說「那行者才死心塌地，抖擻精神，束一束綿布直裰，扣背馬匹，收拾行李，奔西而進。」

這就是本回目所謂「心猿歸正　六賊無蹤」。外在的「心猿」就是那六個強賊，內在「心猿」就是孫悟空的自我意志、思想與行為。整部《西遊記》「心猿」就指孫悟空。在佛教看來，一個人心中有與佛教不同的思想意志，他就是「心猿」，要「滅六根」（即除滅「眼耳鼻舌身意」等產生生命感覺的「六根」），「去六識」（即除去「色聲香味觸法」等生命感覺），就沒有產生「六賊（眼看喜、耳聽怒、鼻嗅愛、舌嘗思、身本憂、意見欲）」之心猿，就是皈依佛教之正。

可憐的孫悟空，因為有自己獨立思想意志，就是中國如來們所不能容忍的「心猿」。他被套上金箍兒，被緊箍咒咒得死去活來，只得「滅六根」即瞎眼、聾耳、割鼻、剜舌、滅身，「去六識」即無「色、聲、香、味、觸、法」，消滅自我「喜、怒、愛、思、憂、欲」等生命感覺和欲望，如文中所說悟空「死心塌地」做奴才。這就是《心猿歸正　六賊無蹤》。悟空，好慘！能「悟」此「色」為「空」乎？

對六個強盜這樣的「心猿」，唐僧要放生，任其打家劫舍，「寧死也絕不敢行兇」。對不信奉佛教，有自己獨立思想意志的「心猿」孫悟空，唐僧、觀音、如來卻不像彌勒佛「大肚能容，容天下難容之事」，也不像老子「海納百川，有容乃大」，他們用緊箍咒逼迫孫悟空就範，成他們的奴才。孫悟空想回花果山作「妖仙」也不能，只好「死心塌地」，成為「再無退悔之意」的

奴才。可見這佛教之荒謬，「以善對惡」，但卻惡對有獨立思想意志者！這金箍兒和緊箍咒可是第八回《我佛造經傳極樂 觀音奉旨上長安》如來佛給觀音的，他說：「此寶喚做『緊箍兒』，雖是一樣三個，但只是用各不同。我有『金緊禁』的咒語三篇。假若路上撞見神通廣大的妖魔。你須是勸他學好，跟那取經人做個徒弟。他若不伏使喚，可將此箍兒與他戴在頭上，自然見肉生根。各依所用的咒語念一念，眼脹頭痛，腦門皆裂，管教他入我門來。」

神通廣大的妖魔在下界作惡吃人，如來是不管的，一旦這妖魔被如來看中，他又不聽使喚，就要用暴力金箍兒，讓他「眼脹頭痛，腦門皆裂」，迫使他「入我門來」為我效勞，統治天地幽冥四面八方，但這門，非佛門。我們以後的評述更會具體證明《西遊記》仙、佛、道非孔孟之儒、非老莊之道、非釋迦牟尼菩提之佛，是中國封建專制社會與專制文化的神話版，是中國版道教、佛教的神化版。「心猿意馬」來自《敦煌變文集‧維摩詰經講經文》「卓定深沉莫測量，心猿意馬罷顛狂」，以心猿意馬象徵有自己思想意志，不遵佛教的人。孫悟空就是「心猿」，第十五回出現的小玉龍就是「意馬」。

就在這一回，自我思想意志孫悟空，走上了消除自我思想意志，一心為奴的佛道，但有時候忍耐不住，自由思想意志孫悟空會嘶叫著跳出。

此回六個強盜是專為表達佛教「滅六根，去六識」而設計的心猿，無神術，不會騰雲駕霧，可以不算妖怪。

## 三、鷹愁澗意馬案：父權、皇權、神權使小白龍成了唐僧坐騎

封建專制社會皇權、官權、族權、神權、父權、夫權、主子權鋪天蓋地網一般籠罩社會，遏制人性。第十五回《蛇盤山諸神

暗佑 鷹愁澗意馬收韁》意馬案，受害者即西海敖閏兒子玉龍。他在第八回出現，因與父親爭執，一氣之下縱火燒了殿上明珠，他就成了「意馬」。父親告他忤逆，玉帝以不孝罪要誅殺他。觀音上天宮說情，要玉帝饒他性命，代價是要小玉龍必須做金蟬子唐僧的坐騎。小玉龍就「叩頭謝活命之恩，聽從菩薩使喚」，甘心情願做馬，馱唐僧上西天，這就是父權、皇權、神權的判決。小白龍一直在鷹愁澗等候唐僧，肚子鬧饑荒，不時吃一些鳥獸，這一回不小心吃了唐僧的馬。孫悟空請來觀音，觀音叫隨行揭諦喚出玉龍，說他的主人取經人唐三藏來了。觀音將玉龍變成唐僧屁股下的馬，說：「你須用心了還孽障，功成後超越凡龍，還你金身正果。」這話暗示威脅「如果不，會數罪並罰」，於是玉龍「口銜著橫骨，心心領諾」，聽憑唐三藏的韁繩指揮，成了他屁股下的馬。被金箍兒和緊箍咒威脅，被逼成奴才的孫悟空是「心猿歸正」，玉龍就是「意馬收韁」，馱唐三藏上西天，因為他不想被玉帝誅殺，活剮，成玉帝餐桌上的龍肝龍肉，想成一條活龍。

因與父親西海龍王敖閏爭執，白龍縱火燒了殿上明珠，成了為仙、佛、道三界不容的「意馬」，差一點被誅殺，最後卻成了唐僧屁股下的馬。如果敖閏還是一個父親，看著他兒子成一匹馬，馱著別人，一路吃草，挨鞭子抽打。他敖閏會心痛嗎？估計不會，他本來是要借玉帝之手誅殺這兒子。如果他奉命降雨，駕雲路過，望見兒子馱唐僧踢踢踏踏地在崎嶇山道上艱難行走，他一定會說：「不聽老爸言，吃苦在眼前，活該！」

小白龍案也體現了唐僧的怯懦。坐騎被龍吃了，唐僧就哭：「既是它吃了，我如何前進！可憐啊！這千山萬水，如何走得！」說這話，淚如雨下。孫悟空責罵他：「師傅，莫要這樣膿包形麼！坐著！坐著！等老孫去尋那廝，還我馬匹便了！」三藏扯住他，道：「徒弟啊，你哪裡去尋它？只怕它暗地裡竄將出來，卻不又

連我也害了？那時節，人馬兩亡，怎生是好！」孫悟空責罵他：「你特不濟！不濟！又要馬騎，又不放我去，似這般看著行李，坐到老吧。」

在《西遊記》中，每逢魔障臨頭，唐僧就魂飛魄散，淚如雨落，悟空責罵他，安慰他，開導他；每逢妖怪變化成人形，唐僧就分不清黑白，認怪為人，責罵打殺妖怪的孫悟空，唸緊箍咒，箍得孫悟空死去活來，處處都是孫悟空教導他，說服他；每逢山高水險，唐僧就啼哭，或者埋怨，或者思鄉，處處都是孫悟空說道參禪，開導他。與唐三藏相反，孫悟空無所不能，勇猛多智謀，他一路仗義行俠，保護下界生靈，懂得真禪真道，通曉易經，熟知道家內外真功，中醫精通到可以懸絲診脈。孫悟空完全就是唐三藏的師父，就因為唐僧是如來二弟子金蟬子，怯懦而一無所能的他就成了孫悟空、豬八戒、沙悟淨的師父。如來壓孫悟空在五行山下，其用心在保衛玉帝專權，也是讓徒弟金蟬子解放他出石匣，拜金蟬子為師父。師父，在中國文化傳統中可是「一日為師，終身為父」啊！

鷹愁澗玉龍，是孫悟空遭遇的第四個來自天仙界的妖怪，是被西海龍王、玉帝逼陷為妖怪的。也是天仙、佛、道三界第四個妖怪。

## 四、黑風山熊羆怪案：貶佛，貶道，貶心學

第十六回《觀音院僧謀寶貝　黑風山怪劫袈裟》、第十七回《孫行者大鬧黑風山　觀世音收伏熊羆怪》案情曲折，但內涵明顯。第十六回唐僧、悟空途經一觀音禪院，借宿。禪院師祖二百七十歲，出家二百五六十年，但無禪悟，依然貪財好寶。聽唐僧說從大唐國過來，他要看唐僧隨身攜帶的寶貝，悟空說師傅有一件寶貝袈裟。眾僧笑，說師祖有袈裟七八百件。老和尚展示自己的綾羅綺繡袈裟，孫悟空不聽唐三藏勸阻，拿出三藏的如來送的

袈裟，霎時間「紅光滿室，彩氣盈庭」，「千般巧妙明珠墜，萬樣稀奇佛寶攢」。眾僧心歡口讚，老和尚動了奸心，他跪求三藏，借得袈裟，拿回後房仔細欣賞。觀瞻鑒賞，老和尚大哭自己幾百歲，無緣有這樣的寶貝袈裟。和尚們為老和尚出計：燒死三藏和孫悟空，佔有袈裟。他們搬運柴火，悟空聽見房外聲響，看見和尚們堆柴禾準備放火。孫悟空暗地裡上天宮借來「辟火罩」罩住自己和唐僧與袈裟所在房間，大火漫延，卻燒了觀音禪院。沒有料到，這火驚動黑風山黑風洞裡的熊羆怪。熊羆怪與老和尚交好，前來救火，看見方丈中霞光彩氣的袈裟。寶物動人心，他不救火，趁火打劫，偷走袈裟。

不知袈裟被盜，悟空和三藏找老和尚要袈裟。袈裟不見蹤影，又無法接受自己燒了自家寺院，老和尚撞牆自殺。修行二百五六十年的老和尚沒入佛道，卻與妖怪交厚，他的徒子徒孫，也是殺人放火的歪門邪道。

找不到袈裟，三藏念緊箍咒，勒得孫悟空倒地，求饒。第十七回悟空尋蹤覓跡，在黑風山發現正在黑風洞裡論道的三個妖怪。以下的情節，有兩種寓意：

其一、貶道。孫悟空觀黑風山山景，偷眼看見一個黑漢（熊羆怪）和道士凌虛子（蒼狼怪）、白衣秀士（白花蛇怪）高談闊論，講「立鼎安爐，摶砂煉汞；白雪黃芽，旁門外道」。「立鼎安爐，摶砂煉汞；白雪黃芽」是道教一宗派求長生的煉丹術。「立鼎安爐，摶砂煉汞」即礦砂煉汞，求長生。「白雪黃芽」是兩味藥材，道家採用為長生藥。元代無名氏有《白雪黃芽詩》說：「白雪與黃芽，兩味晶華共一家。摘采辯時衰與旺，堪誇。」

這就是貶道。道家煉丹有外丹和內丹。內丹就是此前「靈台方寸山、斜月三星洞」菩提祖師所講煉「精氣神」，主要是運氣通過各種經脈求長生，即氣功，實則是非常有限的精神療法。外

丹就是立爐煉汞（水銀），採藥制藥求長生。秦始皇受方士（即道士）蠱惑，讓方士徐福帶領八百童男童女，渡海到蓬萊仙島取長生藥，結果耗費鉅資，不見長生藥的影子。玉皇大帝老奴太上老君用水銀、砒霜、黃銅、錫鐵、金銀、碳、鉛等煉丹，吃者必死。煉丹邪教邪門邪道，就是妖怪。孫悟空先後打死了白衣秀士（白花蛇）、道士凌虛子（蒼狼）。

其二、批評心學又貶佛。孫悟空與熊羆怪打個平手。有自我思想意志的孫悟空怪罪觀音，他對三藏說：「我想這件事都是觀音菩薩沒理，她有這麼一個禪院在此，受了這裡人家香火，又容那妖精鄰住。我去南海尋她，與她講三講，叫她親來問妖怪討袈裟還我。」孫悟空來到南海，對觀音說了自己的遭遇。觀音與他一起騰雲駕霧趕往黑風山。途中孫悟空出一妙計：他自己變成「大仙丹」，觀音變身凌虛子蒼狼怪，捧著這仙丹，去與熊羆怪上壽，把這「大仙丹」獻給熊羆怪，待妖怪吃丹下肚，悟空便於中取事。聽了此計：

> 菩薩沒法，只得也點點頭兒。行者笑道：「如何？」爾時菩薩乃以廣大慈悲，無邊法力，億萬化身，以心會意，以意會身，恍惚之間，變作凌虛仙子：鶴氅仙風颯，飄飄欲步虛。蒼顏松柏老，秀色古今無。去去還無住，如如自有殊。總來歸一法，只是隔邪軀。行者看道：「妙啊！妙啊！還是妖精菩薩，還是菩薩妖精？」菩薩笑道：「悟空，菩薩妖精，總是一念。若論本來，皆屬無有。」行者心下頓悟。

這就是王陽明心學的主要觀念：「心者身下主宰，目雖視而所以視者，心也；耳雖聽而所以聽者，心也；口與四肢雖言動而所以言動者，心也。」即文中觀音所說「菩薩妖精，總是一念」，

也為民間說禪俗語「放下屠刀，立地成佛」。然而，接下來的情節轉折卻與此相反：

悟空變成仙丹，變身蒼狼怪凌虛子的觀音獻丹給熊羆怪。熊羆怪吞仙丹，孫悟空就在它肚子裡，「理四平（即揪心肝，撕肺脾）」。熊羆怪痛倒在地，觀音現相，給他套上金箍兒。妖怪跳起，拿槍刺殺菩薩和孫行者。觀音念咒，熊羆怪痛得滿地亂滾，方才皈依：

> 那怪依舊頭疼，丟了槍，滿地亂滾。半空裡笑倒個美猴王，平地下滾壞個黑熊怪。菩薩道：「孽畜！你如今可皈依麼？」那怪滿口道：「心願皈依，只望饒命！」行者恐耽擱了工夫，意欲就打，菩薩急止住道：「休傷他命，我有用他處哩。」行者道：「這樣怪物，不打死他，反留他在何處用哩？」菩薩道：「我那落伽山後，無人看管，我要帶他去做個守山大神。」行者笑道：「誠然是個救苦慈尊，一靈不損。若是老孫有這樣咒語，就念上他娘千遍！這回兒就有許多黑熊，都教他了帳！」卻說那怪蘇醒多時，公道難禁疼痛，只得跪在地下哀告道：「但饒性命，願皈正果！」菩薩方墜落祥光，又與他摩頂受戒，教他執了長槍，跟隨左右。

觀音封妖怪為神，此觀音邪門！佛廟萬千僧徒，天天念佛從不為惡，依然葬身荒丘，腐朽成枯骨，而觀音收伏熊羆怪，信口一封落珈山守山大神，這可與《水滸傳》梁山土匪求官之道「要當官，殺人放火受招安」遙相呼應：「要成仙，做怪吃人歸佛山。」妖怪卻成了佛教的神，此佛教非佛，是巨大妖魔集團，此後多有情節體現。再說這熊羆怪的皈依是「一念所致」嗎？他疼得受不了，方說「但饒性命，願皈正果」。觀音讓他做觀音落珈山守山

大神，他「才一片野心今日定，無窮頑性此時收」。人本性有善，有惡。性本善者，「一念成佛」，或者說生來就是佛；性本惡者，生來就是惡魔，不是一念就可以成佛，定要像對待熊羆怪一樣，嚴厲懲處，給予出路，恩威並用，方可勸善。

煉丹的黑風山熊羆怪和凌虛子蒼狼怪、白衣秀士白花蛇怪，是孫悟空遭遇的第一波來自道教的三個妖怪，也是來自天仙、道、佛三界的第七個妖怪。

## 五、高老莊豬剛鬣皈依案：玉帝無道

第十八回《觀音院唐僧脫難　高老莊大聖降魔》，到十九回《雲棧洞悟空收八戒　浮屠山玄奘受心經》出現了前天河「天蓬元帥」，後來成為豬八戒的豬剛鬣。前此已經交待，這前天蓬元帥因為酒醉追求嫦娥，被打了兩千錘，貶下凡間，自名為上天供品的「豬剛鬣」。

三藏和孫悟空來到烏斯藏國高老莊，正逢莊主高太公派遣家僕出莊，尋法師收伏豬剛鬣。豬剛鬣久等取經人不至，食色饑渴，他變身一黑胖漢子，入贅高太公家做女婿，但一不小心還原形，是一隻長嘴大耳、豬頭豬身的豬。高太公一家認定他是妖怪，要趕他走。他弄雲起霧，霸住媳婦，高大公請來的和尚「不濟」，道士「膿包」，都無法奈何。

孫悟空潛入後宅，救出高太公女兒，然後弄神通變身那女兒，在床上哄得豬剛鬣說出自己家在福陵山雲棧洞。孫悟空變臉追殺，來到福陵山雲棧洞。大戰中，孫悟空問他的來歷，豬剛鬣說自己曾經是管天河的天蓬元帥，因為蟠桃會上「撞入廣寒宮，……全無上下失尊卑，扯住嫦娥要陪歇」，就被玉帝「重責兩千錘，肉綻皮開骨將折。放生遭貶出天關，福陵山下圖家業」，自言「我因有罪投錯胎，俗名喚作豬剛鬣」。天蓬元帥是色鬼，無禮騷擾嫦娥，該責罰，但玉帝讓他變身成豬太過分，而他吃人

為生,說自己「石洞心邪曾吃人」,後來回憶「想當年自己在高老莊,吃人是常事」。可見玉帝法律:天威不可犯,天條不可逆,但在凡間吃人他視若無睹。前此已述,玉帝用龍肝鳳髓、玉液瓊漿、蟠桃仙果宴請如來,他自己常常用為御膳,凡間人肉他可看不上眼,不在仙品之列,就讓野豬吃吧。

豬、猴大戰中,得知孫悟空是取經人徒弟,想起觀音要他跟隨取經人,「往西天拜佛取經,將功折罪還得正果」,他要求見唐僧。悟空燒了雲棧洞,綁縛他,揪他耳朵到高老莊見唐僧。他叩頭,拜三藏為師。三藏給他取名「豬八戒」,要他戒「五葷三厭」。臨別,八戒不捨,搖搖擺擺,對高老唱個喏道:「上復丈母、大姨、二姨並姨父、姑舅諸親:我今日做和尚了,不及面辭,休怪。丈人啊,你好生看待我渾家,只怕我們取經不成,好來還俗,照舊與你做女婿過活。」

豬剛鬣是孫悟空遭遇的來自天仙界的第五個妖怪,也是來自天仙、道、佛三界的第八個妖怪。與捲簾大將、小白龍一樣,是被玉帝逼陷而為妖怪。

接著佛教經典《多心經》出現,此乃承恩先生為揭示佛教謊言騙局而設下的伏筆。他們一路西行,過烏斯藏國界,來到浮屠山,見到住在香檜樹上的烏巢禪師。禪師傳給唐三藏《多心經》,說:「若遇魔瘴之處,但念此經,自無傷害。」這是撒謊,唐僧一路念此經,一路魔障並沒有因為《多心經》而消失。烏巢禪師自己也沒有佛性,臨別賦詩指路,嘲笑豬八戒是「野豬挑擔子」,罵孫悟空是「多年老石猴」,氣得孫悟空舉棒搗烏巢。烏巢就是烏巢禪師修道的地方,此烏巢禪師無道,故而《三國演義》中曹操一把火燒了袁紹囤糧的烏巢。

《西遊記》一路西行,吳翁承恩貶以玉帝為首的仙,貶以太上老君為首的道,貶以如來為首的佛。再看第二十回《黃風嶺唐

僧有難　半山中八戒爭先》和第二十一回《護法設莊留大聖　須彌靈吉頂風魔》貶佛。

## 六、黃風嶺黃風怪案：如來佛經使貂鼠變身妖怪

　　第二十回，他們一行三人來到十分險峻的黃風嶺，陡然刮起一陣怪風，出現了黃風怪的虎先鋒，嚇得唐三藏又一次翻跌下馬，魂飛魄散，戰戰兢兢誦念《多心經》，但沒用。黃風怪引開孫悟空和豬八戒，又回來將正在念經的唐三藏攝去。烏巢禪師所言「若遇魔瘴，但念此經，自無傷害」的謊言一戳就破。這一回其他情節我們都不說，單說孫悟空和豬八戒打死虎先鋒以後，與黃風怪對陣。這黃風怪能吹黃風，使天地無光。悟空、八戒從化身為老翁的太白金星留下的帖子得知，這黃風怪要須彌山靈吉菩薩方可收伏。孫悟空到須彌山，請來靈吉菩薩，拿住這黃風怪。從靈吉菩薩口中，孫悟空方得知黃風怪是如來靈山腳下得道的黃毛貂鼠：

> 　　行者趕上舉棒就打，被菩薩攔住道：「大聖，莫傷他命，我還要帶他去見如來。」對行者道：「他本是靈山腳下的得道老鼠，因為偷了琉璃盞內的清油，燈火昏暗，恐怕金剛拿他，故此走了，卻在此處成精作怪。如來照見了他，不該死罪，故著我轄押，但他傷生造孽，拿上靈山；今又衝撞大聖，陷害唐僧，我拿他去見如來，明正其罪，才算這場功績哩。」行者聞言，卻謝了菩薩。菩薩西歸不題。

　　孫悟空開始學乖了，學會「隱惡揚善」。經歷八十一難上靈山，如來封賞他為「鬥戰勝佛」，就因：「且喜汝隱惡揚善，在途中煉魔降怪有功，全始全終。」「隱惡揚善」可是在專制官場得官，升官，保官的通行規則。孫悟空沒有責備靈吉菩薩監押失職，也沒有追問這長尾、形如乖乖小狗的黃毛貂鼠在如來佛靈山

腳下聽經「得道」,卻成吃人的妖怪?它所得之「道」是何道?黃毛貂鼠在如來佛靈山腳下「得道」,這道應該是如來佛所講之道吧,但它先「偷吃琉璃盞燈油」,後來獨霸黃風嶺,成為吃人的黃風怪,如來卻判它「不該死罪」,可見這如來之道,非真佛之道。靈吉菩薩監管失職,也是黃毛貂鼠為害人間的重大原因。他說:「我拿他去見如來,明正其罪」,結果如何,文中沒有交代,說「行者聞言,卻謝了菩薩」。這個「卻(反而)」字,體現了承恩先生對悟空「謝了菩薩」的深深失望,卻又不得不如此的深深歎息,因為菩薩就是妖怪們的師傅、舵爺、後台老闆!

與如來、觀音等等諸佛有關的妖怪多多,筆者會漸次調侃。承恩貶佛,實寫人間變異:許多人,尤其是統治者,自個明明是妖精妖怪,他硬說自己是佛,是道,是天子,是正義,是太陽,還有一連串層出不窮、天花亂墜的重複的騙人佛理、道理、真理、思想、理論。《水滸傳》就有土匪和尚生鐵佛崔道成,土匪道士飛天夜叉丘小乙和入雲龍公孫勝。吳翁承恩先生自言:「雖然吾書名為志怪,蓋不專明鬼,實紀人間變異,亦微有鑒戒寓焉。」

這黃毛貂鼠可是「靈山腳下得道老鼠」,是來自佛界的第一個妖怪,是來自天仙、道、佛三界的第九個妖怪。

## 七、流沙河怪案:捲簾大將與骷髏法船

第二十二回《八戒大戰流沙河　木叉奉法收悟淨》。第八回已交代,前捲簾大將只因失手打碎了一個玻璃盞,被玉帝暴打八百錘,貶下凡吃人為生,還遭受七日一次,利劍穿胸百餘回的酷刑。觀音要他做唐僧的徒弟,隨同保護上西天取經以免罪。此時他出場,「項下骷髏懸九個」,不識唐僧,要吃唐僧。與孫悟空、豬八戒大戰流沙河,他被悟空打敗,守在大河中流洞窟內,不出戰,弄得唐僧也不敢過河。孫悟空縱筋斗雲到普陀山,請來觀音徒弟惠岸。從惠岸口中,沙河怪得知唐僧就是他等候的取經人,

他拜三藏為師，又拜行者和八戒為師兄，成了沙悟淨，又稱沙和尚。

　　這一回最有意思的是吳翁承恩的「微言大義」。惠岸與悟空從普陀山啟程前往流沙河時，觀音吩咐惠岸用她的葫蘆，配合沙河怪的九個骷髏，做成渡唐僧過流沙河的法船，說：「把他那九個骷髏穿在一處，按九宮布列，卻把這葫蘆安在當中，就是法船一隻，能度唐僧過流沙河界。」沙河怪皈依佛門，拜三藏為師後，惠岸遵照觀音菩薩吩咐，用沙河怪的骷髏和觀音所賜葫蘆做成法船，唐僧「登法船，坐於上面，果然穩如輕舟」，上了岸，而「那九個骷髏一時解化為九股陰風，寂然不見」。

　　為何是九個骷髏？為何解化為九股陰風？與「三」一樣，「九」在中國古代常指數量多，承恩翁在此指前捲簾大將在流沙河吃人多，冤魂多。與八戒對陣，他自誇說：「飽時困臥此山中，餓去翻波尋食飽。樵子逢吾命不存，漁翁見我身皆喪。來來往往吃人多，翻翻覆覆傷生瘴。」他項下懸九個人頭骷髏，相當於《水滸傳》武松所戴的用九九八十一個頭頂骨串聯成的念佛數珠，就是自誇殺人無數，吃人無數，宣揚自我威名的妖魔廣告。

　　「法船」是什麼？法船，本是佛教度人出苦海的法器。《佛法大辭典》記載：「佛法可救眾生之沉溺，使了脫生死，安度生死海而到涅槃彼岸，猶如船隻能度人過河，故以船喻之。」《心地觀經》卷一（大三·二九五上）說：「善逝恒為妙法船，能截愛流超彼岸。」自古以來中國舊曆七月十五日，各佛寺和民間都要濟度無緣者，燃燒紙製之船。《西遊記》中這法船卻是遵觀音指令，將「九個骷髏穿在一處，按九宮布列，卻把這葫蘆安在當中」製造的。法船本來普渡眾生過苦海，而觀音卻用九個被前捲簾大將吃掉的人的骷髏做成法船，渡如來徒弟金蟬子過流沙河。

　　葫蘆，即「瓠」，在莊子寓言《逍遙遊》之莊子與惠子對話

中是「以為大樽而浮於江湖」，尋求逍遙自由的船，但佛教觀音的葫蘆，卻成了被安在九個骷髏中間，渡金蟬子過流沙河成佛的「法船」。也就是說，唐僧們的逍遙自由，需要無數骷髏為成本。

觀音吩咐用葫蘆和九個骷髏做法船渡唐僧師徒上西天取經，具有象徵意義，也具有暗示預警意義。唐僧歷經八十一難方取得佛經成佛，而這一路妖怪絕大多數是來自仙道佛三界，他們在凡間吃人無數，這些冤魂們的骷髏不正是渡唐僧們過佛海，取佛經，最後成佛的法船嗎？

「那九個骷髏一時解化為九股陰風，寂然不見。」我想，無數骷髏陰魂們一定在流血哭喊：「如來佛祖！觀音菩薩！你們渡眾生過苦海的法船在哪兒啦？！你們為何用我們的骷髏做法船，渡你們過河成佛？吃我們血肉的捲簾大將也坐在我們骷髏上過河了！他為何不受玉帝天雷打？為何不鎮壓他在五行山下？如來、觀音，你們效忠無道玉帝，狼狽為奸，禍害人間！你們不是佛！是妖魔！」一番呼喚，沒有回應，這些冤魂「解化為九股陰風，寂然不見」。他們去哪兒？去尋找真佛？！冤魂們，這世間沒有佛，真佛在我們心中，我們就是佛，我們自己才能解救自己，渡自己過苦海。

作惡流沙河的前捲簾大將沙河怪是孫悟空遭遇的來自天仙界的第六個妖怪，也是來自天仙、道、佛三界的第十個妖怪。

## 八、四聖試禪心案：欲練此功，必先自宮

第二十三回《三藏不忘本　四聖試禪心》案件的意旨在開場白：「這一回書，蓋言取經之道，不離了一身務本之道也。」這務本之道就是「八戒」之第三戒：色戒。當和尚求長生成佛，必須戒色，也就是金庸先生所言「欲練此功，必先自宮」。

為了試探唐三藏等四人是否是自宮的佛教太監，觀音特地邀請梨山老母、普賢菩薩、文殊菩薩用美色和財富考驗四人。她們

在山間點化一座富麗莊園，梨山老母變作一個風流中年婦人，觀音、普賢、文殊三菩薩則變化為三個年少嬌女：二十歲的真真、十八歲的愛愛、十六歲的憐憐，誘惑四人。能洞曉一切的孫悟空一眼看出這是四個老醜女菩薩的變身幻化，自然沒有動心思。看看不知真相的三藏、豬八戒、沙和尚的表現：

面對風流夫人說自己「家資萬貫，良田千頃……小婦人娘女四人，意欲坐山招夫，四位恰好。不知尊意肯否如何」的誘惑，唐三藏「推聾裝啞，瞑目寧心，寂然不答」。風流夫人再以女兒的年齡、美色、詩詞文雅、穿錦著綾進行誘惑，三藏內心有激烈的色、佛衝突：「好便是雷驚的孩子，雨淋的蝦蟆，只是呆呆掙掙翻白眼打仰」，即以佛強力壓抑自己勃發的色欲。心中無佛的八戒聽說這等富貴，如此美色，「一似針戳屁股，左扭右扭的，忍耐不住」，苦惱埋怨，要師傅「理會」。

繼而風流婦人賦詩說「在家」比「出家」好，唐三藏賦詩說「出家」比「在家」好。這是「在家人」與「出家人」的大論戰，最能見和尚為何出家，人們為何信佛：

那婦人道：「長老請坐，等我把在家人好處說與你聽。怎見得？有詩為證，詩曰：

「春裁方勝著新羅，夏換輕紗賞綠荷；秋有新蒭香糯酒，冬來暖閣醉顏酡。四時受享般般有，八節珍饈件件多；襯錦鋪綾花燭夜，強如行腳禮彌陀。」

三藏道：「女菩薩，你在家人享榮華，受富貴，有可穿，有可吃，兒女團圓，果然是好。但不知我出家的人，也有一段好處。怎見得？有詩為證，詩曰：

出家立志本非常，推倒從前恩愛堂。外物不生閒口舌，身中自有好陰陽。功完行滿朝金闕，見性明心返故鄉。勝似在家貪血食，老來墜落臭皮囊。」

可見，原本動色心，有激烈內心衝突的唐三藏之所以戒色信佛，不是行佛之善道，根本在「出家」求取長生，免得「老來墜落臭皮囊」。這是一切正教、邪教誘惑人信仰其教義的根本所在，信奉基督教的人上天堂，信奉佛教的人涅槃成佛，信法輪功也為了煉成長生羅漢。對佛教而言，其代價之一是「欲練此功，必先自宮」，因此唐三藏決心「推倒從前恩愛堂」，立非常之志，自我閹割以求長生不死。風流婦人假裝大怒，三藏便要悟空留在這裡做丈夫，知真相的悟空當然推脫，撒謊說「我從小不曉得幹那般事」，推薦豬八戒留下。一心要官復原職，重做捲簾大將，免得每七日一次利劍穿心的沙僧也堅決推脫，說「絕不幹此虧心之事」。八戒無戒，尤其不戒食色，得到孫悟空的推薦，假推諉，繼而他藉口放馬吃草，悄悄牽馬到後門，叩見風流婦人，開口叫「娘」，暗自與娘達成做女婿的協定。於是風流婦人回房帶著三個女兒真真、愛愛、憐憐現身，最後一次誘惑四眾：

> 又聽得呀的一聲，腰門開了，有兩對紅燈，一副提壺，香雲靄靄，環珮叮叮，那婦人帶著三個女兒，走將出來，叫真真、愛愛、憐憐，拜見那取經的人物。那女子排立廳中，朝上禮拜。果然也生得標緻，但見她：
> 一個個蛾眉橫翠，粉面生春。妖嬈傾國色，窈窕動人心。花鈿顯現多嬌態，繡帶飄颻迥絕塵。半含笑處櫻桃綻，緩步行時蘭麝噴。滿頭珠翠，顫巍巍無數寶釵簪；遍體幽香，嬌滴滴有花金縷細。說甚麼楚娃美貌，西子嬌容？真個是九天仙女從天降，月裡嫦娥出廣寒！

請看師徒四人表現：

> 那三藏合掌低頭，孫大聖佯佯不睬，這沙僧轉背回身。你看那豬八戒，眼不轉睛，淫心紊亂，色膽縱橫，扭捏出悄

語低聲道：「有勞仙子下降。娘，請姐姐們去耶。」那三個女子，轉入屏風，將一對紗燈留下。

孫悟空知道真相當然「佯佯不睬」。一心官復原職，免得利劍穿心的沙僧只能「轉背回身」，不敢目睹動心。豬無戒自然「眼不轉睛，淫心紊亂，色膽縱橫」。唐僧一心不要「老來墜落臭皮囊」，故而竭力克制色心跳躍而「合掌低頭」。這「合掌低頭」是信佛者最常用的祈禱動作，這動作表明唐三藏在竭力壓抑自己心中色欲，低聲禱告說：「我的佛祖啊，千萬不要讓我動色心。我已經把自己閹了，騙了，刪了，割了，一心跟隨您上西天。」所以，我們一定要理解唐三藏一路哭哭啼啼，哀哀淒淒，百無一能，就因為「欲練此功，必先自宮」，他已經不是一個男子漢。

接著，風流婦人誘惑：「四位長老，可肯留心，著那個配我小女麼？」悟淨道：「我們已商議了，著那個姓豬的招贅門下。」於是豬八戒上當，他假意推拒一兩句，立即迫不及待，跌跌撞撞地闖進內屋。他求告丈母娘，要將三個女兒都收入自己房中。丈母不答應，要他「撞天婚」，閉著眼睛抓住誰就是誰。三個美女都躲避他，戲弄他，使他黑地裡筋斗撲爬。撞天婚不成，最後無奈，他要娶岳母為妻。岳母不答應，要他穿三個女兒裁制的珍珠嵌錦汗衫，說：「你若穿得哪個的，便叫哪個招你吧。」八戒要求試穿三件珍珠嵌錦汗衫，如果均合身，便娶三個美女為妻，但只穿了一件珍珠嵌錦汗衫，就被綑綁驟然吊出莊院，捆懸在樹林中，而風流婦人、仨美女與富麗莊院一起寂然失蹤，完全是一場美色噩夢。他痛苦難禁，喊了一通宵：「師傅啊，繃殺我了！救我一救！下次再不敢了！」

第二十三回這一情節有雙重意味：

一說色欲難戒，佛教色戒悖逆人性。孫悟空知道這四美女是觀音、梨山老母、文殊和普賢菩薩四個老女菩薩的化身，當然不

會上當。沙僧一心想官復原職,免得利劍穿心,必然不敢動色心。唐三藏被佛教迷惑,以為戒色方能進入長生不死的佛門,故而強制壓抑自我色心,殘忍地自我閹割,裝作沒性感覺。豬八戒不知真相,也沒有這些顧慮,色心難忍,鑽進圈套受苦。豬八戒為何名叫豬,就因為他食慾、色慾特別旺盛,故而佛教為他取名為「豬」。得救後,他恐懼地說:「下次再也不敢了」,進而發誓:「從今以後,再也不敢妄為。就是累折骨頭,也只是摩肩壓擔,隨師傅西域去也。」然而,在前往西天的途中,豬八戒一見美女、美妖、美女國王就忍不住色心轟動。第九十五回《假合真形擒玉兔　真陰歸正會靈元》月宮太陰星君與嫦娥等來到如來靈山所在的天竺國,豬八戒一眼看到嫦娥,立即「動了欲心,忍不住跳在空中,把霓裳仙子抱住道:『姐姐,我與你是舊相識,我和你耍[23]子去也。』」第一百回《徑回東土　五聖成真》如來表揚豬八戒「喜歸大教,入我沙門,保聖僧在路」,又說他「有頑心,色情未泯」,因豬八戒「食腸廣大」,他封豬八戒為「淨壇使者」,也就是讓豬八戒每天到四大洲佛教寺廟,吃他們這些佛、菩薩的殘羹剩飯,但對豬八戒色欲卻沒有關照。孔子在《論語・子罕》中感慨他所見世人:「已矣乎!吾未見好德如好色者也。」《孟子・告子上》說:「食色,性也。」儒家認可食色之性,而佛教戒色,就是要信徒閹割自己從佛。這不合人性,豬八戒其他可以戒,但無法戒「食性、色性」。在《水滸傳》第四十五回《楊雄醉罵潘巧雲　石秀智殺裴如海》有十分生動的描述。文中先引蘇東坡之語說和尚色欲:「不禿不毒,不毒不禿;轉禿轉毒,轉毒轉禿。」再引和尚自己的話說和尚:「一個字便是僧,兩個字是

---

[23] 會意字。從而,從女。而,頰毛。本義:男子用鬍鬚戲弄女子。一般指不正當的行為。

和尚，三個字是鬼樂宮，四個字是色中餓鬼。」楊雄老婆潘巧雲做道場。這一佛堂和尚見了楊雄老婆美豔，都七顛八倒起來，但見：

> 班首輕狂，念佛號不知顛倒；闍黎沒亂，頌真言豈顧高低。燒香行者，推倒花瓶，秉燭頭陀，錯拿香盒。宣名表白，大宋國稱做大唐；懺罪沙彌，王押司念為押禁。動鐃的望空便撇，打鈸的落地不知。敲鉿子的軟著一團，擊響磬的酥做一塊。滿堂喧哄，繞席縱橫。藏主心忙，擊鼓錯敲了徒弟手；維那眼亂，磬槌打破了老僧頭。十年苦行一時休，萬個金剛降不住。

二勸世人不要色欲無度。第二十四回開篇承上啟下，孫悟空解救八戒，嘲笑八戒，有《西江月》一詞表達這一勸誡：「色乃傷身之劍，貪之必定遭殃。佳人二八好容妝，更比夜叉凶壯。只有一個原本，再無微利添囊。好將資本謹收藏，堅守休叫放蕩。」色不可戒，但放蕩不羈必傷身。自古歷朝皇帝多半夭亡，多半因三宮六院，嬪妃無數，色傷其身。當然，如今的各級帝王盡享當今生物科技之福，即便無數嬪妃，倚仗科技強硬丸，也可盡享卻不傷身，長命百歲，食色千年。

## 九、萬壽山五莊觀人參果案：道教與老莊之道相悖

第二十四回至第二十六回題旨貶道。萬壽山五莊觀鎮元大仙得到道教始祖元始天尊邀請，上彌羅宮聽講「混元道果」。他吩咐留在觀裡的清風、明月二童子，要他們招待即將路過這裡的唐三藏吃兩個人參果，因為他和三藏前身金蟬子五百年前曾在「蘭盆會相識」。三藏帶著三個徒弟來了，清風、明月留宿。遵師命，他們摘了兩個人參果請唐僧。唐僧因這人參果特像「嬰兒」，沒有吃，兩道童就自己吃了。豬八戒攛慫孫悟空偷了三個人參果，

與沙僧一起吃了。道童得知,謾罵,使悟空生氣,隱身再進後園打倒人參果樹。道童夜巡,見樹倒,人參果無影無蹤,他倆閉門將四人鎖在觀裡,想等師傅鎮元大仙回來懲辦他們。孫悟空使法解鎖,用瞌睡蟲使兩道童瞌睡,他們四眾出逃。第二十五回鎮元大仙回到五莊觀,從道童口中得知此事,他駕風騰雲追上四人,撒袍籠袖將他們擒拿回觀裡。他命徒弟用龍皮做的七星鞭拷打悟空,打得悟空「兩隻腿似明鏡一般」(注意是「龍皮」做的鞭子)。晚上,孫行者掙脫繩索,將四棵柳樹變作他們四人形體,再次翻牆逃走。第二天一早,鎮元大仙發覺,追趕,再次甩袍袖將他們擄回。這一次他鞭打孫悟空,油炸孫悟空,「與我人參樹報仇」,但無法致死悟空。幾經周折,第二十六回《孫悟空三島求方　觀世音甘泉活樹》孫悟空請來觀世音,用淨瓶水救活這棵樹。結果,大家都吃人參果,鎮元子與孫悟空結拜為兄弟,文中說「這才是不打不相識,兩家合為一家」。

此案意在表達與三清齊名的鎮元大仙不是老莊之道徒,完全是惡人一個。因為一棵人參果樹,可以鞭打、油炸偷果打樹的人。且鞭子是龍皮製作的,可以想見,不知哪一條龍遭了他的毒手。而且他吃的這人參果形如嬰兒,嬰兒可是老莊純淨自然之道的至高境界。《道德經‧第十章》:「專氣致柔能如嬰兒乎(人們呼吸吐納,能像嬰兒心平性柔嗎)?」《道德經‧第二十章》:「我獨泊兮,其未兆,如嬰兒之未孩(我淡泊恬靜,一如還不會笑的嬰兒)。」《道德經第二十八章》:「常德不離,復歸於嬰兒(謹守恆久長遠的道德,即回歸嬰兒純淨無邪狀態)。」《道德經‧第五十五章》:「含德之厚,比於赤子(含德深厚的人,好比初生嬰兒)」。道教鎮元大仙與老莊追求純淨自然、萬物平等完全相悖,他用龍皮做鞭子抽打人,用油鍋燒炸人,吃一如活嬰的人參果。第二十六回觀音應邀現身救活人參樹,佛道兩家同吃人參

果，鎮元大仙還與孫悟空結拜為兄弟。文中說「這才是不打不相識，兩家合了一家」就是「道教與佛教」合為「一家」，共同反對老莊回歸純淨如嬰兒的自然之道。第七十八回——第七十九回更有道教南極老壽星用嬰兒心肝做長生藥的秘方。此道教邪門，毒惡。

鎮元大仙是來自道教的第四個妖怪，也是來自天仙、佛、道三界的第十一個妖怪。

## 十、白骨精案：孫悟空人格的再次奴化

第二十七回《屍魔三戲唐三藏　聖僧三逐美猴王》，一直到第三十一回《豬八戒義激猴王　孫行者智擒妖怪》對孫悟空而言非常重要。與第十四回《心猿歸正　六賊無蹤》比較，這四回特別展示孫悟空奴性的形成，可以說自我思想意志猴王孫悟空，已經轉變為以唐三藏為主子的奴才。其後在黑松林作怪的碗子山波月洞黃袍怪的身份和行為更揭露了以玉皇大帝為首的天界的無道濫行。

先說白骨精案。與往常一樣，一開頭孫悟空在虎狼成陣，大蟒長蛇成群的山道中開路，三藏直嚷肚子餓。行者陪笑說無處尋齋飯，唐三藏就心中不快，口裡罵「猴子」不知報恩。行者怕師父念緊箍咒，跳上雲端，尋齋飯。看到遠方荒野，有熟紅山桃，他就去摘桃。

這時候，屍魔白骨精出現，看見坐在地上等桃子吃的三藏，以為「金蟬子化身，十世修行的原體」，他想吃唐僧肉，求「長壽長生」。白骨精變成一個「酥胸、柳眉、杏眼」二八佳人，提飯罐一路行來齋僧。八戒立即忘了「前色之鑒」，立刻動了色心，他聽信白骨精「齋僧」的謊言，唐三藏也信了白骨精的話。正在這時候，孫悟空摘桃回來，知道這美女是妖精，他棒打美女。白骨精原身脫體走了，留下一具被打死的美女屍體。面對美女屍

體,唐三藏信了豬八戒的挑唆,以為悟空作惡,念咒,咒得悟空大叫「頭疼!」三藏要趕悟空走,悟空哀告:「師父,我回去便也罷了,只是不曾報得你的恩哩。」這恩就是如來設計要唐三藏在五行山放他出石匣。孫悟空因此要報恩,說「知恩不報非君子,萬古千秋作罵名」,此可謂中國古代之義氣規則,唐三藏又留下了孫悟空。讓三藏釋放被鎮壓五百餘年的悟空,使這百無一能的金蟬子對悟空有恩,使悟空成為「報恩」的奴才,是如來刻意設計的用來套悟空的金箍圈套。

白骨精又變化成一個老婦人,哭著來尋找女兒。孫悟空認出是妖怪,一棒打來,白骨精原身又脫體走了,留下一具老婦人屍體。聽信豬八戒第二次挑唆,唐僧第二次念緊箍咒,「足足念了二十遍。可憐,把個行者頭勒個凹腰葫蘆」。唐僧責罵悟空「是個無心向善之輩,有意作惡之人」,再一次趕悟空走。孫悟空答應走,但要求三藏念念「鬆箍兒咒」,退下頭上的金箍兒。唐僧沒有「鬆箍兒咒」,孫悟空就要求「若無《鬆箍兒咒》,你還帶我去走走吧」。三藏沒奈何,孫悟空又「服侍師父上馬,剖路前進」。

白骨精,又變成一個尋找女兒和老婆的老公公。孫悟空再次認出這是妖怪,拿出棒來,自己尋思道:打死這妖怪,師父要念緊箍咒;不打,他要劫走師父,又要費心勞力去救。也許師父「虎毒不吃兒」,會嘴裡留情,於是這一棒真打死了白骨精。看著白骨髑髏,聽信豬八戒第三次挑唆,唐三藏第三次念咒,「行者禁不得疼痛,跪於路邊,只叫:『莫念!莫念!有話快說了吧!』」唐三藏第三次趕悟空走。孫悟空自述:師父對他有恩,自己對師父也有功,現在既然「鳥盡弓藏,兔死狗烹」,他答應走,但要求解除「金箍兒咒」。唐三藏說:「我不再念了。」孫悟空執意要留下,說:「這個難說。若到那毒魔苦難處不得脫身,八戒、

沙僧救不得你，那時節想起我來，忍不住念誦起來，就是十萬里路，我的頭也是疼的；假如再來見你，不如不作此意。」

唐僧惱怒，寫下一紙貶書，遞給行者，粗言發誓：「猴頭！執此為照！再不要你做徒弟了！如再與你相見，我就墜了阿鼻地獄！」悟空無奈收了貶書，儘管師父發誓「不受你夕人的禮」，他也拜了唐僧一拜。臨別，他吩咐沙僧留心八戒的壞話，又囑咐：「途中更要仔細，倘一時有妖精拿住師父，你就說老孫是他大徒弟。西方毛怪，聞我的手段，不敢傷我師傅。」唐三藏道：「我是一個好和尚，不提你這夕人的名字。你回去吧。」孫悟空見「長老三番兩復不肯回心轉意，沒奈何才去。你看他：噙淚叩頭別長老，含悲留意囑沙僧。」

白骨精案內涵有二：

其一、如來設計的報恩忠義陷阱。此案既表現唐僧無眼辨識真假，被假象迷惑，但更主要在描述自我思想意志孫悟空的進一步奴化。悟空由一個被迫的奴才，成了一個心甘情願的奴才。這唐僧有令人佩服之能？他怯弱無能，只會哭，怨，罵，唸緊箍咒！他有師父對徒弟之情？沒有，只哭，怨，罵，唸緊箍咒！何曾為辛勞的弟子們想過？！悟空為何效忠這個無能無情的師父？只因要「報恩」，這恩可是如來和觀音設計的陷阱。「有恩不報非君子」是中國自古以來所謂俠客報答主子恩賜的忠義規則。《史記·列傳第二十六刺客》吳國專諸效忠公子光，刺殺吳王僚，就因「光既得專諸，善客待之」。晉國豫讓刺殺趙襄子，就因為「智伯甚尊寵之」。聶政之所以為嚴仲子效勞刺殺韓相俠累，就因為「嚴仲子奉百金為親壽，我雖不受，然是者徒深知政也。……政將為知己者用」。荊軻為燕太子丹刺殺秦王，就因為「太子前，頓首，固請毋讓，然後許諾。於是尊荊卿為上卿，舍上舍。太子日造門下，供太牢，具異物，間進車騎美女，恣荊軻所欲，以順

適其意」。《三國演義》中的關羽也這樣,效忠劉備只因為曾經桃園結義。後來赤壁大戰,他在華容道私放曹操,也因為曹操曾經對他有封賞、賜赤兔馬、容忍他過五關斬六將之恩。只要對自己有恩者就是主子,不論主子是否善惡,是否愛民,奴才均該效勞。這就是中國封建專制社會的忠義文化規則,故而,如來設計金蟬子唐僧放悟空出五行山,使金蟬子有恩於悟空,拜他為師。孫悟空也落此窠臼,成了一個報恩奴才,落入如來挖掘的忠義陷阱。

其二、白骨精善騙,先以美色,引誘人之色心,再以老婦、老翁引動人之憐憫心,以求抓獲唐僧。但他抓唐僧,吃他的肉求長生不死,也是受了佛教的騙:

> 他在雲端裡,踏著陰風,看見長老坐在地上,就不勝歡喜道:「造化!造化!幾年家人都講東土的唐和尚取『大乘』,他本是金蟬子化身,十世修行的原體。有人吃他一塊肉,長壽長生。真個今日到了。」

佛教神化如來及其遺骨、佛經、弟子以誘騙信眾。白骨聽信誘騙,以為吃如來弟子金蟬子能長生而成精,應該是來自佛教的第二個妖怪,是來自天仙、佛、道三界的第十二個妖怪。

## 十一、碗子山黃袍怪案:玉帝星官奎木狼作怪與悟空人格的奴化

第二十八回,無可奈何的孫悟空回到離別五百餘年的花果山,重整被獵人絞殺而零落的猴群部落。與沙僧、豬八戒一路西行的唐僧被碗子山波月洞黃袍怪擒拿。八戒和沙僧不是黃袍怪對手,唐三藏「在洞中悲泣……眼中流淚」。第二十九回,黃袍怪妻子(即被黃袍怪一陣狂風裹挾到這山中為壓寨夫人的寶象國三公主百花羞)以夢中金甲神人討誓願的謊言,勸得黃袍怪放了唐

三藏。公主暗自要三藏帶一封信給父王，要父王派上將，「到碗子山波月洞捉獲黃袍怪，救女回朝」。愛女失蹤多年的寶象國國王看到這封信，大哭，但手下將領無人敢領兵前往。八戒、沙僧逞能，前往碗子山波月洞擒妖。他們被黃袍怪打敗，沙和尚被捉拿。

第三十回《邪魔侵正法　意馬憶心猿》黃袍怪變化成一帥哥，到寶象國認親，成了國王三公主駙馬，反誣唐三藏為虎怪。他將唐三藏變成一隻老虎，囚禁在皇宮。國王在安祿寺大排筵席，謝駙馬救拔之恩。妖魔飲酒作樂，酒醉吃人，「把一個彈琵琶的女子抓將過來，扢咋地咬了一口」，眾人逃命，「怪物自斟自酌。喝一盞，扳過人來，血淋淋地啃上兩口」。白龍馬變身宮娥，進宮救三藏，被黃袍怪打敗，帶傷回到馬圈。豬八戒敗回寶象國，自知無法挽救，要挑行李回高老莊，做回爐女婿。白龍馬忽馬嘴吐人言，勸豬八戒到花果山，用激將法請回孫悟空降妖。豬八戒無可奈何，到花果山見到悟空，悟空挖苦三藏和八戒。讀者大多以為孫悟空之所以前往寶象國打黃袍怪，只因豬八戒激將，撒謊說黃袍怪對悟空無禮：

> 行者道：「你這個呆子！我臨別之時，曾叮嚀又叮嚀，說道：『若有妖魔捉住師父，你就說老孫是他大徒弟。』怎麼卻不說我？」八戒又思量道：「請將不如激將，等我激他一激。」道：「哥啊，不說你還好哩，只為說你，他一發無狀！」行者道：「怎麼說？」八戒道：「我說：『妖精，你不要無禮，莫害我師父！我還有個大師兄，叫做孫行者。他神通廣大，善能降妖。他來時教你死無葬身之地！』那怪聞言，越加忿怒，罵道：『是個甚麼孫行者，我可怕他？他若來，我剝了他皮，抽了他筋，啃了他骨，吃了他心！饒他猴子瘦，我也把他剁碎著油烹！』」行者聞言，

就氣得抓耳撓腮，暴躁亂跳道：「是哪個敢這等罵我！」
八戒道：「哥哥息怒，是那黃袍怪這等罵來，我故學與你
聽也。」行者道：「賢弟，你起來。不是我去不成，既是
妖精敢罵我，我就不能不降他，我和你去。老孫五百年前
大鬧天宮，普天的神將看見我，一個個控背躬身，口口稱
呼大聖。這妖怪無禮，他敢背前面後罵我！我這去，把他
拿住，碎屍萬段，以報罵我之仇！報畢，我即回來。」八
戒道：「哥哥，正是，你只去拿了妖精，報了你仇，那時
來與不來，任從尊意。」

可見，悟空前往降妖，為八戒激將的效果，然而他對猴群所
言是他此行的根本：

那猴才跳下崖，撞入洞裡，脫了妖衣，整一整錦直裰，束
一束虎皮裙，執了鐵棒，徑出門來。慌得那群猴攔住道：
「大聖爺爺，你往哪裡去？帶挈我們耍子幾年也好。」行
者道：「小的們，你說哪裡話！<u>我保唐僧的這樁事，天上
地下，都曉得孫悟空是唐僧的徒弟</u>。他倒不是趕我回來，
倒是教我來家看看，送我來家自在耍子。如今只因這件
事，你們卻都要仔細看守家業，依時插柳栽松，毋得廢墜，
待我還去保唐僧，取經回東土。功成之後，仍回來與你們
共樂天真。」眾猴各各領命。

「一日為師，終生為父」，這可是如來可以為悟空設下的緊
箍咒。接著豬八戒、孫悟空駕雲過東洋大海，孫悟空下海洗妖氣，
也使豬八戒知其真心：

那大聖才和八戒攜手駕雲，離了洞，過了東洋大海，至西
岸，住雲光，叫道：「兄弟，你且在此慢行，等我下海去
淨淨身子。」八戒道：「忙忙的走路，且淨甚麼身子？」

行者道：「你哪裡知道，我自從回來，這幾日弄得身上有些妖精氣了。師父是個愛乾淨的，恐怕嫌我。」八戒於此始識得行者是片真心，更無他意。

就此可見，被師父趕回花果山，沒有得到天界、佛、道承認的孫悟空自己也認為自己是「妖怪」。故而，豬八戒提到「海上菩薩」，他就有「三分兒轉意」，因為「天上地下，都曉得孫悟空是唐僧的徒弟」，他就要「還去保唐僧取經」，一如他見到黃袍怪，與黃袍怪對話：

黃袍怪：「你好不丈夫啊！既受了師父趕逐，卻有什麼嘴臉又來見人！」行者道：「你這個潑怪豈不知『一日為師，終身為父』！你如今害我師父，我怎麼不來救他？」

「一日為師，終生為父」，可是中國的傳統，所以師傅又叫師父。就因為唐僧一日為師，他終身就是孫悟空的父。「君叫臣死，臣不死不忠，父要子亡，子不亡不孝」，從此以後，孫悟空就成為唐僧忠實奴才，任憑埋怨，咒罵，也不改忠心，一心皈依，千難萬險，受盡屈辱，做佛教奴才，也不願回花果山做一個自由自在的「妖怪」。

孫悟空到寶象國騰挪變化，與黃袍怪賭戰，沒有成功，最後到南天門通明殿查問黃袍怪來歷，方得知這黃袍怪是二十八宿之一奎星官奎木狼，他十三年以前離職下界為怪。本部星員念動咒語，奎木狼出現。孫悟空攔住要打，被眾星官攔住，他們帶奎木狼去見玉帝。

文中沒有直接描述奎木狼在下界十三年的惡行。公主百花羞被他攝去，國王禍及下人，國王自己對唐僧說：「宮裡宮外，大小奴婢子、太監，也不知打死了多少。」黃袍怪本想吃唐僧，被強佔為妻子的百花羞要他放唐僧，他答應說：「我要吃人，哪裡

不撈幾個吃吃。這個把和尚，到得哪裡，放他去吧。」可見，吃人對他而言，是常事一椿，他就是一隻狼嘛，是被玉帝封為奎木星官的狼。玉帝封狼為官，可是專制帝王統治術：他們最需要群狼咬殺群羊，烹調，奉獻。

此前已說奎木狼捉拿沙僧，打退豬八戒後，變化成一個帥哥，自稱三駙馬到寶象國認親。在金鑾寶殿，他誣三藏為虎怪，當著國王的面將唐三藏變成一個猛虎鎖進鐵籠。國王擺設酒宴款待神通驚人的女婿，請再細看他吃人：

> 當晚眾臣朝散，那妖魔進了銀安殿。又選十八個宮娥彩女，吹彈歌舞，勸妖魔飲酒作樂。那怪物獨坐上席，左右排列的，都是那艷質嬌姿，你看他受用。飲酒至二更時分，醉將上來，忍不住胡為，跳起身大笑一聲，現了本相，陡發凶心，伸開簸箕大手，把一個彈琵琶的女子，抓將過來，扢咋地把頭咬了一口。嚇得那十七個宮娥，沒命的前後亂跑亂藏，……卻說那怪物坐在上面，自斟自酌。喝一盞，扳過人來，血淋淋地啃上兩口。

請注意，奎木狼下界如此吃人十三年，該有多少生命葬生狼口。我們再看奎木狼被擒後，玉帝的審判：

> 那怪腰間取出金牌，在殿下叩頭納罪，玉帝道：「奎木狼，上界有無邊的勝景，你不受用，卻私走一方，何也？」奎宿叩頭奏道：「萬歲，赦臣死罪。那寶象國王公主，非凡人也。她本是披香殿侍香的玉女，因欲與臣私通，臣恐玷污了天宮勝境，她思凡先下界去，托生於皇宮內院，是臣不負前期，變作妖魔，佔了名山，攝她到洞府，與她配了一十三年夫妻。一飲一啄，莫非前定，今被孫大聖到此成功。」玉帝聞言，收了金牌，貶他去兜率宮與太上老君燒

火，帶俸差操，有功復職，無功重加其罪。行者見玉帝如
此發放，心中歡喜，朝上唱個大喏。

前捲簾大將失手打碎琉璃盞，被暴打八百錘，貶到流沙河，
七日一次利劍穿心百餘回。前天蓬元帥酒醉追求嫦娥，被暴打了
兩千錘，變成一隻豬。這奎木狼不知與玉帝老兒有啥私密關係，
他自言與玉女私通，下界配夫妻，吃人十三年，他沒有丁點認罪
自責，反而玩笑地說，此為「一飲一啄，莫非前定」。也就是說，
這是天命中注定，不能怪他。玉帝的懲罰是叫他去為太上老君燒
火，且是「帶俸差操，有功復職，無功重加其罪」。「這無功重
加其罪」完全是說來玩的，燒火可容易，先架柴，然後點火，搧
風，添柴，就可以「官復原職」。

玉帝完全沒有審問這奎木狼下界為妖的惡行，也沒有調查這
百花羞三公主是否真是披香殿玉女下凡。如果這奎木狼與玉女私
約下凡，應該如神瑛侍者賈寶玉與絳珠仙草林黛玉一樣，前世姻
緣一見鍾情，而不是奎木狼風捲霧裏，強逼成夫妻十三年。自然，
這三公主百花羞也不會要唐僧帶信，希望父親派兵捉獲奎木狼。
可見，奎木狼撒謊，做假供。

孫悟空也學乖了，他沒有追責玉帝管理失察，司法不公，反
而「心中歡喜，朝上唱個大喏」[24]。回到寶象國也說這是「因前
緣該為姻眷」，糊弄了事。從此以後，孫行者在人間一路仗義行
俠，嚴懲自然界妖怪，但對來自天仙界、道界、佛界的各種妖精
和各種怪事，一旦眼見諸位佛道仙神庇護，他往往啞口無言，閉
口無言，聽之任之，不了了之，但有時候又實在無法忍受而言之，
行之。

奎木狼是孫悟空遭遇的第七個來自天仙界的妖怪，也是來自

---

[24] 唱喏[hi]：古代作揖致敬時口中同時發出的聲音。

天仙、道、佛三界的第十三個妖怪。

## 十二、平頂山金角大王、銀角大王案:太上老君、金銀二童子作怪

第三十二回《平頂山功曹傳信　蓮花洞木母逢災》,一直到第三十五回《外道施威欺正性　心猿獲寶伏邪魔》金角大王、銀角大王案。我們不說此情節或緊張或搞笑的設計之妙,我們只說兩個魔怪金角大王與銀角大王的惡行和身份、來歷。

第三十二回一開場,他們一行來到平頂山,值日功曹化身為樵夫出現在山頂,高聲傳信說:「那西進的長老,暫停片時。我有一言奉告。此山有一夥毒魔狠怪,專吃你東來西去的人。」嚇得唐僧又一次「魂飛魄散」。平頂山金角大王、銀角大王聽說三藏和徒弟西行拜佛取經,而唐僧是如來徒弟金蟬子轉世,吃了他可以長生不老。他們畫了四人肖像,派遣小妖怪巡山,探查。小妖怪先抓了被悟空逼著前來巡山的豬八戒,把豬八戒「浸退了毛衣,使鹽醃著,曬乾了,等天陰下酒」。接著為了抓悟空,銀角大王變作跌斷腿的老道士哭叫於山道,唐僧就要孫悟空背馱老道走路。孫悟空認出這老道是妖魔,不情願,唐僧就罵「這個潑猴!救人一命,勝造七級浮屠」等等,孫悟空只得背馱妖怪。妖怪施行移山倒海的法術,念咒語,先後遣來須彌山、峨眉山、泰山三神山劈頭壓住孫行者。繼而,他生擒沙和尚,活捉唐三藏和白龍馬,回到蓮花洞。

隱身隨行保護三藏的金頭揭諦告訴聽從魔怪遣山咒語,遷山壓悟空的山神和土地神:被山壓的是「五百年前大鬧天空的孫悟空行者」。山神和土地神們慌忙念咒語遣開三山,孫悟空從須彌山、峨眉山、泰山三座大山鑽出來。各位山神、土地神向悟空哭述金角大王、銀角大王:

「那魔神通廣大，念動真言咒語，拘喚我等在他洞裡，一日一個輪流當值哩！」聽見當值二字，行者心驚，仰面高聲大叫：「蒼天！蒼天！自那混沌初分，天開地辟，花果山生了我，我也曾遍訪明師，傳授長生秘訣。想我那隨風變化，伏虎降龍，大鬧天宮，名稱大聖，更不曾把山神、土地欺心使喚。今日這個妖魔無狀，怎敢把山神、土地喚為奴僕，替他輪流當值？天啊！」

此兩個妖怪為何有遣動三神山壓人，拘喚山神、土地神為奴的神通，是一個驚天懸念。接著，孫悟空變化騰挪，先後偷騙金角、銀角二大王的殺人寶貝：葫蘆、淨瓶、七星劍、芭蕉扇、幌金繩，用葫蘆裝了銀角大王，最後在第三十五回用淨瓶裝了金角大王。此時懸念披露：

> 正行之處，猛見路旁閃出一個瞽者，（此大有玄機：瞽者，瞎子也。）走向前扯住三藏馬，道：「和尚哪裡去？還我寶貝來！」行者仔細觀看，原來是太上李老君，慌得上前施禮道：「老官兒，那裡去？」
>
> 那老祖急升玉局寶座，九霄空裡佇立，叫：「孫行者，還我寶貝！」孫悟空起到空中道：「什麼寶貝？」老君道：「葫蘆是我盛丹的，淨瓶是我盛水的，寶劍是我煉魔的，扇子是我搧火的，繩子是我一根勒袍的帶。那兩個怪：一個是我看金爐的童子，一個是我看銀爐的童子，只因他偷了我的寶貝，走下界來，正無覓處，卻是你今拿住，得了功績。」大聖道：「你這老官兒，著實無禮，縱放家屬為邪，該問個鈴束不嚴的罪名。」（此時孫悟空人格個性中還有兩個悟空：一個是自我思想意志「心猿」悟空，面對醜惡，有時候忍不住直言。一個是奴才悟空，面對不平，常常閉口

不言,而且「隱惡揚善」。)老君道:「不干我事,不可錯怪了人。此乃海上菩薩問我借了三次,送他在此托化妖魔,看你師徒可有真心往西去也。」大聖聞言,心中作念道:「這菩薩也老大憊懶!當時解脫老孫,教保唐僧西去取經,我說路途艱澀難行,她曾許我到急難處親來相救。如今反使精邪揵害,語言不的,該她一世無夫!若不是老官兒親來,我決不與她。既是你這等說,拿去罷。」

老君說金銀二童子是觀音菩薩借用,以考驗唐僧四人是否真心上西天。可能是謊言,也可能是真話。

說這是謊言,證據在第三十五回。金角大王在蓮花洞裡,聽小妖說行者孫騙得寶貝葫蘆,再把銀角大王裝進葫蘆,化成汁水。金角大王骨軟筋麻,跌倒在地,放聲大哭道:「賢弟呀,我和你私離上界,轉托凡塵,指望永享榮華,永為山洞之主。怎知為這和尚,傷了你性命,斷吾手腳之情!」就為了永享榮華富貴,稱霸一方,他們下凡為魔吃人,太上老君卻以謊言遮掩,說是觀音借用兩魔童以考驗取經人。

說這是真言,因為佛法無邊,道法無邊,觀音和老君一念咒,就可以使金銀二童子腹內陡生佔山為王之心,腦漿中眨眼變出下凡吃人之念,攜手下凡為怪,以此考驗取經人。就為了考驗如來二徒弟金蟬子,讓金蟬子成佛,竟然叫金銀二童子下凡吃人?金角大王、銀角大王和大小群妖有三百多名,與母親(即壓龍洞九尾狐狸)同夥吃人。文中沒有說他們下凡多少年,稱金角大王為「老魔」,稱兩魔王母親九尾狐狸為「老奶奶」。可見,這兩魔鬼及其群妖下凡起碼在百年以上。這下界凡人就不是人?就不是命?出家人經常說「救人一命,勝造七級浮屠」,唆使童子吃人是道?是佛?!且老君兩個童子,一看守金爐故名「金」,一看守銀爐故名「銀」,也非老莊追求「返樸歸真」之道。

　　太上老君所言是真是假，是個千古懸案，我們無法上靈霄殿兜率宮開庭審問老君，也無法到南海找觀世音六曹對案。承恩在這裡暗藏玄機，玄之又玄，眾妙之門。人間非儒、非道，非佛者，卻往往以孔孟儒、如來佛、老莊道自命，謊言連篇，可以說得天花亂墜，叫人真假難辨。太上老君說謊否？一如《紅樓夢》所說：「假作真時真亦假；真作假時假亦真」。以假為真，必然指真為假；假儒、假道、假佛必然指真儒、真道、真佛為假。孔子說：「仁者愛人。」「已所不欲，勿施於人。」《老子》第四十二章說：「道生一，二生三，三生萬物。」第二十一章說：「孔德之容，唯道是從。」釋迦牟尼之意就是「慈悲為懷，泛愛眾生」。

　　道教始祖太上老君的小道童吃人，此道教邪門！佛教觀音菩薩借倆道童吃人以考驗取經人，此佛教邪門！悟空交還寶貝，太上老君對金銀二童子沒有任何處罰，反而讓他們返魂，相隨左右，寵愛如舊。文中寫道──請注意「仙氣」：

> 那老君收得五件寶貝，揭開葫蘆與淨瓶蓋口，倒出兩股仙氣，用手一指，仍化為金、銀二童子，相隨左右。（仙氣？妖氣！下凡佔山為王吃人就是道教之仙，而且是永遠不老的金銀童子。此道教邪門。）只見那霞光萬道，咦！縹緲同歸兜率院，逍遙直上大羅天。

　　瞧瞧老翁與他寵愛的二童子多逍遙！此老君無道，太上老君可以將兩個童子教成吃人的魔王，更現其邪門歪道。吳翁承恩讓老君變作「聾者」，大有玄機：聾者，瞎子也！這老君可是「睜眼瞎」，大睜著眼，對自己的金童、銀童下凡吃人完全視若無睹，而且這銀角童子還可以念咒遣來須彌山、峨眉山、泰山三神山鎮壓孫悟空。這須彌山可是彌陀菩薩的道場，這峨眉山可是普賢菩薩道場；泰山有眾神駐守，以執掌陰司東嶽天氣大帝君和碧霞元

君為首,其神威上通天庭,下連地府。他們都成了「聾者」?聽到太上老君手下金童子、銀童子的咒語就遣山壓人,不問好歹?!金銀二童子可是道教始祖太上老君的寵兒,不看狗面看主面,不看僧面看佛面,狗仗人勢,狐假虎威,可是封建專制社會官僚傳統。

孫悟空相信了太上老君的話,咒罵寡婦觀音:「該她一世無夫!」也對師父說了「菩薩借童子,老君收去寶貝之事」。這唐僧沒有責怪觀音,反而「稱謝不已,死心塌地,辦虔誠,捨命投西,攀鞍上馬」。

金角大王和銀角大王是第九個來自道教界的妖怪,也是天仙、道、佛三界的第十五個妖怪。他倆背後的大妖怪就是太上老君、觀音菩薩。

## 十三、烏雞國青毛獅子案:文殊菩薩作怪

第三十六回《心猿正處諸緣伏　劈破旁門見月明》,到第三十九回《一粒金丹天上得　三年故主世間生》主要敘述烏雞國青毛獅子案。

繼上,虔誠的佛奴孫悟空護送唐僧,來到了烏雞國境。見到前面有一座山阻擋,三藏又高聲叫苦:「徒弟啊,你看山勢崔巍,須要仔細提防,恐怕又有魔障侵身也。」悟空又開導唐三藏:「師父休要胡思亂想,只要定性存神,自然無事。」來到一座名叫「赦建寶林寺」的廟宇,唐三藏怕徒弟醜,衝撞僧人,自己進去求借宿。僧官言語粗魯,叫唐僧「往前廊下蹲罷了」。唐僧「滿眼垂淚」,「忍氣吞聲」地出來。孫悟空進門,其雷公臉和金箍棒嚇得滿廟宇大小僧眾出山門「叩頭迎接」三藏,他們住進禪堂中。我們不說孫悟空在當晚看月景說「先天法象之規繩」,使唐僧「一時解悟,明徹真言,滿心歡喜,稱謝了悟空」,沙僧讓師父「亦開茅塞」,單說當晚唐僧做夢,夢見烏雞國國王冤魂喊冤。

當晚三更時分，烏雞國國王的幽靈出現在三藏房中，向三藏述說自己的遭遇。三年前鐘南山來了一個得道全真，能呼風喚雨，點石成金，烏雞國王因此與他八拜為交，結為兄弟。一天他們攜手散步御花園，全真將國王推下水井，淹死，成了一個死去三年的鬼。全真搖身變成國王，兩班文武，三宮六院，盡屬他。唐僧責備國王怯懦，要他到陰司告狀。鬼魂說：「他的神通廣大，官吏情熟，都城隍常與他會酒，海龍王盡與他有親，東嶽天齊是他的好朋友，十代閻羅是他的異兄弟。因此這般，我也投告無門。」他找三藏大徒弟齊天大聖，捉拿這道教全真妖怪。

於是，孫悟空仗義行俠，變身「立帝貨」，對出城打獵進入寶林寺的太子講述父王被全真推入御花園水井淹死，全真成了國王的真相。然後，悟空騙豬八戒，前往御花園水井撈取寶貝，從水井裡撈出國王屍體。第三十九回，豬八戒報復孫悟空，唆使師父念緊箍咒，咒得孫悟空上三十三天離恨宮兜率院，逼老君送他一粒九轉還魂丹，救活了烏雞國王。繼而，他們帶著這國王，進入烏雞國。在金鑾殿上，孫悟空揭露假國王真面目，與魔王大戰。豬八戒和沙僧圍住魔王，孫悟空跳上九霄，正要來個「搗蒜打」，結果魔王性命。這時候，文殊菩薩來了，「厲聲叫道：『孫悟空，且休下手！』」照妖鏡照魔王，魔王顯原形，原來是文殊菩薩的坐騎青毛獅子：

> 眼似琉璃盞，頭若煉炒缸。渾身三伏靛，四爪九秋霜。搭拉兩個耳，一尾掃帚長。青毛生銳氣，紅眼放金光。匾牙排玉板，圓須挺硬槍。鏡裡觀真象，原是文殊一個獅狰王[25]。（菩薩屁股下的獅子也是王，民間諺語曰：「一人得道，

---

[25] 即如獅猻狰 （shēlì）：哺乳動物，像狸貓，毛多淡黃色，有黑斑，四肢粗長，能爬樹，性兇猛。皮毛珍貴。

雞犬升天。」誠哉斯言！）行者道：「菩薩，這是你坐下的一個青毛獅子，卻怎麼走將來成精，你就不收服他？」（「心猿」悟空敢問責菩薩，不畏強權。）

菩薩道：「悟空，他不曾走，他是佛旨差來的。」行者道：「這畜類成精，侵奪帝位，還奉佛旨差來。似老孫保唐僧受苦，就該領幾道敕書！」（「心猿」悟空敢質疑高官菩薩，追求真理真相，在中國罕見。）菩薩道：「你不知道；當初這烏雞國王，好善齋僧，佛差我來度他歸西，早證金身羅漢。因是不可原身相見，變做一種凡僧，問他化些齋供。被吾幾句言語相難，他不識我是個好人，把我一條繩捆了，送在那御水河中，浸了我三日三夜。多虧六甲金身救我歸西，奏與如來，如來將此怪令到此處推他下井，浸他三年，以報吾三日水災之恨。（佛教不是宣導以善對惡麼？大肚能容，能容天下難容之事麼？）一飲一啄，莫非前定。今得汝等來此，成了功績。」行者道：「你雖報了甚麼一飲一啄的私仇，但那怪物不知害了多少人也。」菩薩道：「也不曾害人，自他到後，這三年間，風調雨順，國泰民安，何害人之有？」行者道：「固然如此，但只三宮娘娘，與他同眠同起，玷污了她的身體，壞了多少綱常倫理，還叫做不曾害人？」菩薩道：「玷污她不得，他是個騸了的獅子。」八戒聞言，走近前，就摸了一把，笑道：「這妖精真個是糟鼻子不吃酒——枉擔其名了！」行者道：「既如此，收了去罷。若不是菩薩親來，決不饒他性命。」那菩薩卻念個咒，喝道：「畜生，還不皈正，更待何時！」那魔王才現了原身。菩薩放蓮花罩定妖魔，坐在背上，踏祥光辭了行者。咦！徑轉五臺山上去，寶蓮座下聽談經。

悟空敢質疑，問咎文殊菩薩，文殊菩薩方說老實話：他與如

來派遣青毛獅子到烏雞國，侵奪帝位就因為文殊菩薩變化下凡，來到烏雞國，國王不識文殊真面目，兩人相爭，國王下令將文殊菩薩在御水河浸了三日三夜。為了此「私仇」，他就與如來唆使青毛獅子推他下井，浸國王三年，「以報吾三日水災之恨」。這文殊菩薩神通廣大，在水中可以輕易脫身。可以說，他是自願浸泡，洗腎三天，然後借此報復烏雞國王。可見文殊菩薩與如來佛殘害不聽講徒弟金蟬子一樣，心胸之狹隘，惡毒，非同一般。此前，青毛獅子被悟空揭露假皇帝真相，從金鑾殿騰空逃避。悟空騰空追趕，他回頭責怪悟空：「孫行者，你好憊懶！我來佔別人的帝位，與你無干，你怎麼來抱不平，洩漏我的機密！」

可見，這青毛獅子與自己主子文殊菩薩簽有合同：「青毛獅子下凡推烏雞國王下井淹死，浸泡三年，為其主子文殊菩薩被泡三天洩恨，主子給青毛獅子的報酬或者回扣是做烏雞國國王。」很可能，如來佛、太上老君和玉皇大帝簽字作證人。

被冤死的國王也說他無處告狀，因為以文殊菩薩為後臺的青毛獅子：「他的神通廣大，官吏情熟，都城隍常與他會酒，海龍王盡與他有親，東嶽天齊是他的好朋友，十代閻羅是他的異兄弟。因此這般，我也投告無門。」這就是人間專制社會貪官污吏濫行的翻版：大貪官及其手下作惡，中央各部門、州縣貪官當然一致保駕護航。

文中最後描述道：

> 菩薩放蓮花罩定妖魔，坐在背上，踏祥光辭了行者。咦！
> 徑轉五臺山上去，寶蓮座下聽談經。

這可是承恩先生對文殊菩薩這一類人的絕妙諷刺。他用妖怪為坐騎，指使妖怪害人，談什麼經？聽他談經，獅子成了妖怪。許多人就是如此，自說自己是真理，實則指鼠為馬的歪門邪道，

而且論道時一定嘴舌生蓮花,奴僕們一定鐘鼓齊鳴,掌聲盈耳。悟空回到烏雞國,將此事說給烏雞國君臣,他們嚇得「一個個頂禮不盡」,心裡一定悄悄質問:「佛啊佛!這就是佛?!」

文殊菩薩的獅形青毛猁狻是來自佛教界的第三個妖怪,也是來自天仙、佛、道三界的第十六個妖怪。

## 十四、邪門道教聖嬰大王案:仙佛道行政無為;聖嬰大王與「三味真火」

第四十回《嬰兒戲化禪心亂　猿馬刀歸木母空》,到第四十二回《大聖殷勤拜南海　觀音慈善縛紅孩》聖嬰大王紅孩兒案。他們一行四眾離開烏雞國,來到「六百里鑽頭號山」,遇見「聖嬰大王」紅孩兒。他與許多妖怪一樣受佛教欺騙,想吃唐僧肉,求與天地齊壽。他隱身森林,先呼救,企圖引誘唐僧上鉤,被悟空阻止,沒能得逞。他變成一個「小孩童,赤條條地吊在那樹上」。眼見此慘景的唐僧就責罵悟空:「潑猴!……憊懶……全無一些兒善良之意,心心只是要撒潑行兇!」悟空知道這小兒是妖怪的變化,但見「師父怪下來,……一則做不得手腳,二則又怕念緊箍咒,低著頭,再不敢回言」。不聽悟空勸誡,唐僧叫豬八戒解放繩索,放下紅孩兒,又要悟空背這妖怪。紅孩兒刮妖風,將唐僧攝走。悟空心灰意懶,埋怨唐僧不聽話,對大夥說:「兄弟們,我等自此就該散了!」八戒也贊同,沙僧卻不願。沙僧見悟空和八戒要散,「打了一個失驚,渾身麻木道:『師兄,你都說的是哪裡話。我等因為前身有罪,感蒙觀世音菩薩勸化,將功折罪。……不可違了菩薩的善果,壞了自己的德行,惹人恥笑,說我們有始無終也!』」因打碎琉璃盞就被玉帝打了八百錘,貶下流沙河,而且每隔七日利劍穿胸百餘次,這前捲簾大將可不敢散夥,而自認有罪。孫悟空說「兄弟,你說的也是」也是自認有罪。八戒也責怪自己「失口亂說」。他們仨奴性成型,不可改變

矣。

紅孩兒聖嬰大王在此山的濫行特別體現以玉帝為首的天仙、以如來為首的佛、以老君為首的道之行政不作為，其手下小仙沒有一丁點氣節，忒可憐。悟空尋找師父，蹤影全無，氣惱無處發作，使棒東西南北亂打。文中說「打出一夥窮神來」：

> 那行者打了一會，打出一夥窮神來，都披一片，掛一片，裙無襠，褲無口的，跪在山前，叫：「大聖，山神土地來見。」行者道：「怎麼就有許多山神土地？」眾神叩頭道：「上告大聖，此山喚做六百里鑽頭號山。我等是十里一山神，十里一土地，共該三十名山神，三十名土地。昨日已此聞大聖來了，只因一時會不齊，故此接遲，致令大聖發怒，萬望恕罪。」行者道：「我且饒你罪名。我問你：這山上有多少妖精？」眾神道：「爺爺呀，只有得一個妖精，把我們頭也摩光了，弄得我們少香沒紙，血食全無，一個個衣不充身，食不充口，還吃得有多少妖精哩！」行者道：「這妖精在山前住，是山後住？」眾神道：「他也不在山前山後。這山中有一條澗，叫做枯松澗，澗邊有一座洞，叫做火雲洞，那洞裡有一個魔王，神通廣大，常常的把我們山神土地拿了去，燒火頂門，黑夜與他提鈴喝號。小妖兒又討甚麼常例錢。」行者道：「汝等乃是陰鬼之仙，有何錢鈔？」眾神道：「正是沒錢與他，只得捉幾個山獐野鹿，早晚間打點群精；若是沒物相送，就要來拆廟宇，剝衣裳，攪得我等不得安生！萬望大聖與我等剿除此怪，拯救山上生靈。」

玉帝為首的天仙界官員特多，此前引論介紹中央級別神官達幾百個，其屬下官吏更多，此六百里鑽頭號山「十里一山神，十

里一土地」就有六十名山神、六十名土地,而行政不作為,怯弱如鼠,完全是一團糟。各種大小妖孽橫行凡間吃人、欺凌下界小仙官,但沒有直接侵犯玉帝、菩薩、老君,他們是不管的。紅孩兒說自己父親牛魔王:「我父王平日吃人為生,今活夠一千餘歲……」。一千餘年吃人為生,算算,這大嘴大肚的魔王牛該吃多少人?!這些被大仙拋棄的小仙也聽從魔王號令,一點氣節都沒有,半點反抗也沒有。在《西遊記》中,面對人間魔怪妖孽,大仙無為,小仙投降,這特別讓人想起《水滸傳》所展示的北宋末年宋徽宗時代,黑道匪道江湖覆蓋社會,禍亂社會,而奸君奸臣只顧自己享樂,對民生苦難視若無睹,而州縣貪官污吏則與黑道匪道沆瀣一氣;也特別讓人想起南宋末年,蒙古軍隊南下,長驅直入,如進入無人之境。宋朝將軍們兵敗如山倒,臨陣投敵,惟有合川嘉陵江畔釣魚城守將王堅、張珏、王立三代堅守釣魚小島城三十餘載。

接著,孫悟空得知這紅孩兒是他大鬧天空以前結識、結拜的牛魔王大哥的兒子,自以為與紅孩兒妖精「有親」,「縱然不認親,好歹也不傷我師傅」。沒曾想,聖嬰大王並不買猴叔叔的賬,見面就口吐三昧真火,燒敗悟空和八戒。悟空到東洋,請來龍王。龍王海水滅不了三昧真火,孫悟空裹著一身煙火,投入澗水中,冷水一浸,逼得火氣攻心,三魂出竅,不是老豬的按摩禪法,他孫悟空也就涅磐了賬。再經過一系列騰閃變化,棍刃相搏之後,紅孩兒看見八戒騰雲往南去,料定必是請觀世音,他駕雲趕過八戒,端坐在壁岩上,變作一個假觀音。八戒不識真假,被騙進洞被捉拿。得知八戒被擒,孫悟空變身牛魔王,前來吃唐僧肉,羞了紅孩兒一場。最後孫悟空請來南海觀世音,讓聖嬰大王坐上觀音蓮台,蓮台化為刀尖,捅穿紅孩兒筋骨,其倒鉤勾住紅孩兒。紅孩兒無法開解,只得痛聲苦告:「饒我性命,願入法門。」觀

音許諾讓他做「善財童子」，再用金箍子套住紅孩兒頭，咒得他死去活來，紅孩兒方皈依觀音。

承恩設計這魔王名叫「紅孩兒」，號稱聖嬰大王，致命魔法為「三昧真火」，暗藏玄機，微言有大義。老子推崇返樸歸真，回歸自然，人性「復歸於嬰兒」。紅孩兒自稱道家「聖嬰」，但卻是煉就道教邪術「三昧真火」吃人的「大王」，還是「一千餘歲」，「吃人為生」的牛魔王的兒子，他貌似嬰兒，本性兇殘。

「三昧真火」是道教神術。道教三昧指練功進入昏昏默默神之昧、杳杳冥冥氣之昧、恍恍忽忽精之昧，方能煉就「真火」。上乘真火：「以天地為鼎爐，日月為水火，陰陽為化機，鉛汞銀砂土為五行，性情為龍虎，念為真種子，以心煉念為火候，息念為養火，含光為固濟，降伏內魔為野戰，身心意為三要，天心為玄關，情來歸性為丹成。」稱此為上乘延生之道，可證仙果。最上一乘真火：「乙太虛為鼎，太極為爐，清淨為丹基，無為為丹田，性命為鉛汞，定、慧為水火，窒欲懲忿為水火交，性情合一為金木並，洗心滌慮為沐浴，存誠定意為固濟，戒、定、慧為三要，中為玄關，明心為應驗，見性為凝結，三元混一為聖胎，性命打成一片為丹成，身外有身為脫胎，打破虛空為了當。」稱此為上品天仙之道，修習成就，可「形神俱妙，與道合真」。聖嬰大王煉就道教三昧真火，成了妖怪，行霸天下。

玄之又玄，眾妙之門。承恩先生深知，道教神化道教，所謂「三昧真火」就是騙錢禍民的妖術。紅孩兒是來自道教的第五個妖怪，也是來自天仙、佛、道三界的第十七個妖怪。

## 十五、黑河小鼉龍案：玉帝濫刑惡果

第四十三回《黑河妖孽擒僧去 西洋龍子捉鼉回》小鼉龍案。孫悟空、豬八戒、沙和尚救出被紅孩兒「赤條條捆在院裡哭哩」的唐僧，來到衡陽峪黑河。聽得水聲震耳，唐僧又開始大驚

小怪。承恩先生先諷刺佛教《多心經》的無用:

> 三藏大驚道:「徒弟呀,又是哪裡水聲?」行者笑道:「你
> 這老師父,忒也多疑,做不得和尚。我們一同四眾,偏你
> 聽見甚麼水聲。你把那《多心經》又忘了也?」唐僧道:
> 「多心經乃浮屠山烏巢禪師口授,共五十四句,二百七十
> 個字。我當時耳傳,至今常念,你知我忘了那句兒?」
> 行者道:「老師父,你忘了『無眼耳鼻舌身意』。我等出家
> 人,眼不視色,耳不聽聲,鼻不嗅香,舌不嘗味,身不知
> 寒暑,意不存妄想,如此謂之祛褪六賊。你如今為求經,
> 念念在意,怕妖魔不肯捨身,要齋吃動舌,喜香甜嗅鼻,
> 聞聲音驚耳,睹事物凝眸,招來這六賊紛紛,怎生得西天
> 見佛?」(行者反諷嘲笑《多心經》要消滅一切生命感覺。)
> 三藏聞言,默然沉慮道:「徒弟啊,我一自當年別聖君,
> 奔波晝夜甚殷勤。芒鞋踏破山頭霧,竹笠衝開嶺上雲。夜
> 靜猿啼殊可歎,月明鳥噪不堪聞。何時滿足三三行,得取
> 如來妙法文?」行者聽畢,忍不住鼓掌大笑道:「這師父
> 原來只是思鄉難息!若要那三三行滿,有何難哉!常言
> 道,功到自然成哩。」八戒回頭道:「哥啊,若照依這般
> 魔障凶高,就走上一千年也不得成功!」沙僧道:「二哥,
> 你和我一般,拙口鈍腮,不要惹大哥熱擦。且只捱肩磨擔,
> 終須有日成功也。」

在第十九回,烏巢禪師傳給三藏《多心經》,他吹牛說:「若
遇魔障之處,但念此經,自無傷害。」唐僧一路誦念,全無效驗。
悟空說解此經教訓唐僧,是諷刺這經無效,且悖逆人性。他說「三
三行滿……功到自然成」與沙僧說「且只捱肩磨擔,終須有日成
功也」才是對的。沒有經文神咒,必須面對現實險阻,堅強意志,

勇於實踐，方可成功。

接著他們來到黑水河，遇見西海龍王敖順的外侄小鼉[26]龍作怪。我們不說這情節曲折，先說小鼉龍可憐，其始作俑者玉帝、其二舅西海龍王濫行無道。

小鼉龍變身一個渡船載客過河的船夫，在黑水河裡抓獲唐僧，邀請二舅西海龍王敖順前來吃唐僧肉。悟空從送信的黑魚精手中得到小鼉龍寫給舅爺的一封信。信中撰文說：

> ……今因獲得二物，乃東土僧人，實為世間罕見之物，甥不敢自用。因念舅爺聖誕在邇，特設菲筵，預祝千秋。萬望車駕速臨。是荷！

侄子小鼉龍請舅爺西海龍王吃人，可見玉帝手下的西海龍王經常吃人的。悟空前往西海水晶宮指責敖順，敖順看了悟空作為罪證的小鼉龍的書信，頓時「魂飛魄散，慌忙跪下叩頭」，道明小鼉龍在黑水河作怪的緣由。黑水河小鼉龍一案的始作俑者就是玉帝：

> 龍王見了，魂飛魄散，慌忙跪下磕頭道：「大聖恕罪！那廝是舍妹第九個兒子。因妹夫錯行了風雨，剋減了雨數，被天曹降旨，著人曹官魏徵丞相夢裡斬了。舍妹無處安身，是小龍帶她到此，恩養成人。前年不幸，舍妹疾故，惟他無方居住，我著他在黑水河養性修真，不期他作此惡孽，小龍即差人去擒他來也。」

---

[26] 鼉[tuó]：揚子鱷，亦稱「鼉龍」、「豬婆龍」。是中國特產鈍吻鱷科爬行動物，產於長江中下游。吻短，體長二米多，背部、尾部均有麟甲。穴居江河岸邊，皮可蒙鼓。商周名曰「夔」，視為一條腿的怪物，青銅器上多有夔狀紋飾。因夔龍出沒於長江，奉節縣古稱夔州，其所在長江三峽峽口名曰夔門，即夔龍出入之門。

評述第十回的時候，已經說過此案。涇河岸上一個漁夫張梢
對樵夫李定說自己每天用一尾金色鯉魚賣卦，設網捕魚，「依著
方位，百下百著」。涇河裡一個巡水夜叉聽見，報告涇河龍王。
為涇河水族免遭滅絕，涇河龍王變身為文人，進長安城找到算命
先生袁守誠，打賭：如果下雨，他送課金五十兩；如果無雨，或
者時辰，雨量不對，他就要驅趕袁守誠出城，不許他在此惑眾。
涇河龍王回到河府，天帝果然傳旨明日下雨，而且時辰、雨量都
應了袁守誠的卦。為了拯救涇河水族的生命，涇河龍王冒天下之
大不韙，「差了時辰，少些點數」就被玉帝押上「剮龍臺」砍頭。
注意這台名叫「剮龍臺」，即專用於斬龍，且砍頭後要剮龍皮，
剮龍肉，吃龍肉龍心龍肝。

　　幼小鼉龍失去父親，西海龍王龍妹失去丈夫，龍妹攜小龍投
靠哥哥，在黑水河藏身撫養小龍。沒多久，龍妹悲傷過度而「病
故」。可憐！涇河龍王為保護涇河水族生命，只不過差了一點時
辰，少些點數，玉帝以大逆不道罪，問斬，使得龍女失去愛水族
的丈夫，傷心而死。幼龍失去愛他的父親，母親又病死，最後流
落在八戒所說「潑了靛缸」的黑水河，艱難過活。玉帝專制威權
不可違逆，一丁點沒有善惡衡量，可惡！

　　敖順說，他要小鼉龍「養性修真，不期他在此作怪」，的確
是謊言。黑水河神說了小鼉龍和敖順的行為：

> 　　只見那下灣裡走出一個老人，遠遠的跪下叫：「大聖，黑
> 水河河神叩頭。」行者道：「你莫是那棹船的妖邪，又來
> 騙我麼？」那老人磕頭滴淚道：「大聖，我不是妖邪，我
> 是這河內真神。那妖精舊年五月間，從西洋海趁大潮來於
> 此處，就與小神交鬥。奈我年邁身衰，敵他不過，把我坐
> 的那衡陽峪黑水河神府，就佔奪去住了，又傷了我許多水
> 族。我卻沒奈何，徑往海內告他。原來西海龍王是他的母

舅，不准我的狀子，教我讓與他住。我欲啟奏上天，奈何
神微職小，不能得見玉帝。今聞得大聖到此，特來參拜投
生，萬望大聖與我出力報冤！」

　　作為玉帝屬下，敖順妹妹一家被玉帝弄得家破人亡，他們也
欺負勢小力弱的下屬。專制社會就是這樣，小官面對大官，一副
乖乖奴才相；面對小小官，他們可是官相儼然的主子。小鼉龍佔
黑水河神府邸，傷水族，西海龍王敖順不准告狀，黑水河神官微
職小，只能任其橫行，忍氣吞聲，而且小鼉龍抓獲唐僧，邀請二
舅吃肉，可見小鼉龍時常吃人，這一回以為獲得「世間罕見之
物」，故邀請二舅赴宴共用。人類就是如此，勢小力弱被欺辱、
侵略；自己一旦強盛也欺負弱小。猶太人就是國家典型：猶太人
被羅馬帝國亡國，流落世界各地，因沒有國家，受盡欺辱，殺戮。
全歐洲普遍排猶，虐猶。二戰時期猶太人被德國法西斯虐殺達六
十多萬。戰後，猶太人回非洲建立自己的國家以色列，卻不容巴
勒斯坦，發動了六次中東戰爭，欺負埃及、黎巴嫩等國家，連彈
丸之地加沙也不留給巴勒斯坦人。神非神！人非人！可悲又可
歎。

　　這一回也特別體現西海龍王家族對親人的冷漠。妹妹失去丈
夫，外甥年幼，作為西海龍王哥哥敖順不收留舍妹在家，而是趕
到衡陽峪黑水河了賬。龍妹失去丈夫，又被哥哥拋棄，流落在衡
陽峪黑水河，其心情悲哀當如這墨水似的黑水河。可以說，丈夫
無辜被玉帝殘殺，加上龍哥哥的冷漠，致使龍妹妹憂鬱成疾早
死。涇河龍王和龍妻，有九個兒子，都是龍官。據此回西海龍王
敖順說：「舍妹有九個兒子。那八個都是好的。第一個小黃龍，
現居淮瀆；第二個小驪龍，現住濟瀆；第三個青背龍，佔了江瀆；
第四個赤髯龍，鎮守河瀆；第五個徒勞龍，與佛祖司鐘；第六個
穩獸龍，與神官鎮脊；第七個敬仲龍，與玉帝守擎天華表；第八

個蜃龍,在大家兄處,砥據太嶽。」眼見父親被冤殺,母親和小弟弟流落黑水河,這八個哥哥在哪兒去啦?

最後,西海龍王派太子摩昂收伏小鼉龍。八戒要打死小鼉龍,悟空連忙勸止道:「兄弟,且饒他死罪,看敖順父子之情。」太子摩昂說:「家父絕不饒他活罪,定有發落處置,仍回復大聖謝罪。」文中沒見回音,孫悟空也沒有追究。孫悟空追究,首先該問罪造成涇河龍王冤死案的玉帝,但他不敢。問責作為二舅的西海龍王敖順和小鼉龍的龍哥哥們?但面對玉帝專制威權,敖順極可能不敢收留作為死刑犯妻子的龍妹在家,小鼉龍八個龍哥哥也不敢收留母親和小弟弟敖順。玉帝「剮龍臺」可是專用於斬殺龍,剝龍皮,剮龍肉,剜龍心肝[27]。第七回,如來鎮壓孫悟空於五行山之後,玉帝設宴酬謝如來,如來高坐七寶靈臺,上的第一道菜就是「龍肝鳳髓」。在第二十五回萬壽山五莊觀鎮元大仙鞭打孫悟空的鞭子就是龍皮製作的七星鞭。這龍皮很可能就是小鼉龍父親涇河龍王被玉帝處斬後,玉帝命令剮下龍皮,送給鎮元大仙的。龍為玉帝屬下,鳳凰是百鳥之王,玉帝和如來也要吃他們的心肝、脊髓、皮肉。龍鳳都得小心,一不小心,或者小小心心就成了玉帝款待貴賓的首席菜肴,龍皮成了製作坐墊、皮鞭、冠冕皮料,鳳羽成了女仙們華麗裝飾,故而敖順只得送妹妹到邊遠偏僻的衡陽峪黑水河安身。父親被斬,母親病死,小鼉龍沒有衣食,也只得吃水族和過路人求生。亂自上作,玉帝無道,能指望屬下有道?好在有一個孫悟空,他不敢問責玉帝,但為黑水河神取回府邸,也饒了小鼉龍一命,讓他二舅撫養他,修心養性。

小鼉龍是來自天仙界的第十個妖怪、是被玉帝濫刑無道逼成的妖怪,也是來自天仙、佛、道三界第十八個妖怪。可憐,不知

---

[27] 中國醫藥,龍骨也是靈藥。殷墟甲骨,人們起初也當龍骨,做藥。

他後事如何？但願無恙，每年清明節時跪拜龍父龍母，為他們燒香。

## 十六、車遲國求雨案：僧道雙邪，作弊賭賽

從第四十四回《法身元運逢車力　心正妖邪度脊關》到四十六回《外道弄強欺正法　心猿顯聖滅諸邪》，這三回展示佛道相爭，邪道滅僧，邪僧滅道，僧道皆邪。

悟空四眾來到車遲國與道士賭賽，是典型的道佛相爭，雙方都是小人，非君子。車遲國王敬道滅僧源於一次僧道兩家求雨賭賽。三個道士贏了，被封賞為國師，道童都享福；僧人輸了，被毀廟，和尚或死，或做苦力。行者看見一個道士監押和尚拉拽滿載磚瓦木料土坯車子，上狹窄陡坡，他便變身一個游方雲水全真道士，向監押道士詢問緣故：

> 道士云：「你不知道，因當年求雨之時，僧人在一邊拜佛，道士在一邊告斗，都請朝廷的糧餉；誰知那和尚不中用，空念空經，不能濟事。後來我師父一到，喚雨呼風，拔濟了萬民塗炭。卻才惱了朝廷，說那和尚無用，拆了他的山門，毀了他的佛像，追了他的度牒，不放他回鄉，御賜與我們家做活，就當小廝一般。我家裡燒火的也是他，掃地的也是他，頂門的也是他。因為後邊還有住房，未曾完備，著這和尚來拽磚瓦，拖木植，起蓋房宇。只恐他貪頑躲懶，不肯拽車，所以著我兩個去查點查點。」

行者詢問幹活的和尚，和尚自訴是道士的家奴：

> 眾僧道：「只因呼風喚雨，三個仙長來此處，滅了我等，哄信君王，把我們寺拆了，度牒追了，不放歸鄉，亦不許補役當差，賜與那仙長家使用，苦楚難當！但有個游方道

者至此,即請拜王領賞;若是和尚來,不分遠近,就拿來與仙長家傭工。」行者道:「想必那道士還有什麼巧法術,誘了君王?若只是呼風喚雨,也都是旁門小法術耳,安能動得君心?」眾僧道:「他會摶砂煉汞,<u>打坐存神</u>,<u>點水為油,點石成金</u>。如今興蓋三清觀宇,<u>對天地畫夜看經懺悔,祈君王萬年不老,所以就把君心惑動了</u>。」行者道:「原來這般,你們都走了便罷。」眾僧道:「老爺,走不脫!那仙長奏准君王,把我們畫了影身圖,四下里長川張掛。他這車遲國地界也寬,各府州縣鄉村店集之方,都有一張和尚圖,上面是御筆親題。若有官職的,拿得一個和尚,高升三級;無官職的,拿得一個和尚,就賞白銀五十兩,所以走不脫。且莫說是和尚,就是剪鬃、禿子、毛稀的,都也難逃。四下里快手又多,緝事的又廣,憑你怎麼也是難脫。我們沒奈何,只得在此苦捱。」行者道:「既然如此,你們死了便罷。」眾僧道:「老爺,有死的。到處捉來與本處和尚,也共有二千餘眾,到此熬不得苦楚,受不得熬煎,忍不得寒冷,服不得水土,死了有六七百,自盡了有七八百,只有我這五百個不得死。」

此言說車遲國君被道教邪術欺騙。這五百個不死,就因為太白金星、六丁六甲等讓他們死不了,並托夢要他們等著孫悟空來救他們,說孫悟空「神通廣大,專秉忠良之心,與人間抱不平之事,濟困扶危」。還說了悟空的猴形猴狀:「金睛、毛臉、尖嘴」。

就因為求雨,結局是敬道滅僧。悟空即刻打死兩個監工小道士,放走五百個苦力和尚,決意「滅道士,還敬沙門佛教」。

悟空先辱道。悟空四眾進城的晚上,車遲國道教三國師虎力大仙、鹿力大仙、羊力大仙在三清觀禳星,祭祀道教祖師三清太上老君、元始天尊、靈寶道君,乞求「雨順風調願,祝天尊無量

法；河清海晏，祈求萬歲有餘年」。目睹其祭品奢華，行者回去叫上豬八戒和沙僧，使狂風吹散禳星三國師和道士們，變作三清吃齋貢。八戒變作太上老君，悟空變作元始天尊，沙僧變作靈寶道君，行者還要八戒將三清聖像扔進「五穀輪回之所」，即臭熏熏的廁所。他們享用祭品，一道童回殿尋找丟失的手鈴，聽見說話聲，驚懼中發現祭品被吃。得到道童報告，三位國師以為是道教三清祖師降臨。他們興奮地重整道場，舞蹈揚塵，拜伏於地，齊念《黃庭道德真經》，奏說自己「滅僧敬道」，「興道除僧」的功勞，懇求駕臨的三清留下聖水仙丹，使他們求得長生。行者、八戒、沙僧假冒三清，各自撒了一泡尿在大缸、花盆、花瓶裡。三國師喝了尿，覺得其味有騷氣，不是「聖水」。行者現原形，大笑：「你們吃的都是我一溺之尿。」三人使風，化著一道祥光，回智淵寺。這一情節可洗刷了道教三清，他們是廁所大糞，所謂聖水就是尿水。

　　第二天早晨，他們四眾在金鑾殿面見車遲國王，求取關文，湊巧遇見三位國師，發生衝突，三國師要求賭戰。國王順從三國師，裁斷說：「唐朝僧眾，朕敬道滅僧為何？只為當年求雨，我朝僧人更未嘗求得一點；幸天降國師，拯援塗炭。你今遠來，冒犯國師，本當即時問罪。姑且恕你，敢與我國師賭勝求雨麼？若祈得一場甘雨，濟度萬民，朕即饒你罪名，倒換關文，放你西去。若賭不過，無雨，就將汝等推赴殺場典刑示眾。」

　　於是，僧道開始一系列賭賽，雙方非佛非道，都邪門歪道，陰謀詭計，弄虛作假，賭的就是誰在仙界威權大，面子大，誰的陰謀詭計奸刁。

　　賭賽求雨。虎力大仙擊響權杖，喚來風婆婆，推雲童子、布霧郎君，鄧天君和雷公、電母，四海龍王，在車遲國城上空吹風，推雲，布霧，但都被隱匿在空中的孫悟空的赫赫威名和鐵棒威脅

所阻止，於是虎力大仙苦著臉，下壇。唐僧上壇求雨，孫悟空金箍棒向天一舉，於是遵照悟空吩咐等候在空中的眾神立即施法：風婆婆鼓吹狂風，推雲童子、布霧郎君驅黑雲濃霧滾滾而來，雷公電母沉雷閃電，山崩地裂，四海龍王「抬起長江望下澆」。等國王說「雨夠了」，孫悟空金箍棒再一舉，霎時間風消，雷收，雨停，雲散。悟空還叫出四海龍王顯出原身，在半空度霧穿雲飛舞，顯示自己威權了得。

賭賽「坐禪」，即五十張桌子迭壘成禪臺，騰雲上臺，賭誰坐得久。虎力大仙騰雲上座，孫悟空變成一朵雲托唐僧上座。鹿力大仙為師兄助力，拔短髮變一隻臭蟲咬唐僧。孫悟空變成一隻小蟲，弄死臭蟲，自己變成一條蜈蚣，報復，在虎力大仙鼻子叮了一下，虎力大仙一個筋斗翻下禪臺，幾乎丟了性命。

賭賽「隔板猜枚」，即將物品放在一個櫃子裡，賭誰能猜中。孫悟空變成小蟲，飛進櫃子。第一次將皇后娘娘的「山河社稷襖、乾坤地理裙」變成「破爛流丟一口鐘」。第二次將國王親自放在櫃裡的桃子啃得乾乾淨淨，剩下桃核。第三次將猜枚者虎力大仙親手放進櫃裡的道童，變成一個小和尚。這使鹿力大仙，虎力大仙先後失敗。

賭賽砍頭，即賭砍下頭不死。孫悟空頭被砍，頸腔不出血，還叫「頭來」。鹿力大仙唆使本坊土地神按住行者的頭，行者自己長出一顆頭來，沒死。輪到虎力大仙頭被砍，他也叫「頭來」，孫悟空急忙拔一根毫毛變成一隻黃狗，黃狗叼走頭顱，丟進御水河。虎力大仙死，原身是一隻虎。

賭賽破腹剜心，即賭破腹剜心不死。孫悟空開腸破肚，又長合，沒死。輪到鹿力大仙開腸破肚，孫悟空用毫毛變成一隻餓老鷹，抓取他五臟心肝，導致鹿力大仙慘死，還原身成一隻鹿。

賭賽下滾油鍋洗澡。孫悟空在滾燙的油鍋洗澡，裝死，戲弄

豬八戒、國王一番。羊力大仙下油鍋洗澡,孫悟空叫來北海龍王,威脅龍王收走羊力大仙煉的冷龍,導致羊力大仙死於火一般的油鍋之中。

可見,所謂的僧道法術賭賽,賭的就是誰的威權重,面子大,誰陰謀詭計更能騙人,致對方於死地。賭賽的結果,三位大師虎力大仙、鹿力大仙、羊力大仙都死了,國王出榜招回沒死絕的僧。孫悟空勸國王說:「望你把三教歸一:也敬僧,也敬道,也養育人才。我保你江山永固。」實際上,中國佛教、道教,既不講釋迦牟尼之理,也不講老莊之道,更沒有孔孟之仁德,二教竭力把自己神化,騙取信徒的錢財。悟空說三教歸一,敬僧、敬道、敬儒。除了尊儒,所謂敬僧、敬道,不過就是讓兩教共存,共同騙人。

佛道相爭,互相殘殺,陰謀詭計。虎力大仙、鹿力大仙、羊力大仙是來自道教的第八個妖怪,也是來自天仙、佛、道三界的第二十一個妖怪。唐僧、悟空、豬八戒、沙僧則是來自佛教的妖怪。

## 十七、通天河靈感大王案:小金魚聽觀音說禪卻成妖怪

第四十七回、四十八回、四十九回通天河靈感大王案。孫悟空在車遲國鬥敗道教虎力大仙、鹿力大仙、羊力大仙,興佛滅道,師徒四人來到車遲國元會縣境內的通天河。當時天色已晚,看見河邊石碑刻字曰這通天河「徑過八百里,亙古少人行」,三藏涕淚,哽咽。這時遠方傳來鼓鈸聲,悟空帶路,他們聞聲而去,見到正在做「預修亡齋」的陳家莊陳姓兩兄弟。兩家齋僧,讓他們吃飯。因同姓陳,三藏問陳長老做什麼齋事?陳長老道:「是一場預修亡齋」。行者問:「怎麼叫預修亡齋?」陳家兩位長老垂淚,說了通天河靈感大王的事:「那大王:感應一方興廟宇,威靈萬里佑黎民。年年莊上施甘露,歲歲村中落慶雲」,然而代價

是「雖然恩多還有怨，縱然慈惠卻傷人。只因要吃童男女，不是昭彰正直神」。這靈感大王一年一次祭賽，要吃一童男、一童女，再加豬羊牲醴貢獻，保陳家莊風調雨順，如果不祭賽，就降禍生災。這一年祭賽，輪到陳家倆兄弟，弟弟陳清只有年僅七歲的獨生兒子，哥哥陳澄只有年僅八歲的獨生女兒。

這通天河靈感大王案，首先體現佛教騙取錢財且貪得無厭。陳澄無兒無女，行善求報，他「修橋補路，建寺立塔，佈施，齋僧」，到女兒出生那一年，共用了三十斤黃金。三十斤為一秤，故而給女兒取名「一秤金」。菩薩施法讓你有個女兒，價值三十斤黃金。第一二〇回，四眾上靈山取經，如來手下榨取賄賂，孫悟空質問如來，如來說了佛教經的價格：「向時眾比丘聖僧下山，曾將此經在舍衛國趙長者家與他誦了一遍，保他家生者安全，亡者超脫，只討得他三斗三升米粒黃金回來，我還說他們忒賣賤了，教後代兒孫沒錢使用。」佛教誦一次經，騙人「生者安全，亡者超脫」，價格三斗三升米粒黃金，按金體重計，約 1300 斤。據說如今春節時，廣東、福建地區著名寺廟向第一個拜佛燒香者的要價是二十萬以上。

其次說神、佛不靈。陳澄常年齋僧供佛，三十斤黃金求得一女，年僅八歲卻成了供奉妖怪的祭肉。陳青「家下供養關聖爺爺，因在關爺之位下求得這個兒子」，故取名「關保」。但是，三十斤黃金供菩薩，沒用！終生供養關帝，不靈！通天河靈感大王要吃這一對童男童女，倆老兄弟老臉相對，只有哭，沒奈何，只得為小兒女作一個「預修亡齋」，即賄賂閻王，求孩子被吃慘死後，魂靈入地獄，得到閻王菩薩、催命判官的憐憫。

幸虧來了一個孫悟空。他仗義行俠，變身小關保，硬逼豬八戒變身一秤金，代替兩個孩兒。洗刷一番，抬著他倆前往靈感大王廟作祭品。在靈感大王廟裡，他們打敗前來吃童男童女的靈感

大王。豬八戒一釘耙築破了他的甲，發現是冰盤大小的兩個魚鱗。靈感大王化作一陣狂風，鑽入通天河。得知三藏十世修行，吃一塊肉就可以延壽長生，但因有悟空做徒弟，他煩惱。一個鱖魚婆設計，要他冰凍通天河，讓三藏師徒過河，破冰捉拿師徒四人。靈感大王依計施法，一夜之間山野飄雪，河凍成冰，唐僧四人迫不及待踏冰過河。靈感大王蔽身河底，聽見他們腳步聲響，立即崩裂寒冰。四人落水，唐僧被擒捉進水府，三位徒弟騰空逃脫。悟空、八戒、沙僧救三藏的情節曲折，悟空金箍棒厲害，靈感大王潛入河中閉門不出。悟空無可奈何，到落珈山求觀音菩薩出山，揭示出靈感大王的真相。

悟空到落珈山，求見觀音。觀音菩薩早起，沒來得及梳妝，進竹林編竹籃。提著竹籃，從竹林出來，她與悟空相遇，交談對話說到妖怪來歷：「他本是我蓮花池裡養大的金魚。每日浮頭聽經，修成手段。那一柄九瓣銅錘，乃是一枝未開的菡萏，被他運煉成兵。不知是哪一日，海潮泛漲，走到此間。我今日扶欄看花，卻不見這廝出拜。掐指巡紋，算著他在此成精害你師傅，故此未及梳妝，運神功織個竹籃擒他。」

悟空啞口無言，沒有追責。他應該問觀音：「蓮花池一條金魚，『每日浮頭聽經，修成手段』，卻修成了吃童男童女的金魚怪？！你這經是什麼經？！我們前往西天，取的就是這樣的經？不是教惡為善，反而教善為惡？觀音菩薩，你算出金魚怪害您師弟金蟬子唐三藏，沒梳妝就進竹林，編竹籃，準備捉拿，救你師弟三藏，但對這金魚在通天河吃童男童女卻沒有感覺？」但悟空啞口無言。據本案結尾出現的通天河的老黿說：那妖邪九年前來此行兇，占了老黿水府，傷了老黿許多兒女，奪了老黿許多眷族。據此推算，這金魚九年當吃了九對十八名童男童女！還有許多江河生靈塗炭！你觀音就沒感覺？！

　　觀音沒有推算,也沒有自責。悟空這奴才沒有問責觀音,跟著觀音到通天河,看觀音唸頌子,用竹籃捕捉了金魚怪。悟空還學會「隱惡揚善」,討好觀音,要觀音現身,說:「我等叫陳家莊眾姓人等,看看菩薩金面,一則留恩,二則說此收怪之事,好叫凡人信心供養。」於是,觀音現身空中,陳家莊男女老幼急忙感動,磕頭禮拜,還描畫「魚籃觀音像」。如果陳家莊男女老少知道這妖怪本是觀音蓮花池裡的一條金魚,「每日浮頭聽經,修成手段」,修成了吃童男童女的靈感大王,他們會供養觀音菩薩?

　　八戒與沙僧送別觀音,來到水黿之府第,尋找師父,看見「那裡邊水怪魚精,盡皆死爛」。它們的死爛,就因為觀音拋下竹籃時的咒語:「死的去,活的住!死的去,活得住!」死的就是小嘍羅,包括被脅迫的魚類,被強佔的老黿的眷族,吃童男童女的靈感大王金魚怪卻活著!

　　文中沒有交代觀音回南海是否懲辦這吃童男童女的金魚靈感大王,悟空也沒問責。吳翁承恩用心設計了一個細節,要讀者自己聯想自悟:悟空來南海落珈山請觀音菩薩,第一個遇見的羅漢就是四十回——四十一回獨霸五百里鑽頭山吃人的聖嬰大王,他成了觀音的善財童子(即專門管理信徒錢財供奉的羅漢,這可是一個有油水的好差事)前來施禮,感謝悟空:「孫大聖,前蒙盛意,幸菩薩不棄收留,早晚不離左右,專侍蓮台之下,甚得慈善。」孫行者也知道這就是菩薩所謂「正果」,他回應說:「你那時節魔業迷心,今朝得成正果,才知老孫是好人也。」從這可知,吃十八個童男童女的靈感大王金魚回到觀音身邊,也當是「某某童子」類的羅漢,甚得菩薩慈善。然而,各種小妖小怪小嘍羅,包括被脅迫者卻沒有得到絲毫慈善,特別是一心念佛,做善事,修橋補路,佈施齋僧如老陳的平民,沒有得到菩薩慈善回報,反而大難臨頭。這菩薩是生靈的真菩薩,還是妖邪的菩薩?

陳清供養關帝老爺，也沒有得到關帝保佑，反而大禍臨頭。吳翁承恩「名為志怪，實紀人間變異，亦微有鑒戒寓焉」。

靈感大王本是一條蓮花池裡的金魚，因「每日浮頭聽經」卻成了吃童子的靈感大王，應該說他是來自佛教界的第四個妖怪，也是來自天仙、佛、道三界的第二十二個妖怪，而觀音自己也是「妖怪」。

## 十八、金岘山獨角兕大王案：太上老君屬下再次作怪

第五十回《情亂性從因愛欲　神昏心動遇魔頭》、第五十一回《心猿空用千般計　水火無功難煉魔》、第五十二回《悟空大鬧金岘洞　如來暗示主人公》的獨角兕大王案。三藏四眾脫離通天河寒冰之災，來到金岘山。三藏望見山凹裡樓臺高聳，房屋清幽，他要悟空前去化齋，吃了再走。悟空睜眼看那壁廂惡氣紛紜，說此處不祥。化齋臨走之前，他用金箍棒劃了一個圈，要三藏、八戒、沙僧坐在圈子裡，不要出來。他自己縱起雲頭，尋村莊化齋。唐僧等待多時，不見悟空回來，抱怨著依從了八戒的話，跟著八戒出圈，來到山凹之中一樓臺前。三藏等在門外，八戒進門，一連串院落，沒見一個人影，最後在一大樓內，透過黃綾帳幔看到一具白嫵嫵骸骨。前天蓬元帥以為這骸骨是國破家亡的死帥，由己及彼，傷懷吟詩感歎一番，又看見床邊三件納錦內衣，天寒，他身上無衣，不聽三藏勸告，他與沙僧穿上暖身，立即被捆住。接著妖魔獨角兕大王出現，他們三人被拿入洞裡。此時他們方明白樓房是獨角兕大王專門點化，騙人，吃人肉的。這一回得到如來徒弟金蟬子的肉，是獨角兕大王的意外之喜。

孫悟空化齋回到山坡畫圈處，不見三人。本地兩個土地神、山神現身迎接大聖，報信說：此地叫金岘山，金岘洞有個神通廣大，武藝高強的獨角兕大王。於是為拯救三藏和師弟，悟空大戰獨角兕大王。這妖魔武功不及悟空，用亮爍爍白森森圈子套走悟

空的金箍棒。悟空懷疑獨角兕大王是天上凶星下界,他上天庭查詢,沒有結果,先後請來托塔李天王父子、火德星君,對這傢夥都無可奈何。悟空來到靈山,見如來,述說了這一案件。如來的回答暗藏玄機:

> 如來聽說,將慧眼遙觀,早已知識。對行者道:「那怪物我雖知之,但不可說與你。你這猴兒口敞,一傳道是我說他,他就不與你鬥,定要嚷上靈山,反遺禍於我也。」

如來不敢直言妖怪之名,此妖怪有何背景?此為驚天懸念。如來背地裡悄悄吩咐降龍、伏虎羅漢之後,派十八羅漢帶著金丹砂跟悟空擒拿這妖精。十八羅漢跟悟空來到金峴山,羅漢們的金丹砂也被圈子套走。這時降龍、伏虎羅漢方說如來吩咐:如果失了金丹砂,叫悟空上「離恨天兜率宮找太上老君處尋他的蹤跡」。

懸念披露,悟空方明白過來,此妖精是太上老君屬下。他來到離恨天,闖進兜率宮,與太上老君撞個滿懷。面對悟空追問,老君對部屬下凡為怪,全無知覺。孫悟空看見餵牛童子盹睡,牛欄空空,老君方知他的坐騎青牛下凡,成了獨角金兜大王,且已經七年之久。悟空質問老君:「……似你這老官,縱放怪物,搶奪傷人,該當何罪?」糟老頭顧左右而言他,回避自己罪過,大言不慚地吹噓獨角兕大王套走眾神兵器的圈子是他的「金剛琢」,是他「過函谷關化胡之器,自幼煉成之寶。憑你什麼兵器、水火,俱莫能近它」。

大聖要老君跟他來到金峴山。老君念咒語,用芭蕉扇收回金剛琢,獨角兕大王現出青牛原形。道教教主、三清之一的太上老君既不自責,也不查問青牛獨角兕大王下凡金峴山吃人七年的罪過,只是「辭了眾神,跨上青牛背,駕彩雲,逕歸兜率宮;縛妖怪,高升離恨天」。

這五十二回名叫《悟空大鬧金嶼洞　如來暗示主人公》。悟空面見如來，追問獨角兕大王來歷。如來沒對孫悟空直言獨角兕大王的來歷，背地裡要降龍、伏虎二羅漢轉告悟空，要他上離恨天找太上老君，可見如來也怕得罪道教祖師太上老君。目睹此景，托塔天王父子和各部眾神都無話可說。與其他來自天仙界、道界、佛界妖魔傷害生靈案件一樣，這太上老君的青牛獨角兕大王金嶼山吃人七年案就這樣不了了之。當然，跟隨他的小妖怪被孫大聖、眾神「盡皆打死」了賬。承恩先生「名為志怪，實紀人間變異，亦微有鑒戒寓焉」。

第三十二回一直到第三十五回在平頂山吃人的金角大王、銀角大王可是太上老君的兩個童子。在老君教導下，兩個童子成妖怪，下凡吃人。一頭吃草的青牛，在老君圈養下也成了吃人為生的獨角兕大王，可見此老君之道真邪門！它是來自道教界的第九個妖怪，也是來自天仙、佛、道三界的第二十三個妖怪。

## 十九、西梁國美女國王與蠍子精案：佛教眼中，美女即妖怪

第五十三回《禪主吞餐懷鬼孕　黃婆運水解邪胎》、第五十四回《法性西來逢女國　心猿定計脫煙花》、第五十五回《色邪淫戲唐三藏　性正修持不懷身》西梁國美女王與美女蠍子精案件，主要說三藏面對西梁國美女國王，面對毒敵山琵琶洞美女蠍子精，一心為佛，堅守自宮，不為美色所動，故而一體評述。

師徒四眾到西梁女兒國之前，作者設計三藏、八戒喝子母河水懷孕的事有二意：一是對該女兒國缺少男根作了一番渲染，為女兒國王招贅三藏張本。二是指責自然資源佔有者。

三藏得了性命跟著徒弟離開金嶼山，一路西行，來到一條小河邊。時值早春，河岸楊柳青青，河水澄澄。他們乘坐一艄婆撐的小船過河，三藏口渴，見河水清純，就與八戒喝了這水。沒曾

想，二人先肚子疼，接著肚子就大了，手摸到腹中有血團肉塊亂動。來到一村舍，從一個老婆婆口中，他們方知這西梁女國境內沒有男人，女子年登二十歲，想懷孕生子就去吃子母河水，三日後，去國王城外迎陽驛外照胎泉照一照，若有了雙影，便有孩兒降生。三藏、八戒誤喝子母河水，懷胎了。老婆婆說，打胎藥不濟事，要打胎，須到正南街上解陽山，喝破兒洞裡的落胎泉水，但是「如今取不得水了，向年來了一個道人，稱名如意真仙，把破兒洞改作聚仙庵，護住落胎泉水，不肯善賜與人。但欲求水者，須要花紅表禮，羊酒果盤，志誠奉獻，只拜求得他一碗水哩」。

悟空前往聚仙庵取水。如意真仙的大徒弟硬要花紅、酒禮，悟空要他向如意真仙稟報自己的名字。如意真仙聽得是孫悟空，怒從心起，更拒絕給水。原來，他是鑽頭號山枯松澗火雲洞聖嬰大王的親叔叔。悟空用調虎離山計取得落胎泉水，使三藏、八戒墮胎成功。這落胎泉一案的主題指責自然資源佔有者是妖怪。

天生子母河、照胎泉、落胎泉，專供女兒國民生育，續家承國，而這如意真仙一筆小小投資，建成「聚仙庵」霸佔落胎泉水，取泉水墮胎者，必須交錢，不然請回。這就是霸佔自然資源成為私產。霸佔自然資源成私產賺錢，全世界均有，尤為中國特色。這些如意真仙們，真如意了，而自然資源卻不能自然享受的民眾，可真不如意。社會不公正，故而社會不和諧。承恩「雖名為志怪，實紀人間變異，也微有鑒戒寓焉」。

如意真仙，是來自道教的第十個妖怪，也是來自天仙、佛、道三界的第二十四個妖怪，卻以「如意真仙」自命。匪寇佔山自命「大王」，佔據整個國土自命「皇帝、王侯」。他們「如意」了，「真仙」了，民眾可受難呢。

墮了胎，三藏騎著白龍馬，跟著悟空、八戒、沙僧走進女兒國。他們一進城門，婦人們一齊哈哈鼓掌，呼喊：「人種來了！

人種來了！」豬八戒露出豬嘴，一聲豬叫，唬得婦人們趺趺爬爬。西梁國女王聽迎陽驛官女驛丞說，唐朝御弟西天取經，路過此地倒換關文。她願以一國之富，招御弟為夫做王，自己為后，生子生孫，永傳帝業，於是派遣女太師、女驛丞前往迎陽驛說親。三藏自宮立場久經考驗，非常堅定，回應道：「我怎肯喪元陽，敗壞了佛家德行；走真精，墜落了本教人生。」但女王嫁娶意志堅定，他無可奈何，聽取悟空「假親脫網之計」，假意答應配鸞鳳，與女王見面，騙女王。接著，喜酒喜筵吃了，昭告天下了，女國王將三徒弟的通關文牒蓋了西梁國御印。三藏騙女王，要送徒弟上西天取經，女王跟隨。出城後，三藏跳下龍車：

> 三藏拱手道：「陛下請回，讓貧僧取經去也。」女王聞言，大驚失色，扯住唐僧道：「御弟哥哥，我願將一國之富，招你為夫，明日高登寶位，即位稱君，我願為君之后。喜筵通皆吃了，如何又變卦？」八戒聽說，發起瘋來……唬得女兒國君臣魂飛魄散……路旁卻閃出一女子，喝道：「唐御弟，哪裡走！我和你耍風月兒去來！」

這女子就是西梁女兒國境內毒敵山芭蕉洞裡的女怪。她把三藏攝去，一時間無影無蹤。我們不說孫悟空怎麼變化救師父，也不說這蠍子美女精的倒馬椿毒刺利害，先扎悟空的頭，後刺八戒的嘴，專門評述三藏又一次面臨色魔考驗。吳翁承恩將這美女精設計在沒有男人的女兒國，是有深意的。這一回表現佛教對性的觀點：堅決自宮，獻身佛，就是佛教徒；依隨本性色欲，就是妖怪。美女精追求三藏有兩個過程，且言語內涵，今人不知，故而細細說說。

首先動作言語挑逗，暗示性交。美女妖怪溫情款待唐僧吃饃饃：

那怪笑道:「女童,看熱茶來,與你家長老爺爺吃素饃饃。」
一女童,果捧著香茶一盞,放在長老面前。那怪將一個素
饃饃劈破,遞與三藏。三藏將個葷饃饃囫圇遞與女怪。女
怪笑道:「御弟,你怎麼不劈破與我?」三藏合掌道:「我
出家人,不敢破葷。」那女怪道:「你出家人不敢破葷,
怎麼前日在子母河邊吃水膏,今日又好吃豆沙餡?」三藏
道:「水高船去急,沙陷馬行遲。」

　　處女第一次與男子交媾,民間名叫「破苞」。蠍子女怪以此
挑逗三藏「御弟,你怎麼不劈破與我?」。三藏回言:「我出家
人不敢破葷。」女怪回應「子母河吃水膏」和「吃豆沙餡」說的
是男女性器交媾。女兒國無男人,吃子母河水懷孕,這子母河水
就是男性精液,「水膏」即「睾水」。「吃豆沙餡」暗指男性陽
具插入女性陰道的感覺。三藏說「水高船去急」是暗示你色逼急
了,我睾水一高,難耐就走人;說「沙陷馬行遲」暗示如果我陷
入你這「豆沙餡」,我就不能騎馬上西天取經了,拒絕這一誘惑。
變化成蜜蜂的孫悟空聽出話語間的情色玄機,「恐怕師父亂了真
性」,忍不住現了本性,與美女精大戰。女怪用蠍子倒馬椿毒刺
紮中悟空頭皮,打敗悟空。

　　打退悟空、八戒以後,美女精硬逼三藏步入香房,做夫妻。
看看文中的描述:

　　那女怪說出的雨意雲情,三藏亦漠然無聽。好和尚,真是
　　那:
　　目不視惡色,耳不聽淫聲。他把這錦繡嬌容如糞土,金珠
　　美貌若灰塵。一生只愛參禪,半步不離佛地。哪裡會惜玉
　　憐香,只曉得修真養性。那女怪,活潑潑,春意無邊;這
　　長老,死丁丁,禪機有在。一個似軟玉溫香,一個如死灰

槁木。那一個，展鴛衾，淫興濃濃；這一個，束褊衫，丹
心耿耿。那個要貼胸交股和鸞鳳，這個要面壁歸山訪達
摩。女怪解衣，賣弄她肌香膚膩；唐僧斂衽，緊藏了糙肉
粗皮。女怪道：「我枕剩衾閒何不睡？」唐僧道：「我頭光
服異怎相陪！」那個道：「我願作前朝柳翠翠。」這個道：
「貧僧不是月闍黎。」女怪道：「我美若西施還嬝娜。」
唐僧道：「我越王因此久埋屍。」女怪道：「御弟，你記得
寧教花下死，做鬼也風流？」唐僧道：「我的真陽為至寶，
怎肯輕與你這粉骷髏。」

他兩個散言碎語的，直鬥到更深，唐長老全不動念。那女
怪扯扯拉拉的不放，這師父只是老老成成的不肯。直纏到
有半夜時候，把那怪弄得惱了，叫：「小的們，拿繩來！」
可憐將一個心愛的人兒，一條繩，捆得像個猱獅模樣，又
教拖在房廊下去，卻吹滅銀燈，各歸寢處。

　　在佛教看來，美女就是妖怪，就是蠍子精。美女蠍子精與唐
僧這一番應對，涉及兩個典故。一個是西施與吳王夫差的故事。
大家知道，春秋時吳王夫差戰敗越國，越王勾踐圖謀復仇。范蠡
設計，越王把越國第一美女西施送給夫差，自己臥薪嚐膽，堅兵
固甲。夫差沉溺酒色歌舞，弄得吳國民不聊生，怨聲載道。勾踐
見時機成熟，起兵滅了吳國，夫差自殺。蠍子精自詡「我美若西
施還嬝娜」，唐僧倉皇對以「我越王因此久埋屍」卻錯了，應該
是「我吳王因此久埋屍」。

　　第二個典故來自民間傳說，說的是柳翠翠與明月寺和尚月闍
黎。地方官上任，月闍黎沒有參與迎接儀式。聽說月闍黎道行高
深，地方官便要當地第一歌伎柳翠翠勾引月闍黎，破他的原陽，
羞辱他。柳翠翠扮作一個上墳的寡婦，以風雨阻擋為由，住進明
月寺。又以寒冷衣單，引得月闍黎慈悲心發，讓她住進禪院。半

夜時，又哼叫呻吟一個更次，月闍黎詢問，她說自己肚疼，過去與丈夫肚皮貼肚皮，自己就不疼，如今丈夫死了，她也要疼死。月闍黎自命道行高深，坐懷不亂，為救這女子性命，就與她肚皮貼肚皮。結果肚皮一貼，他心亂而神亂，破了自己的原陽。柳翠翠此時明言自己為新任地方官所遣，月闍黎羞慚，坐化自殺。這一典故在明代馮夢龍的《喻世明言》也有記載，但已變化。蠍子精自詡為引動月闍黎破元陽的柳翠翠，而唐僧堅持自宮，自詡「不是月闍黎」。

女妖情意真，三藏一心自宮不動心。八戒從出洞的悟空口中得知師父「衣不解帶，身未沾床」，也笑道：「好好好！還是個真和尚！我們救他去！」

接著，他們師兄弟再次挑戰蠍子精。這時觀音出現，說了這妖怪的來歷：「本身是個蠍子精。她前者在雷音寺聽佛談經，如來見了，不合用手推了她一把，她就轉過鉤子，把如來左手中拇指紮了一下。如來也疼難禁，即著金剛拿她。」可見，聽佛談經，戒不了色，也戒不了反抗。紮了如來，因而她就是妖精。如來「推她一把」，既不合佛家禮儀，也不合儒家禮教。中國自古「男不摸頭，女不摸腰」。

觀音要悟空上天請昴日星官降妖。一物降一物，昴日星官這只大公雞對著女妖精長鳴一聲，女妖精即現本相，原來是一個琵琶大小的蠍子精。大公雞再叫一聲，女妖精渾身酥軟，死在坡前。豬呆子，一頓釘耙，把她搗作一團爛醬。毒敵山蠍子精案的結尾：

> （悟空、八戒、沙僧）點上一把火，把幾間房宇，燒毀罄盡。請唐僧上馬，找尋大路西行。正是：割斷塵緣離色相，推乾金海悟禪心。」

這就是點題。毒敵山蠍子精一案，再一次表達佛家對色的態

度：色心美女就是妖精妖怪，就應該剿滅；像三藏一樣的男子堅決自宮，獻身佛祖，就是好和尚、真和尚；女尼青燈觀經，心如泥佛，就是好尼姑、真尼姑。第五十六回《神狂誅草寇　道昧放心猿》開場詩也總結壽敵山蠍子精一案的意蘊：

> 靈臺無物謂之清，寂寂全無一念生。猿馬牢收休放蕩，精神謹慎莫崢嶸。除六賊，悟三乘，萬緣都罷自分明。色邪永滅超真界，坐享西方極樂城。

這是色戒主題的拓寬：一心想佛，其他啥都別想。在佛教看來，人有「眼、耳、鼻、舌、身、意」六根，就有「喜、怒、愛、思、欲、憂」六種欲望，就是佛教所說的「六賊」、「心猿、意馬」。信佛，看世間一切為「空」，消滅一切生命感覺，這就是所謂「心猿歸正，六賊無蹤」，「六根清淨，四大皆空」[28]。佛教沒有研究人類應該怎麼去尋找正道，來實現自己的欲望，卻可笑地要人類消滅自己的欲望。然而，除非是死了涅磐，人類各種生命欲望才會消失。

美女無法戒色，色誘佛門和尚，就成「蠍子精」。她是一美女，被佛門誣衊成蠍子精，是第一個被誣衊而成的妖怪。那霸占落胎泉的「如意真仙」，是來自道教的第十個妖怪，也是來自天仙、佛、道三界的第二十四個妖怪。

## 二十、真假猴王案：孫悟空人格完全奴化，一體一心真奴才

第五十六回《神狂誅草寇　道昧放心猿》、第五十七回《真

---

[28] 四大皆空：佛教用語，指世界一切都是空虛的。印度古代認為地、水、火、風濕組成宇宙的四大元素，佛教稱為四大。六根清淨：佛教指眼、耳、鼻、身、舌、意。認為這六者是罪孽的根源。

行者洛伽山訴苦　假猴王水簾洞謄文》、第五十八回《二心攪亂大乾坤　一體難修真寂滅》的真假猴王案，是悟空內心矛盾激烈衝突，精神分裂的象徵性情節。對悟空而言非常重要，非常悲劇：他的人格完全異化，成佛門之奴。

這一案似乎很容易解讀：真假兩個猴王相爭，無神可辨識真假，最後如來辨識真假，假猴王滅，真猴王存。實際上，從佛教觀點看，《神狂誅草寇　道昧放心猿》、《真行者洛伽山訴苦　假猴王水簾洞謄文》、《二心攪亂大乾坤　一體難修真寂滅》三回體現展示孫悟空心理衝突、精神分裂：孫悟空因為「神狂（有自我思想意志和行為）」，造成「道昧（不明佛理）」，而「放心猿」，雖「一體」卻有「二心」，故而「二心攪亂大乾坤，一體難修真寂滅」，即：「孫悟空一體二心攪亂自我心理之乾坤、仙佛道之乾坤，一體二心無法修煉佛教之消滅一切生命欲望的真寂滅」。從人格精神分析看情節，所謂「二心一體」就是孫悟空精神分裂：「一體」有「二心」即「佛門奴心悟空」和「自我思想意志真性悟空」[29]。「佛門奴心悟空」與「自我思想意志真性悟空」相互指責，搏殺，都說自己是「真」，因其形體完全相同，眾神和菩薩觀察其形都難辨「真假」。兩個悟空一路搏殺到靈山，如來辨真假，最後「自我思想意志真性悟空」滅，「佛門奴心悟空」存，悟空成了「一體一心」的佛門真奴才。在佛教看來，「佛門奴心悟空」是真悟空，而「自我思想意志真性悟空」則是「假悟空」。

真假悟空案，表達佛教悟道觀念：人往往因為「神狂（有自我思想意志和行為）」而「道昧（不明佛理）」，導致身「一體」卻有「二心」，或者「多心」。「多心」即非佛理之心，是禪悟

---

[29] 在此「真性」不是「本性」，為「求真之性」。《西遊記》孫悟空人格個性最為可貴之處，就是求真，因而常常指責，揭露仙、道、佛。

過程中的自我種種魔障，必須戰勝這些自我魔障，修煉，皈依佛心，信奉佛理，方可成一體一心一意的佛徒，即沒有其他任何欲望、思想、意志、行為的真和尚，故而佛教經典名為《多心經》，即消滅一切心的佛經。這體現佛教文化霸權，一如秦始皇焚書坑儒，滅絕一切思想意志，惟我獨尊。

孫悟空一體二心，開始於第五十六回《神狂誅草寇　道昧放心猿》，即悟空因為「神狂（有自我思想意志和行為）」而「誅殺草寇」，此就是「道昧（不明佛理）」而「心猿放縱」，成為一體二心的悟空。離開毒敵山，四人一路西行，正是端陽。三藏騎馬走在前面，路兩邊閃出兩個大王，一個青臉獠牙欺太歲，一個暴睛圜眼賽喪門，手下三十多個強人，刀槍棍棒攔住打劫，唬得三藏跌下馬，直叫「大王饒命」。大王要他留下盤纏，不然大棍打來。情急之下，三藏撒謊說：「大王切莫動手。我有一個小徒弟，在後面就到。他身上有幾兩銀子，把與你吧。」

遠遠地，悟空看見三藏被高高吊在樹上，知道遭遇強人，他變化成一個乾乾淨淨小和尚走上前去。強賊圍上來，要他交出銀子，不然就死。悟空要他們放了自己的師父，許諾給「馬蹄金二十來錠，粉面銀二三十錠」，於是三藏得了性命，「跳上馬，顧不上行者，操著鞭，一直跑回舊路」。悟空沒銀子，強賊掄起藤棍就打，先打七八下，沒見銀子，再打五六十下。行者氣急，掄起金箍棒打死了兩個賊首。

逃命回去的三藏命豬八戒前去對悟空說：「叫他棍下留情，莫要打殺那些強盜。」得知打死兩個賊首，他「就惱起來，口裡不住地絮絮叨叨，猢猻長，猴子短」地罵，叫八戒築個坑，埋了兩賊首，為賊首念《倒頭經》：

> 這時三藏離鞍悲野塚，聖僧善念祝荒墳，祝云：「拜惟好漢，（與《水滸傳》一樣，殺人放火，攔路搶劫是『好漢』。）

聽禱原因:念我弟子,東土唐人。奉太宗皇帝旨意,上西方求取經文。適來此地,逢爾多人,不知是何府、何州、何縣,都在此山內結黨成群。我以好話,哀告殷勤。爾等不聽,返善生嗔。卻遭行者,棍下傷身。切念屍骸暴露,吾隨掩土盤墳。折青竹為香燭,無光彩,有心情;取頑石作施食,無滋味,有誠真。你到森羅殿下興詞,倒樹尋根,他姓孫,我姓陳,各居異姓。冤有頭,債有主,切莫告我取經僧人。」

八戒笑道:「師父推了乾淨,他打時卻也沒有我們兩個。」

三藏真個又撮土禱告道:「好漢告狀,只告行者,也不干八戒、沙僧之事。」(第十四回悟空打殺六個強賊,與此回相同,三藏也責怪他「不分皂白」,「行兇」,說「出家人掃地恐傷螻蟻命,愛惜飛蛾紗罩燈。」但這些強賊是螻蟻、飛蛾嗎?留下他們殺過路人?)

大聖聞言,忍不住笑道:「師父,你老人家忒沒情義。為你取經,我費了多少殷勤勞苦,如今打死這兩個毛賊,你倒教他去告老孫。雖是我動手打,卻也只是為你。你不往西天取經,我不與你做徒弟,怎麼會來這裡,會打殺人!索性等我祝他一祝。」著鐵棒,望那墳上搗了三下,道:「遭瘟的強盜,你聽著!我被你前七八棍,後七八棍,打得我不疼不癢的,觸惱了性子,一差二誤,將你打死了,盡你到哪裡去告,我老孫實是不怕:玉帝認得我,天王隨得我;二十八宿懼我,九曜星官怕我;府縣城隍跪我,東嶽天齊怖我;十代閻君曾與我為僕從,五路猖神曾與我當後生;不論三界五司,十方諸宰,都與我情深面熟,隨你哪裡去告!」(悟空仗義行俠,不懼威權,問責佛道,真古今第一俠客,故而佛以為「一體二心」。)

三藏見說出這般惡話，卻又心驚道：「徒弟呀，我這禱祝
是教你體好生之德，為良善之人，你怎麼就認真起來？」
行者道：「師父，這不是好耍子的勾當，（此言不是耍子，
較真說的是一個理。）且和你趕早尋宿去。」那長老只得
懷嗔上馬。孫大聖有不睦之心，八戒、沙僧亦有嫉妒之意，
師徒都面是背非。

　　此為悟空一體二心的開始。佛教講求以善待惡，卻不追究
惡，制裁惡。如果沒有悟空，面對毛賊，只能求饒的三藏早死了。
三藏要悟空「棍下留情，莫要打死那些強盜」，說這是「體好生
之德，為良善之人」，他可曾想過這些強盜可曾對被劫者「刀下
留情」？可曾「體好生之德，為良善之人」？悟空打死強盜，他
咒罵悟空，禱告強賊，要他們到森羅殿狀告救了自己性命的悟
空，把自己則洗涮得乾乾淨淨，悟空安得不怨？！

　　接著，他們來到一座莊院，借宿楊家。從七十四歲老者口中
得知，他的獨生兒子「那廝專生惡念，不務本等，專好打家劫道，
殺人放火！相交的都是狐朋狗黨」！三藏「神思不安」，私下揣
度悟空打死的賊首之一可能是楊老的兒子。這夥賊中確有楊老的
兒子，卻不是賊首。兩個賊首被打死，一夥四散逃生。四更時分，
結夥來到楊家，打門，要吃飯。楊老兒子從妻子口中得知在後園
草團中睡覺的就是東土取經的和尚，他要「拿住這些禿驢，一個
個剁成肉醬，一則得那行囊、白馬，二來為我們頭兒報仇！」楊
老心不忍，叫醒四人，啟開後門，放他們跑了。二三十個強盜一
路追來。這時候三藏既不念佛保佑，也不念《多心經》避災免難，
只叫：「徒弟啊，賊兵追至，怎生奈何？」行者說：「放心！放
心！老孫了他們去來！」他又說：「悟空，切莫傷人，只嚇退他
們便罷。」

　　行者沒聽這話。強賊圍住他，「舉刀槍亂砍亂搠」，行者打死

了這夥強賊，乖巧的跑了幾個。三藏又一次唬得跌下馬，口念緊箍咒，咒得悟空「耳紅面赤，眼脹頭昏，在地上打滾」，「翻筋斗，豎蜻蜓疼痛難禁」，他罵悟空：「你這潑猴，兇惡太甚，不是個取經之人。昨日在山坡，打死那兩個賊頭，我已怪你不仁。及晚到老者之家，蒙他賜齋借宿，又蒙他開後門放我等逃了性命。雖然他兒子不肖，與我無干，也不該就梟他首；況又殺死多人，壞了多少生命，傷了天地多少和氣。（此言怪哉！殺土匪強賊，自然天氣清地氣和，百姓安樂，唐僧反言傷天地和氣，此佛教怪論。）屢次勸你，便無一毫善念，要你何為？快走，快走！免得又念真言！」行者害怕，只叫：「莫念，莫念！我去也！」

悟空一個筋斗雲，起在空中，走投無路，心中有幾個悟空衝突，爭鬥：「欲待回花果山水簾洞。恐本洞小妖[30]見笑，笑我出爾反爾，不是個大丈夫之器；欲待投奔天宮，又恐天宮內不容久住；欲待要投海島，卻又羞見那三島諸仙；欲待要奔龍宮，又不服氣求告龍王。」

這「天宮不容」：沒得到仙、佛、道承認，悟空在他們眼中是妖猴，只因皈依佛門，保唐僧取經，仙佛道還容留，這一次背離佛教，肯定天宮「不容」。

這「羞見三島諸仙」：第五回悟空攪亂天庭蟠桃大會，大鬧天宮，蓬萊、方丈、瀛洲三神山的天仙都在現場。第七回他們目睹悟空被如來鎮壓在五行山，在玉帝感謝如來的安天大會上，壽星恭賀如來「善伏此怪」，獻上「紫芝瑤草，碧藕金丹」。後來悟空跟著唐僧西行取經，第二十四回經過鎮元大仙萬壽山五莊觀，悟空偷吃人生果，擊倒果樹，導致唐僧、八戒、沙僧被鎮元

---

[30] 請注意，悟空也稱自己花果山的小猴子為「妖」。可見他已經服從玉帝仙界、如來佛界、老君道界的威權，沒有得到三界的承認，就是妖怪。

大仙鎖拷。第二十六回悟空前往東洋大海蓬萊島,見福星、祿星、壽星三仙,求醫樹靈方。蓬萊三星責怪悟空斷了「萬壽草還丹」的「靈根」,罵悟空「你這猴兒全不識人」,說他「雖得了天仙,還是太乙散數,未入真流」。不過看在悟空皈依佛門的人情,他們雖然無方救治人參果樹,也前往五莊觀,要唐僧別念緊箍咒。這一次見面他們肯定羞辱悟空:「果然妖仙、野猴!」故而悟空「羞見」。

這「恐本洞小妖見笑」:指第二十七回《屍魔三戲唐三藏　聖僧恨走美猴王》白骨精一案中,三藏不辨真假,咒得悟空死去活來,趕走悟空。後來第三十一回因寶象國奎木狼一案,豬八戒到花果山,用激將法刺激悟空,請他回去拯救被奎木狼變身老虎的師父,慌得小猴們直叫大聖爺爺,要他留下。悟空對小猴們說天上地下都知道我悟空是唐僧徒弟,不可不保唐僧取經。他許諾說「如今我還去保唐僧取經,功成之後,仍回來與你們共樂天真」。這一次半道而回,豈不是言行不一,令猴子猴孫笑大聖爺爺言而無信?!

這「不服氣求告龍王」:指第十四回初當徒弟的悟空打死了六個強賊,不堪三藏辱罵教訓,他騰雲走了,來到東洋大海龍王家。龍王勸他效法張良「三進履」,即沒有人格尊嚴給師父找鞋、提鞋、穿鞋、求「正果」,不然終究還是一個三界之外的「妖仙」。悟空沉吟半晌,回去卻被套上緊箍咒,只得「死心塌地」跟三藏走。這一回又如此,三藏愚昧一如既往,打死兩個賊頭,就是「不仁」?打殺這些一心為惡的強賊就「傷了天地多少和氣」?他不想想打死這些強賊,多少生命得以免遭屠戮?放這些傢夥的「善念」會導致多少人家命喪財盡?

於是第五十七回《真行者落伽山訴苦　假猴王水簾洞謄文》孫悟空精神分裂,兩個悟空出現,此回目直言佛教以自我真性為

「假」,以非我奴性為「真」。悟空因為仙佛道三界不容,又羞回花果山見猴子猴孫,自思「真個是無依無靠」,於是「苦自思忖道:『罷!罷!罷!我還去見我師父,還是正果。』」為了這正果,他回去,忍辱求告三藏。三藏見了,更不說話,將緊箍咒念了二十幾遍,「把大聖咒倒在地,箍兒陷在肉裡有一寸來深淺」,並威脅說:「不走的話,就咒出腦漿來。」悟空疼痛難禁,見師父更不回心,駕雲起在空中。

這一來孫悟空就成了一體二心的兩個孫悟空,即第五十六回回目所言「神狂」導致「道昧放心猿(不尊佛道禁錮,放縱出自我思想意志真性心猿悟空)」,即悟空一體,但心中有兩個悟空:即第五十七回回目所言:「真行者(佛門奴才悟空)」、「假猴王(具有自我思想意志真性心猿悟空)」。

文中首先展示奴才悟空。奴才悟空在空中,忽然省悟道:「這和尚負了我的心,我且向普陀崖告訴觀音菩薩去。」第五十七回《真行者落伽山訴苦 假猴王水簾洞謄文》佛教奴才「真行者」來到落伽山,見到觀音,完全是一幅孤苦奴才窩囊象,與以前的悟空完全兩樣,已經異化,成了一條蟲,但也想講個理,求個真:

> 行者望見菩薩,倒身下拜,止不住淚如泉湧,放聲大哭。菩薩教木叉與善財扶起道:「悟空,有甚傷感之事,明明說來,莫哭,莫哭,我與你救苦消災也。」行者垂淚再拜道:「當年弟子為人,曾受那個氣來?自蒙菩薩解脫天災,秉教沙門,保護唐僧往西天拜佛求經,我弟子捨身拚命,救解他的魔障,就如老虎口裡奪脆骨,蛟龍背上揭生鱗。只指望歸真正果,洗孽除邪,(心有自我就是妖怪「孽邪」,一心為佛奴方為「正果」。此為奴才悟空。)怎知那長老背義忘恩,直迷了一片善緣,更不察皂白之苦!」菩薩道:「且說那皂白原因來我聽。」行者即將那打殺草寇前後始

終，細陳了一遍。卻說唐僧因他打死多人，心生怨恨，不分皂白，遂念《緊箍兒咒》，趕他幾次，上天無路，入地無門，特來告訴菩薩。

看看觀音的判決：

> 菩薩道：「唐三藏奉旨投西，一心要秉善為僧，決不輕傷性命。似你有無量神通，何苦打死許多草寇！草寇雖是不良，到底是個人身，不該打死，比那妖禽怪獸、鬼魅精魔不同。那個打死，是你的功績；這人身打死，還是你的不仁。但袪退散，自然救了你師父。據我公論，還是你的不善。」

觀音不分皂白，看法與三藏完全一致：

其一、無論怎麼惡，只要是人身，就與「妖禽怪獸、鬼魅精魔」不同，就不該打死，反要放縱，「妖禽怪獸、鬼魅精魔」就該剿滅。觀音此論極其悖謬，人形魔心之徒就不是「妖精」？觀音此話也極不合乎事實，《西遊記》中凡有後臺的妖魔，如以觀音為後臺的通天河靈感大王金魚怪，以太上老君為後臺的金角大王、銀角大王、青牛怪，以文殊菩薩為後臺的青毛獅子怪、被觀音看中成為善財童子的牛魔王的兒子小牛聖嬰大王等等，作惡人間都沒有得到任何報應，死的基本是一些小妖精。

其二、觀音說只要「但袪退散，自然救了你師父」。這意思說只要救了三藏就成，不該打殺強賊。她這老太婆沒有想到這些強賊對山野之間百姓、行商、旅客的殺戮、搶劫？這觀音是普渡眾生的菩薩？

為了維護佛教、如來、師弟金蟬子，觀音也信口胡說。奴才悟空無可奈何，不敢再追責三藏，只好退一步求逃生、自由：

> 行者噙淚叩頭道：「縱是弟子不善，也當將功折罪，不該

這般逐我。萬望菩薩舍大慈悲,將鬆箍兒咒念念,褪下金箍,交還與你,放我仍往水簾洞逃生去罷!」觀音菩薩笑道:「只有緊箍兒咒,卻無甚麼鬆箍兒咒。」行者道:「既如此,我告辭菩薩去也。」菩薩道:「你辭我往哪裡去?」行者道:「我上西天拜告如來,求念鬆箍咒去也。」(菩薩叫悟空不要走)……她端坐蓮台,運心三界,慧眼遙觀遍周宇宙,看唐僧祥晦,霎時間開口道:「悟空,你那師父頃刻之際,就有傷身之難,不久便來尋你。你只在此處,待我與唐僧說,教他還同你去取經,了成正果。」孫大聖只得皈依,不敢造次,侍立於寶蓮台下。

　　奴才悟空尋求自由也不成。觀音見三藏有難,需要悟空,再次以「正果」懸賞。奴才悟空沒有退路,「只得皈依,不敢造次,侍立於寶蓮台下」。在仙、佛、道三界強權壓迫下,悟空真可憐啊!嗚呼哀哉!一代神豪就這樣消失了,就因為這金箍兒緊箍咒。專制統治者可最需要金箍兒和緊箍咒,使人不敢有「二心」,只能「一體一心一意」做奴才、奴隸。

　　再看具有自我獨立思想意志的真性「心猿」孫悟空。奴才悟空在落伽山侍奉觀音,另一個具有自我思想意志的真性孫悟空出現在唐僧面前。三藏趕走悟空後,「走了不上五十里遠近」,就要徒弟去化齋給他吃。這裡沒有人煙,無處化齋,八戒只得去南山澗取水給師父喝。八戒久去不回,沙僧只得去催水,留下三藏。這時候一聲響亮,唬得三藏欠身看:

原來孫行者跪在路邊旁,雙手捧著一個瓷杯道:「師父,沒有老孫,你連水也不能彀哩。這一杯好涼水,你且吃口水解渴,待我再去化齋。」長老道:「我不吃你的水!立地渴死,我當認命!不要你了!你去罷!」行者道:「無

我你去不得西天也。」三藏道：「去得去不得，不干你事！
潑猢猻！只管來纏我做甚！」那行者變了臉，發怒生嗔，
喝罵長老道：「你這個狠心的潑禿，十分賤我！」掄鐵棒，
丟了瓷杯，望長老脊背上砑了一下，那長老昏暈在地，不
能言語，被他把兩個青氈包袱，提在手中，駕筋斗雲，不
知去向。

一番好意，反遭辱罵「潑猢猻」，想到一路勞苦，一路緊箍
咒折磨，具有自我思想意志，曾經大鬧天宮的真性孫悟空當然不
堪忍受如此「十分賤我」，他打量了三藏，但手下留情，只是「往
長老脊背上砑了一下」，然後提著青氈包袱，筋斗雲，自尋人生
路途。這就是具有自我思想意志，心中仁善的真性悟空。在佛、
菩薩看來，他就是悖逆佛教的「心猿」，具有自我思想意志、自
我本性，就是「假悟空」。

八戒化了一缽齋飯，與取水的沙僧一起回來，見三藏倒在
地。他倆以為三藏死了，取經「半途而廢，中道而止」，因為取
經是三藏這如來徒弟金蟬子的專利。二人準備散夥，沒料到三藏
沒死，醒來罵「潑猢猻，打殺我也！」他對八戒、沙僧說悟空打
了他，搶走青氈包袱。兩徒弟安頓師父住宿以後，沙僧駕雲前往
東勝神州花果山，找悟空討要行李。文中賦詩一首，說孫悟空「道
昧（不遵佛道）放心猿」，即悟空變成兩個，即自我思想意志真
性心猿悟空與侍立在觀音身邊的佛門奴才悟空：

> 身在神飛不守舍，有爐無火怎燒丹。黃婆別主求金老，木
> 母延師奈病顏。此去不知何日返，這回難量幾時還。五行
> 生克情無順，只待心猿復進關。

這就是說，打量師父的悟空是心猿。心猿「身在神飛不守
舍」，如同「有爐無火怎煉丹」，即心不歸佛，猶如「有爐無火」，

空身無心無法煉丹成佛。「黃婆別主求金老,木母延師奈病顏」,「黃婆」指沙僧,「金老」指悟空,「黃婆別主求金老」指沙僧告別唐僧前往花果山尋找孫悟空。「木母」指八戒,「木母延師奈病顏」指八戒伺候被打傷的唐僧。《西遊記》以「金」與「心猿」指悟空,以「木」指八戒。如第十九回孫悟空在高家莊收伏豬八戒,他揪著八戒耳朵回高家莊,有詩為證說:「金性剛強能克木,心猿降得木龍歸。金從木順皆為一,木戀金仁總發揮。」第三十八回《嬰兒問母知邪正　金木參玄見假真》烏雞國真國王被假國王淹死在御花園水井裡,這「金木參玄見假真」即「金悟空」哄騙「木八戒」,深夜前往烏雞國皇宮御花園一水井裡撈取寶貝,卻取出被假國王淹死的真國王,得知假國王真相。第四十一回《心猿遭火敗　木母被魔擒》「心猿」也指悟空,「木母」也指八戒。此詩中「五行生克情無順,只待心猿復進關」,是說取經如五行生克,不能少了屬金的悟空,只有等待悟空二心收作一心,即「心猿復進關」,方可繼續西天取經之行。

　　請看吳翁承恩先生設計的沙僧到花果山見到有別於奴才悟空的具有自我獨立思想意志真性的心猿悟空,即如來等佛、仙、道眾神眼中的「假悟空」。

　　沙僧來到花果山,看見山中無數「猴精,滔滔亂嚷」(注意詞義褒貶的變化,因決定自己取經,悟空的小猴們就成了「猴精」),悟空高坐石臺,口念奪來的通關文牒。沙僧忍不住近前厲聲高叫:「師兄,師父的關文,你念它怎的?」文中說:

> 那行者聞言,急抬頭,不認得是沙僧,(具有自我思想意志真性悟空不認奴才沙僧。)叫:「拿來!拿來!」眾猴一齊圍繞,把沙僧拉拉扯扯,拿近前來,喝道:「你是何人,擅敢近吾仙洞?」沙僧見他變了臉,不肯相認,只得朝上行禮道:……。

沙僧一席話，一說「前者實是師父性暴，錯怪了師兄」，也自責「弟等未曾勸解」。二是希望「還念昔日解脫之恩，同小弟將行李回見師父，共上西天，了此正果。倘怨恨之深，不肯同去，千萬把包袱賜弟。兄在深山，樂桑榆晚景，亦誠兩全其美也」。

具有自我思想意志真性悟空聞言，呵呵冷笑，他有自我人生選擇：「我今熟讀了牒文，我自己上西天拜佛求經，送上東土，我獨成功，叫那南贍部洲人立我為祖，萬代傳名也。」

一心隨三藏取經成佛，免得天帝七日一次利劍穿心，完全成為奴才的沙僧堅決反對，他說：「自來沒有個『孫行者取經』之說。菩薩曾言：『取經人乃如來門生，號金蟬子長老。只因他不聽佛談經，貶下靈山，轉生東土，叫他果正西方，復修大道。……解脫我等，與他做護法。』兄若不得唐僧，哪個佛祖肯傳經與你！卻不是空勞一場神思也？」

這就是說，取經，是如來欽定的二徒弟金蟬子的特權專利。前面已經評述，這是事實。如果《西遊記》如來真是印度佛教始祖喬答摩‧悉達多，世界各國信佛者前來印度靈山取經，回國弘揚佛法，他一定萬分高興，贈送經文，絕對不會讓自己弟子金蟬子獨攬取經大權，因為這既不合佛家普度眾生之念，也遏制了佛家自身的發展。真正的釋迦牟尼不會如此不智無知。

真性悟空對此已有對策，他要小的們「牽出一匹白馬；請出一個唐三藏，跟著一個八戒，挑著行李；一個沙僧，拿著錫杖」。沙僧勃然大怒，打死「假沙僧」。書中說：「那行者見沙僧打死一個猴精，把沙和尚逼得走了，他也不來追趕，回洞叫小的們把打死的妖屍拖在一邊，剝了皮，取肉煎炒。將椰子酒、葡萄酒，同眾猴吃了。另選一個會變化的妖猴，還變一個沙和尚，重新教導，要上西方。」

請注意，文中詞義褒貶的變化。因為不滿如來授予金蟬子的

專權，想自己取經，在佛教眼中花果山的猴子就成了「猴精、妖猴」。孫悟空則又煎炒「妖屍」，下酒。

沙僧被打敗，駕雲來到落伽山，意欲狀告孫悟空，落地卻眼見悟空侍立在觀音身旁。不知此是佛門奴才悟空，他掣降妖杖就打，大罵悟空「十惡造反」。觀音為身邊的悟空辯說：「悟空到此已經四日。我更不曾放他回去，他哪裡有另請唐僧，自取取經之意？」於是，沙僧聽觀音吩咐，與佛門奴才悟空同去花果山辨識真假。這一來，「一體二心」兩個猴王——即佛門奴才悟空與具有自我獨立思想意志的真性心猿悟空在花果山相遇，一番打鬥，然後一系列的辨認、爭論。文中詩曰：

> 兩條棒，二猴精，這場相敵實非輕。
> 都要護持唐御弟，各施功績立英名。
> 真猴實受沙門教，假怪虛稱佛子情。
> 蓋為神通多變化，無真無假兩相平。
> 一個是混元一氣齊天聖，一個是久煉千靈縮地精。

吳承恩用兩個悟空打鬥，象徵孫悟空內心激烈衝突導致的人格分裂：「一體」卻「二心」即佛門奴才孫悟空與自我思想意志真性孫悟空相互敵對，都說自己才是真，對方為假。自然而然，《西遊記》中佛、道、仙三界眾神認奴才悟空為「真」，以自我思想意志真性悟空為「假」。

在花果山，兩個悟空相鬥，他倆「一體二心」，面目身體完全一樣。沙僧在旁，難認真假，不敢拔刀相助，恐怕傷了真的。兩個大聖要沙僧回復師父，說他們去落伽山，讓觀音辨真假。

來到落伽山，「一體二心」兩個猴王相互揪扯，要觀音菩薩慧眼「認個真假，辨明正邪」。「眾諸天與觀音看良久，莫想能認。」觀音暗念緊箍咒，兩個猴王一齊喊痛，都抱著頭，地下打

滾，只叫「莫念，莫念！」觀音不能辨真假。

兩猴王鬧嚷，到天界去分辨真假。他倆拉拉扯扯來到南天門外，見到廣目天王和馬、趙、溫、關四大天將，他們如此這般說了一番，「眾天神看夠多時，也不能辨」。兩猴王又打罵到靈霄殿，玉帝大驚，傳旨叫來托塔天王。托塔天王取出照妖鏡，請玉帝同眾神觀看：「鏡中乃是兩個孫悟空的影子，金箍、衣服、毫髮不差。玉帝亦辨不出，趕出殿外。」天界眾神不能辨真假。

兩猴王哈哈笑，打到唐僧面前。八戒不能辨識真假，唐僧也像觀音一樣念緊箍咒，「兩個人一齊叫苦」。唐僧也不能辨真假。

兩個行者抓抓拉拉，打嚷到陰山後閻羅殿。十大閻王聽兩行者說了，陰君叫管簿判官一一從頭查勘，更無個「假行者」之名。「諦聽」獸奉地藏王菩薩之命，伏在地下照鑒，它知道這「怪名」，但不敢當面說破，「恐妖精惡發，騷擾寶殿，致令陰府不安」。地藏王要兩位行者去雷音寺，找如來辨識。「兩個一齊嚷道：『說的是！說的是！我和你西天佛祖之前折辨去。』」

諸神、諸菩薩不能辨識，只因這是孫悟空精神分裂，「一體」而「二心」，也就是此回目所題「二心攪亂大乾坤 一體難修真寂滅」：人有二心，攪亂乾坤，身雖一體，也難修佛教之真、寂、滅，因為佛教要滅絕一切「心」，以佛為心。

兩個悟空拉拉扯扯，來到大西天雷音寶剎外。這時四大菩薩、八大金剛、五百阿羅、三千揭諦、比丘尼、比丘僧等都在七寶蓮台下，聽如來說法，說的就是怎樣才能做到一體一心：

> 「不有中有，不無中無。不色中色，不空中空。非有為有，
> 非無為無。非色為色，非空為空。空即是空，色即是色。
> 色無定色，色即是空。空無定空，空即是色。知空不空，
> 知色不色。名為照了，始達妙音。」

在此,承恩先生借如來之口揭露佛教本質。

其一、直言揭露佛教捏造謊言。如來所言「不有中有,不無中無。不色中色,不空中空。非有為有,非無中無。非色為色,非空為空」與雪芹先生《紅樓夢》第一回合第五回揭露佛教「假作真時真亦假,無為有處有亦無」完全一致。

其二、揭露佛教話語霸權。如來所言「空即是空,色即是色。色無定色,色即是空。空無定空,空即是色。知空不空,知色不色」,即何空?何色?惟遵佛言。

簡言之:世間萬色皆空,惟佛非空,惟佛為尊,對世間萬色無任何生命感覺,無自我意志,一心皈依佛,就是「涅槃聖覺」,「名為照了,始達妙音」。文中接著點題,寫道:

> 概眾稽首皈依。流通誦讀之際,如來降天花普散繽紛,即離寶座,對大眾道:「汝等俱是一心,且看二心競鬥而來也。」
>
> 大眾舉目看之,果是兩個行者,蹦天喝地,打至雷音勝境。

這就是點題。皈依佛的奴才們是一體「一心」,兩個行者打鬥而來,則是一體之「二心競鬥而來也」。也就是說聽信佛教寂滅一切色相,對自然人間物質萬般色相沒有感覺,沒有自我思想意志者,惟遵佛教,就是一體一心佛門奴才。文中說在場諸位菩薩均不能辨識真假,請看如來如何辨識,判決一體二心悟空:他以佛門奴才悟空為真,以自我思想意志真性悟空為假:

> 惟如來則通知之。……如來才道:「周天之內有五仙,乃天地神人鬼;有五蟲,乃贏鱗毛羽昆。這廝非天非地非神非人非鬼,亦非贏非鱗非毛非羽非昆。又有四猴混世,不入十類之種。」(此言說自我思想意志真性悟空,不屬周天之內的「五仙、五蟲」,屬於叛逆仙佛道周天的另類四

猴。）菩薩道：「敢問是那四猴？」如來道：「第一是靈明石猴，通變化，識天時，知地利，移星換斗。第二是赤尻馬猴，曉陰陽，會人事，善出入，避死延生。第三是通臂猿猴，拿日月，縮千山，辨休咎，乾坤摩弄。第四是六耳獼猴，善聆音，能察理，知前後，萬物皆明。此四猴者，不入十類之種（十類即五仙、五蟲），不達兩間之名（即仙佛道統治的陰間、陽間都沒有四猴的名字。）我觀假悟空乃六耳獼猴也。此猴若立一處，能知千里外之事，凡人說話，亦能知之，故此善聆音，能察理，知前後，萬物皆明。與真悟空同像同音者，六耳獼猴也。」

這是進一步點題。在《西遊記》如來的名冊中，有「不入十類之種，不達兩間之名」，即超越周天，不受仙佛道統治的另類「混世四猴」：通變化，識天時，知地理，移星換斗的靈明石猴。曉陰陽，會人事，善出入，避死延生的赤尻馬猴。拿日月，縮千山，辨休咎，乾坤摩弄的通臂猿猴。能知千里外之事，凡人說話，亦能知之，善聆音，能察理，知前後，萬物皆明的六耳獼猴。

本質上，美猴王是「混世四猴」的組合：與靈明石猴一樣，他通變化，識天時，知地理，移星換斗；與赤尻馬猴一樣，他曉陰陽，會人事，善出入，避死延生；與通臂猿猴一樣，他能拿日月，縮千山，辨休咎，乾坤摩弄；但最為可愛可貴的是，他更是六耳獼猴：「能知千里外之事，凡人說話，亦能知之，故此善聆音，能察理，知前後，萬物皆明。」[31]這是凡人與神聖智慧者最為本質的區別所在。在《西遊記》如來看來，「能知千里外之事，

---

[31] 今譯即：慧眼能查人間萬事，聰耳能聽取人間自然一切聲音，能辨明是非真假善惡，理性思考，洞悉人間社會歷史之前因後果，宇宙萬象在他心目中都非常清楚明瞭。

凡人說話，亦能知之，故此善聆音，能察理，知前後，萬物皆明」的六耳獼猴孫悟空，就是假悟空！而面對三藏無能、愚蠢、惡毒，只有順從；面對如來、觀音的濫行和無理判定，只有哭泣，服從皈依的奴才孫悟空，才是「真悟空」！

文中繼之說：

> 那獼猴聞得如來說出他的本像，膽戰心驚，急縱身，跳起來就走。被如來金鈸痰盂蓋住，（專制者最痛恨有自我思想意志求真本性者，如來用自己的金鈸痰盂蓋悟空。如來的痰盂都是金質的啊！如來就是金做的痰盂啊！他把他的唾沫，吐了悟空一身。）現了六耳獼猴本相。孫大聖忍不住，掄起鐵棒，劈頭一下打死，至今絕此一種。

《西遊記》中「善聆音，能察理，知前後，萬物皆明」的自我思想意志真性孫悟空死啦！剩下只有奴才孫悟空！從古到今，「善聆音，能察理，知前後，萬物皆明」，具有自我獨立思想意志求真本性者，結局均如此。孔子講求「仁愛」，反對專制暴政，他遊說各國君王施行仁政，反被驅逐，自感「惶惶若喪家之犬」。後代儒生更慘，秦始皇焚書坑儒，歷代帝王大多效法，孔門弟子或被殺，或屈身叩頭成奴才。

魏晉竹林七賢之首的嵇康因堅持自己獨立思想而死。嵇康玄學思想的核心是「越名教而任自然，非湯武而薄周孔」，其芒刺直指以周公自居的司馬昭以及作為他面具的維護等級秩序的虛偽禮教。嵇康的社會理想是「不以天下私親，寧濟四海蒸民」。他嚮往唐虞社會及其之前的公天下，否定唐虞之後「宰割天下以奉其私」的罪惡統治；他批判思想扼殺，拒絕與篡魏立晉的司馬昭合作。他的朋友山濤（字巨源）背棄盟誓，投靠司馬昭，嵇康寫下《與山巨源絕交書》。這封信激怒司馬昭，嵇康被斬首。臨

刑之際，他撫琴彈奏一曲《廣陵散》，痛斷歷代文人心腸。嵇康一死，竹林七賢中阮籍閉口不言，向秀、阮咸、王戎諸人則先後投靠司馬昭，成了奴才。嵇康亡，《廣陵散》曲終弦斷，從此中國再沒有自由平等獨立思想如孔子、曾子、孟子、荀子、老子、莊子、嵇康者，存活者不是奴隸，就是奴才，如山巨源、阮籍之流。面對專制威權他們揚塵舞蹈，五體投地，高呼「萬歲」，不敢思想。

孫悟空人格中「善聆音，能察理，知前後，萬物皆明」的六耳獼猴，因有自我獨立思想意志，被佛教誣衊為「妖怪」，被奴才悟空「忍不住，掄起鐵棒，劈頭一下打死，至今絕此一種」。「至今絕此一種」！可見吳翁承恩先生心中之痛，寫到此處，回想古今專制奴化歷史以及自我經歷，他必定捶胸大叫，嚎啕痛哭：「哀哉，悟空！惜哉，悟空！嗚呼哀哉，痛殺我也！痛殺我也！」

奴才悟空打死自己內心中「善聆音，能察理，知前後，萬物皆明」的悟空，成了「一體一心」真奴才，他可憐兮兮地對如來下跪，叩頭說：「上告如來得知。那師父定是不要我。我此去，若不收留，卻不又勞一番神思！望如來方便，望如來方便，把鬆箍兒咒念一念，褪下這個金箍，交還如來，放我還俗去吧。」如來說：「你休亂想，切莫放刁。我叫觀音送你去，不怕他不收。好生保護他去，那時功成歸極樂，汝亦坐蓮臺。」

不容奴才悟空辯說，觀音領悟空駕雲而去。面見三藏，觀音沒有追究三藏是非，只說：「唐僧，前日打你的，乃假行者，六耳獼猴也。幸如來知識，已被行者打死。你今須收留悟空，一路上魔障未消，必得他保護你，才得到靈山，見佛取經。再休嗔怪。」三藏叩頭道：「謹遵教旨。」文中說：「師徒們拜謝了，菩薩回海，卻都照舊合意同心，洗冤解怒。又謝了那村舍人家，整束行

囊、馬匹，找大路而西。」

　　這真假悟空案，是《西遊記》悟空的定型，也是這三回的主題：悟空精神分裂「一體二心」，奴才悟空與具有自我獨立思想意志的真性悟空爭鬥，最後奴才悟空打死自己內心中「善聆音，能察理，知前後，萬物皆明」，有自我獨立思想意志的真性悟空，成了一個「一體一心」奴才。從此西行路上，眼見仙、道、佛作怪，他大多閉口不言，甚至「隱惡揚善」。第一百回《逕回東土　五聖成真》如來之所以封賞悟空為鬥戰聖佛，只因為「且喜汝隱惡揚善，在途中煉魔降怪有功，全始全終，加升大職正果，汝為鬥戰聖佛。」這「隱惡揚善」，即「隱藏仙道佛之真惡，宣揚仙道佛之假善」，然而「善聆音，能察理，知前後，萬物皆明」，有自我獨立思想意志的真性悟空依然殘存於悟空內心，有時候忍不住復活，露頭說話，但被奴才悟空強按著頭顱，捂住嘴不許說話。這在以後的回目章節裡多有肖像、行為、對白體現。這「善聆音，能察理，知前後，萬物皆明」的有自我獨立思想意志的真性悟空（六耳獼猴），是被仙佛道三界誣衊而成的第二個妖怪。

## 二十一、火焰山案：佛教滅心火，收心、歸本，一心做佛奴

　　第五十九回《唐三藏路阻火焰山　孫行者一調芭蕉扇》、第六十回《牛魔王罷戰赴華筵　孫行者二調芭蕉扇》、第六十一回《豬八戒助力敗魔王　孫行者三調芭蕉扇》火焰山案。「火焰山」又是一個象徵性情節，從主題上承接前面真假悟空「二心」收歸「一心」，進一步「滅心火」。「三藏遵菩薩教旨收了行者」，與八戒、沙僧、白龍馬，同心戮力，趕奔西天。曆過夏月炎天，又值三秋霜景，漸覺熱氣蒸人，問路旁莊院一老者方知此地叫做「火焰山」，四季皆熱，正阻擋西去之路，有八百里火焰，周圍寸草不生。本地人想要滅火山耕種，須虔誠沐浴，抬著四豬、四

羊、花紅表裡、異香時果、雞鵝美酒、前往西南方翠雲山芭蕉洞，求牛魔王妻子鐵扇公主羅剎女，使用芭蕉扇：一扇熄火，二扇生風，三扇下雨，此地人方能播種，收割。我們不說孫行者怎地「三調芭蕉扇」，只說說承恩在這一案中隱藏的玄機。火焰山具有兩層象徵意義。

1、火焰山之火是來自上界之天火，禍害人間，而眾神無視生民苦難。悟空找到昔日結拜大哥牛魔王的妻子羅剎女借芭蕉扇。因為兒子小牛聖嬰大王被悟空請觀音擒拿，羅剎女不肯借扇，悟空想法鑽進她的肚子裡方得到芭蕉扇。來到火焰山，悟空用扇滅火，這火卻越煽火越大，燒掉他兩股猴毛。這時候「身披飄風氅，頭頂偃月冠，手持龍頭杖，足踏鐵臲靴」的火焰山土地神送飯來，說到火焰山來歷。悟空以為是牛魔王放的火，土地道明其來源：

> 土地道：「這火原是大聖放的。」行者怒道：「我在哪裡，你這等亂談！我可是放火之輩？」土地道：「是你也認不得我了。此間原無這座山，因大聖五百年前大鬧天宮時，被顯聖擒了，押赴老君，將大聖安於八卦爐內，煆煉之後開鼎，被你蹬倒丹爐，落了幾個磚來，內有餘火，到此處化為火焰山。我本是兜率宮守爐的道人，當被老君怪我失守，降下此間，就做了火焰山土地也。」豬八戒聞言恨道：「怪道你這等打扮！原來是道士變的土地！」

土地告訴悟空，牛魔王拋棄結髮妻子鐵扇公主，招贅於積雷山摩雲洞萬歲狐王女兒玉面公主。他希望悟空找到鐵扇公主，借得真扇，「一則扇熄火焰，可保師父前進；二來永除火患，可保此處生靈；三者赦我歸天，回繳老君法旨」。大家知道，五百年前悟空大鬧天宮，被二郎神所擒，被太上老君押入兜率宮煉丹

爐,要火煉成丹。一直煉了七七四十九天,老君自以為功滿丹成,開爐取丹。沒料想悟空成了火眼金睛,蹬倒丹爐,撞了他一個撲趴,再一次大鬧天宮。太上老君心胸狹隘,他自己都不能奈何悟空,反怪守爐道人「失守」;他自己也不下凡,收撿他這幾塊成了人間火焰山的火磚,反而貶謫守爐道士到這火焰山作土地神。他全不想一座方圓八百里火焰山,會給下界生靈帶來多少災難?這老君可不是心胸廣闊,法天地,生養萬物,齊萬物的道祖李聃!

在專權統治之下,權利更替多採用戰爭的方式,往往會給人民帶來極大的災難。老君煉丹爐幾塊小火磚,在下界就成了火燒八百里火焰山,四周寸草不生,而且時間在五百多年之久。回顧人類史,尤其是中國內戰史,奸雄們爭奪天下,而人民常常「白骨露於野,千里無雞鳴」。

2、火焰山之火,是心火。此為主題。聽了土地的話,孫悟空兩次設計變化竊取芭蕉扇,與牛魔王大戰。他變作牛魔王,從羅剎女手中騙取芭蕉扇,羞辱了羅剎女一番,得意洋洋地回去。沒曾想牛魔王變作豬八戒,從他手中騙回芭蕉扇。孫悟空再次大戰牛魔王,豬八戒也來助戰。文中有一首詩與悟空和八戒的對白,表達承恩設計的佛教消滅「心火(自我慾望)」的主題:

> 成精豕,作怪牛,兼上偷天得道猴。禪性自來能戰煉,必當用土合元由。鈀鈀九齒尖還利,寶劍雙鋒快更柔。鐵棒卷舒為主仗,土神助力結丹頭。三家刑克相爭競,各展雄才要運籌。捉牛耕地金錢長,喚豕歸爐木氣收。心不在焉何作道,神常守舍要拴猴。胡亂嚷,苦相求,三般兵刃響嗖嗖。鈀築劍傷無好意,金箍棒起有因由。只殺得星不光月不皎,一天寒霧黑悠悠!

這一首詩說的就是本案主題:收心,歸本,滅心火。「成精

豕，作怪牛，兼上偷天得道猴」，將牛魔王與豬八戒、孫悟空並
列，說的就是天、佛、道三界霸權：沒有得到天、佛、道三界的
許可，自己得道就是「偷天」，就是「精怪」。「捉牛耕地金錢
長，喚豕歸爐木氣收。心不在焉何作道，神常守舍要拴猴」說的
就是回歸本心，順從天命，拒絕幻想：是牛，就老老實實吃草耕
地；是豕就規規矩矩歸爐，任火焰燒烤，供權貴品嚐；是猴就要
用鐵索鎖住，耍猴人叫你怎樣，你就得怎樣。這就是「心在焉，
神守舍」。

　　悟空、八戒大戰牛魔王。得到玉面公主手下群妖助力，牛魔
王再次打敗悟空、八戒。八戒心灰意懶，想避過火焰山，轉路走。
土地說：「但說轉路，就是入了旁門，不成個修行之類。」看看
悟空與八戒的對話，體現皈依佛門，消滅自我的奴性：

> 行者發狠道：「正是，正是，呆子莫要胡談！土地說得有
> 理，我們正要與他賭輸贏，弄手段，等我施為地煞變。自
> 到西方無對頭，牛王本是心猿變。今番正好會源流，斷要
> 相持借寶扇。趁清涼，息火焰，打破頑空參佛面。行滿超
> 升極樂天，大家同赴龍華宴！」
> 那八戒聽言，便生努力，殷勤道：「是，是，是！去，去，
> 去！管甚牛王會不會，木生在亥配為豬，牽轉牛兒歸土
> 類，申下生金本是猴，無刑無克多和氣。用芭蕉，為水意，
> 焰火消除成既濟。晝夜休離苦盡功，功完趕赴盂蘭會。」

　　悟空說「牛王本是心猿變」，即與我過去一樣，牛魔王也是
「心猿」，「心猿」就是妖怪。豬八戒說「木生在亥配為豬，牽
轉牛兒歸土類。申下生金本是猴」，即萬物要回歸五行八卦規定
的品性，「木」就是豬，豬就該殺；「金」就是猴，猴就該被耍；
「土」就是牛，牛就得歸土，挨打犁田。

在四山佛兵，各路天將的圍攻中，牛魔王還原本身，成了一頭大白牛。他猶自不服，哪吒太子使他成了一頭馴服的牛：

> 這太子即喝一聲：「變！」變得三頭六臂，飛身跳在牛王背上，使斬妖劍望頸項上一揮，不覺得把個牛頭斬下。天王收刀，卻才與行者相見。那牛王腔子裡又鑽出一個頭來，口吐黑氣，眼放金光。被哪吒又砍一劍，頭落處，又鑽出一個頭來。一連砍了十數劍，隨即長出十數個頭。哪吒取出火輪兒掛在那老牛的角上，便吹真火，焰焰烘烘，把牛王燒得張狂哮吼，搖頭擺尾。才要變化脫身，又被托塔天王將照妖鏡照住本象，騰挪不動，無計逃生，只叫：「莫傷我命！情願歸順佛家也！」哪吒道：「既惜身命，快拿扇子出來！」牛王道：「扇子在我山妻處收著哩。」哪吒見說，將縛妖索子解下，跨在他那頸項上，一把拿住鼻頭，將索穿在鼻孔裡，用手牽來。孫行者卻會聚了四大金剛、六丁六甲、護教伽藍、托塔天王、巨靈神將並八戒、土地、陰兵，簇擁著白牛，回至芭蕉洞口。老牛叫道：「夫人，將扇子出來，救我性命！」羅剎聽叫，急卸了釵環，脫了色服，挽青絲如道姑，穿縞素似比丘，雙手捧那柄丈二長短的芭蕉扇子，走出門，又見有金剛眾聖與天王父子，慌忙跪在地下，磕頭禮拜道：「望菩薩饒我夫妻之命，願將此扇奉承孫叔叔成功去也！」行者近前接了扇，同大眾共駕祥雲，徑回東路。

接著，悟空三扇，扇滅火焰山，細雨紛紛霏霏。文中有詩，再次點題：

> 火焰山遙八百程，火光大地有聲名。
> <u>火煎五漏丹難熟，火燎三關道不清。</u>

時借芭蕉施雨露，幸蒙天將助神功。

牽牛歸佛休顛劣，水火相聯性自平。

這就是點題：火焰山之火，是心火，心不歸佛自有火；有心火者，不能得道；歸佛就是水火相濟，心性自平。火焰山牛魔王案體現佛教經典《多心經》主要理念：「遠離顛倒夢想，究竟涅槃」，猴就是猴，豬就是豬，牛就是牛，得認命！

牛魔王妻子羅剎女的最終歸結也體現這一點：收心、滅火、成佛。火焰山火滅，丈夫大白牛被天王太子牽往佛地交差，羅剎女沒有走，她說：「我等也修成人道，只是未歸正果。現今真身現相歸西，我再不敢妄作。願賜本扇，從立自新，修身養命去也。」她知道熄火之法，連扇四十九扇，大雨瓢潑，火焰山之火熄滅，永遠無火。

悟空還扇子給羅剎女，文中說「那羅剎接了扇子。念個咒語，捏做個杏葉兒，噙在口裡，拜謝了眾聖，隱姓修行，後來也得了正果，經藏中萬古留名」。這一回最後一句也是點題：

羅剎、土地俱感激謝恩，隨後相送。行者、八戒、沙僧，保著三藏遂此前進，真個是身體清涼，足下滋潤。誠所謂：坎離既濟真元合，水火均平大道成。

《易經》八卦「坎」為水，「離」為火，說的就是「水火均平大道成」。第六十二回開篇詩與第五十九、六十、六十一回相呼應，也是說滅心火：

十二時中忘不得，行功百刻全收。五年十萬八千周，休叫神水涸，莫縱火光愁。水火調停無損處，五行聯絡如鈎。陰陽和合上雲樓，乘鸞登紫府，跨鶴赴瀛洲。

火焰山一案滅心火，講求水火均衡，心境清涼通大道。然而

這「道」卻是非佛的如來、非儒的玉帝、非道的三清確定的邪道，說到底就是要你做他們的奴才。悟空得一心做猴被耍，八戒得一心做豬養肥待宰，牛魔王得一心做牛吃草耕地。

文中無牛魔王的結局，從他兒子聖嬰大王成了觀音的善財童子看，他定會撈一個大仙官職。玉面公主和「驢、騾、犢、特、獾、狐、貛、獐、羊、虎、麋、鹿」等所謂群妖死得冤。父親狐王死後，玉面狐狸為了自保，招贅牛魔王在家。她並無半點惡性惡行，最後與夥伴們一同死於豬八戒的豬蹄、釘耙之下。在中國傳統神話中，引動男子色心的美女就是「狐狸精」，《封神演義》中殷紂王妃子妲己就是狐狸精纏身。玉面狐狸是被天、佛、道三界誣陷的第三個妖怪。牛魔王和妻子鐵扇公主羅剎女，是來自自然人間的兩個妖怪，可降落火焰山危害人間，卻是天宮太上老君所為。

## 二十二、祭賽國佛骨舍利案：佛骨助邪，無道君王最信佛

第六十二回《滌垢洗心惟掃塔　縛魔歸正乃修身》、第六十三回《二僧蕩怪鬧龍宮　群聖除邪獲寶貝》佛骨舍利案，是因佛骨舍利引起的爭奪、殘殺。為神化佛教，佛教神化釋迦牟尼，以他火化後的遺骨（舍利）為神品。《大智度論》卷五十九：「供養佛舍利，乃至如芥子許，其福報無邊。」故而這第六十二回祭賽國無道暴君供養佛骨，碧波洞龍王偷取佛骨，於是爭奪殘殺。從這更可見，歷代帝王為何信佛，推崇佛教的原因：只要信佛，惡到極點，佛祖都保佑。

1、因佛骨舍利引發的國內殘殺：無道國君最信佛。第六十二回，他們四眾來到西邦祭賽國。進得城來，只見三街六市，貨殖通財，衣冠隆盛，人物豪華，街市人群中突兀出現披枷帶鎖的十幾個和尚，他們沿街門乞討。三藏物傷其類，叫悟空詢問和尚為何這等遭罪。進入金光寺，和尚跪訴遭罪的緣由：

眾僧跪告：「爺爺，此城名喚祭賽國，乃西邦大去處。當年有四夷朝貢：南，月陀國；北，高昌國；東，西梁國；西，本鉢國。<u>年年進貢美玉明珠、嬌妃駿馬。</u>我這裡不動干戈，不去征討，他那裡自然拜為上邦。」三藏道：「既然拜為上邦，想是你這國王有道，文武賢良。」眾僧道：「爺爺，<u>文也不賢，武也不良，國君也不是有道。我這金光寺，自來寶塔上祥雲籠罩，瑞靄高升，夜放霞光，萬里有人曾見；晝噴彩氣，四國無不同瞻。故此以為天府神京，</u>（此為點題之一：暴君供養佛骨舍利而佛祖保佑，故而四國朝拜供奉，此佛骨舍利全無善惡之辨。）只是三年之前，孟秋朔日，夜半子時下了一場血雨。……誰曉得我這寺裡黃金寶塔污了，這兩年外國不來朝貢。我王欲要討伐，眾臣諫道：我寺裡僧人偷了塔上寶貝，所以無祥雲瑞靄，外國不朝。昏君更不察理。那些贓官，將我僧眾拿去，千般拷打，萬樣追求。當時我這裡有三輩和尚：前兩輩被拷打不過，死了；如今又捉我輩，問罪枷鎖。」（此為點題之二：佛骨舍利對佛徒全無保佑，信奉者愚昧。）

祭賽國國君無道，文臣不賢，武將不良，只因佛骨舍利能使寶塔「祥雲籠罩，瑞靄高升，夜放霞光，萬里可見，晝噴彩氣」，四國「以為天府神京」，故而「美玉明珠，嬌妃駿馬」供奉國王享用。據此，可以看出封建王朝帝王為何信奉佛教，尊佛骨舍利為寶。以為「僧人偷了塔上寶貝，所以外國不朝」，國王將金光寺三輩和尚拷打致死兩輩，再拷打枷鎖第三輩，而菩薩、佛骨舍利卻全反應。不論善惡，只要信奉，供奉，佛祖「有求必應」。可見此佛教為怪，非佛。

一路西行，三藏遇寺拜佛，見塔掃塔。當天晚上，吃了齋飯之後，三藏由悟空保護著乘夜掃塔，想看看佛塔為何不放光。掃

了十層，三藏腰酸腿痛，聽到塔頂有說話聲，悟空轉出前門，踏雲頭一看，第十三層塔心有兩個妖怪正在猜拳吃酒，行者抓住妖怪，審問得其口供：

> 這兩個怪物是亂石山碧波洞萬聖龍王差來巡塔的。萬聖龍王女兒萬聖公主花容月貌，招了一個神通廣大的駙馬。前年駙馬與龍王來此，下了一陣血雨，污了寶塔，偷了塔中舍利子。公主又去大羅天靈霄殿偷了王母娘娘的九葉靈芝草，溫養舍利子在潭底，金光彩霞，晝夜光明。（此為點題之三：龍王一家亦信佛，以為佛保佑他們。）

第六十回火焰山牛魔王案中，這亂石山碧波洞的龍王曾請牛魔王飲酒，牛魔王稱他為「朋友」，但文中並未見他及其家人的惡行。這舍利子在「文也不賢、武也不良、國君也不是有道」的祭賽國「夜放霞光」，「晝噴彩氣」。龍王盜來洞中，供養偷竊來的九葉靈芝，它同樣「金光彩霞」，但給龍王一家帶來卻是厄運。這舍利子並不靈！

2、因佛骨舍利引發的戰爭：悟空助力，無道國君勝；信奉佛骨舍利的龍王家毀人亡。第二天，三藏、悟空入朝辦理關文，面見國王。國王抱怨，金光寺和尚「專心只是做賊，敗國傾君」。悟空告訴國王，舍利子被盜是亂石山碧波潭龍王與女婿九頭駙馬所為。國王當庭審問悟空擒拿的兩個妖怪，事實確鑿。無道國王請悟空、八戒大戰妖怪，奪回佛骨舍利。

老龍聽得曾大鬧天庭的孫悟空前來取寶，嚇得魂不附體。九頭駙馬獨自出戰，他有九頭，大戰孫悟空，活捉了豬八戒。悟空變化潛入碧波潭，救出八戒。老龍帶著龍子、龍孫與九頭駙馬一起進攻。悟空打敗老龍，「把個龍頭打得稀爛。可憐血濺潭中紅水泛，屍漂浪上敗鱗浮！唬得龍子、龍孫各各逃命；九頭駙馬收

龍屍，轉宮而去」。

此時，二郎神與梅山六兄弟打獵恰好路過此地，悟空請他們協助，大戰九頭駙馬。看看他們打入洞中的慘景：

> 此時那龍子披了麻，看著龍屍哭；龍孫與那駙馬，在後面收拾棺材哩。這八戒罵上前，手起處，鈀頭著重，把個龍子夾腦連頭，一鈀築了九個窟窿。唬得龍婆與眾往裡跑，哭道：「長嘴和尚又把我兒打死了！」……齊天大聖與七兄弟一擁上前，槍刀亂紮，把個龍孫剁成幾段肉餅。……（大戰中，九頭駙馬被二郎神的細犬咬下頭，逃走。孫悟空說：「他必定多死少生」。行者變身九頭駙馬，進入龍宮，從萬聖公主手中騙得佛骨舍利、九葉靈芝，然後現了本相。）公主慌了，便要搶奪匣子，被八戒跑上前去，著背一鈀，築倒在地。

慘絕人寰！只因信奉佛骨舍利，亂石山碧波洞老龍家毀命絕。孫悟空勸八戒不要打死龍婆，說：「留個活的，好去國內顯功。」他們擒拿龍婆回祭賽國。看看龍婆生不如死的結局：

> 國王問：「既知人言，快早說前後做賊之事。」（無道大偷審問小偷。）龍婆道：「偷佛寶，我全不知。都是我那夫君老鬼與那駙馬九頭蟲，知你塔上之光乃是佛家舍利子，三年前下了血雨，乘機盜去。」又問：「靈芝草是怎麼偷的？」龍婆道：「只是我小女萬聖公主私入大羅天上，靈霄殿前，偷得王母娘娘九葉靈芝草。那舍利子得這草的仙氣溫養著，千年不壞，萬載生光，去地下，或田中掃一掃，即又萬道霞光，千條瑞氣。如今被你奪來，弄得我夫死子絕，婿喪女亡，千萬饒我命吧！」（佛骨「萬道霞光，瑞氣千條」是愚昧信徒神經錯亂之幻覺。）八戒道：「正不

饒你哩！」行者道：「家無全犯。我便饒你，只便要你長
遠替我看塔。」龍婆：「好死不如惡活著。但留我命，憑
你叫作什麼。」行者叫取鐵索來。當駕官即取鐵索一條，
把龍婆琵琶骨穿了，（慘絕人寰，一切都因為這佛骨。）……
將舍利子安在第十三層塔頂中間，把龍婆鎖在塔心柱上。
行者念動真言，喚出本國土地、城隍與本寺伽藍，每三日
送飲食一餐，與這龍婆度口；少有差訛，即行處斬。

以佛骨舍利為神靈，龍王喜愛，偷回家，再偷來王母娘娘九
葉靈芝溫養舍利子，觀賞瑞氣千條。這佛骨舍利卻沒給他們一家
帶來好運，反而是家毀人絕、夫死、子死、孫死、女死、婿死的
厄運。老龍婆沒有偷，卻被鐵索穿琵琶骨，看守這佛骨舍利，三
天才吃一餐「度口」飯，一有差訛，即行斬殺。佛教神化佛教始
祖釋迦牟尼，使人因迷信這和尚而瘋狂，而自相殘殺，就為爭奪
這和尚死後的一塊骨頭。

而「文也不賢、武也不良、國君也不是有道」的祭賽國卻因
佛骨舍利，得到四夷朝貢「美玉明珠，嬌妃駿馬」。因佛骨舍利
被竊，四夷不再朝貢，國王「欲要征伐」四夷，拷打致死「兩輩」
和尚，進而引發佛骨舍利爭奪戰，悟空等殺絕龍王一家，鐵索穿
龍婆琵琶骨。無道國君重新安放佛骨舍利後，即刻：「霞光萬道，
瑞氣千條，依然八方共睹，四國同瞻。」文中沒有交代，但四夷
必定每年朝貢「美玉明珠，嬌妃駿馬」，供國王享用，因被佛教
欺騙的信徒相信，供奉佛骨舍利會得到佛祖保佑，幻覺佛骨「霞
光萬道，瑞氣千條」宣告：「此無道國王受佛祖隆恩眷顧，朝貢
他就是朝貢佛祖，否則……。」此寶，是佛骨舍利子？！還是妖
邪之寶？！更體現信佛為神使人們愚昧。許多印度人都說，釋迦
牟尼不是神。

三藏、悟空、八戒、沙僧所行違背真正佛道。他們滅了老龍

一家，夫死子絕，婿喪女亡，龍婆終身鐵索穿勒琵琶骨被捆綁在塔心柱上。悟空啊悟空，三藏、八戒、沙僧一開始就是佛祖的奴才，現在你也成了佛祖殺人不眨眼的奴才！

這第六十二、六十三回真正的妖怪是所謂「佛骨舍利」、無道國君，他倆應該算來自佛教的第六個妖魔，也是天仙、佛、道三界的第二十六個妖怪。

## 二十三、木仙庵案：佛教剿滅中國文化精髓

第六十四回《荊棘嶺悟能努力　木仙庵三藏談詩》，主題體現佛教文化霸權，剿滅中國文化精華。悟空、八戒效忠如來，完全成了奴才，體現中國文化精神的勁節十八公松樹、孤直公柏樹、扶雲叟翠竹、凌空子檜樹、杏仙杏花樹、青衣女童臘梅、黃衣女童丹桂被殘殺。

這一回情節單純。來到荊棘嶺，豬八戒用釘耙開路，來到山間一座古廟。廟門之外松柏凝青，桃梅鬥麗。一陣風過，出現頭戴角巾，身穿淡服，腳穿芒鞋的勁節十八公（松樹），隨身跟著一個青面獠牙、紅須赤身鬼使（楓樹）。他們自稱荊棘嶺土地，前來齋僧。孫悟空說他們不是好人，舉棍就打。十八公化作一陣陰風，抬走三藏，來到一座煙霞石屋前，他文質彬彬寬慰三藏說：「聖僧休怕，我等不是歹人，乃荊棘嶺十八公是也。因風清月明之宵，特請你來會友談詩，遣情懷故耳。」這時又來了文質彬彬三位老者：「霜姿風采的孤直公（柏樹）」、「綠鬢婆娑的凌空子（檜樹）」、「虛心黛色的拂雲叟（竹）」。他們禮見唐僧，以詩詞會友，各自賦詩說自己松、柏、檜、竹的性情、年齡。三藏恭維，稱他們為漢朝「四皓」，他們否認，說自己是「深山四操」。

四皓即商山四皓，指的是秦末漢初的東園公唐秉、角裡先生周術、綺裡季吳實、夏黃公崔廣等四位著名學者。他們避秦焚書

坑儒，隱居今陝西省丹鳳縣境內的商山，出山時都八十餘歲，眉皓發白，故被稱為「商山四皓」。劉邦久聞「四皓」大名，曾請他們出山為官，被拒絕。劉邦登基後，長子劉盈為太子，次子如意為趙王。劉盈天生懦弱，才華平庸，次子如意卻聰明過人，才學出眾。劉邦有意廢劉盈而立如意，劉盈的母親呂后得知，非常著急，遵張良的主意，聘請商山四皓。有一天，劉邦與太子飲宴，見太子背後有四位白髮蒼蒼的老人，詢問方知是「商山四皓」。「四皓」上前謝罪道：「我們聽說太子是個仁人志士，又有孝心，禮賢下士，我們就一齊來作太子的賓客。」劉邦知道大家同情太子，更見太子有四位大賢輔佐，立即消除了改立趙王如意為太子的念頭。無能的劉盈後來繼位，為惠帝，「四皓」隨即回商山，皆卒於商洛，葬於商山腳下，丹江之濱。

文中四老否認自己是助力無道呂后的「商山四皓」，說自己是「四操」，即堅守自我節操的四老者：勁節十八公、霜姿風采的孤直公、綠鬢婆娑凌空子、虛心黛色拂雲叟。

「勁節十八公」就是松老翁，取義松老而氣節強勁，操守堅貞。「霜姿風采」的「孤直翁」就是柏樹老翁，取義柏樹氣節孤傲，凌寒不屈，孤守正義。松與柏，從上古商周起是維護土地神的社樹，自從孔子在《論語・子罕》中說：「歲寒，而知松柏之後凋」，「歲不寒，無以知松柏；事不難，無以知君子」之後，松柏就成了倔傲不屈，遺世獨立的君子人格象徵。山東曲阜孔陵、孔林和孔廟院內，至今古松柏林立。古人有許多讚美松柏的詩詞。

（唐）杜荀鶴有詩《小松》說松：

> 自小刺頭深草裡，而今漸覺出蓬蒿。
> 時人不識凌雲木，直待凌雲始道高。

「虛心黛色」的「拂雲叟」就是竹老翁。竹，在中國也是倔敖，堅守自我清操的人格象徵。「綠竹」最早出現在《詩經·衛風·淇奧》，描述一位清操君子在竹林裡修道，打磨自己的德行。古人有許多讚美竹子的詩詞。

（唐）杜牧有《題新竹》詩：

> 數莖幽玉色，晚夕翠煙分。
> 聲破寒窗夢，根穿綠蘚紋。
> 漸籠當檻日，欲得八簾雲。
> 不是山陰客，何人愛此君。

（元）王冕有《墨竹》詩：

> 我家洗硯池頭樹，朵朵花開淡墨痕。
> 不要人誇顏色好，只留清氣滿乾坤。

（唐）杜甫有《吟竹》詩：

> 綠竹半含籜，新梢才出牆。
> 雨洗娟娟淨，風吹細細香。

文中的竹翁，「虛心黛色」，自稱「拂雲叟」，即謙遜，清亮，與縹緲自由之雲為朋友。

「綠鬢婆娑」的「凌空子」就是檜樹翁。檜樹，又名圓柏，「柏葉松身之樹」，是常綠喬木，高可達二十米，壽命可達數百年。《詩經·檜風》記載「檜國」的詩歌，周諸侯用「檜」為國名，可見檜在古人心目中的地位非凡。檜樹因孔夫子而名聲鵲起，在山東曲阜孔廟，有一株樹齡兩千五百年的檜樹，傳說為孔子親手栽植。旁立一個石碑，上題「先師手植檜」，成了四方文人拜祭的神樹。宋代大書畫家米芾稱其為「矯龍怪，挺雄姿，二千年，敵寶石，糾治亂，如一昔」。（唐—五代）秦韜玉有《檜

樹》詩,贊其氣節:

> 翠雲交乾瘦輪囷,嘯雨吟風幾百春。
> 深蓋屈盤青麈尾,老皮張展黑龍鱗。
> 唯堆寒色資琴興,不放秋聲染俗塵。
> 歲月如波事如夢,竟留蒼翠待何人。

「綠鬢婆娑」,名號「凌空子」的檜樹翁,就是脫離凡塵俗世,凌空追求理想之高遠人生者。

言談間,出現「赤身鬼使」。赤身鬼使即火紅楓樹。楓樹在中國象徵戰神蚩尤。蚩尤是上古時九黎族的首領。當時與蚩尤相抗衡的有黃河流域的「軒轅氏」與「神農氏」。神農氏被蚩尤打敗後,其首領炎帝與涿鹿(今河北省涿鹿、懷來一帶)的軒轅氏結盟。神農氏與軒轅氏聯合進攻蚩尤。經過三年九場不分勝負的大戰役後,黃帝在涿鹿之野將蚩尤打敗。蚩尤被俘獲後,黃帝把蚩尤斬首。怕他死後復生,又把他身首分別埋在兩地。傳說蚩尤死後,他身上的滿是鮮血的枷栲被取下來,拋擲在荒野,變成一片紅色楓樹林,每一片楓葉,都是蚩尤的血。古代中國蚩尤被尊為戰神,秦始皇與漢高祖都立祠祭奉蚩尤。唐以後中國缺少戰神,唯一的戰神岳飛,被宋朝昏君趙構與奸臣秦檜所殺,故而宋滅於蒙古而成元,明滅於滿洲而成清。

此回主要情節是儒道與佛論戰。代表儒道的松柏竹檜四老翁吟詩,表達自己的操守、仙道。

「霜姿丰采」的柏樹孤直翁,吟詩一首:

> 我歲今經千歲古,撐天葉茂四時春。
> 香枝鬱鬱龍蛇狀,碎影重重霜雪身。
> 自幼堅剛能耐老,從今正直能修身。
> 烏棲鳳宿非凡輩,落落森森遠俗塵。

　　孤直翁歌吟柏樹之操守、仙道，即「堅剛能耐老」，「正直能修身」。

　　「綠鬢婆娑」的檜樹凌空子賦詩一首：

　　　吾年千載傲風霜，高幹靈枝力自剛。
　　　夜靜有聲如雨滴，秋晴蔭影似雲張。
　　　盤根已得長生訣，受命尤宜不老方。
　　　留鶴化龍非俗輩，蒼蒼爽爽近仙鄉。

　　檜樹翁歌頌檜樹之「盤根」，即堅守自我根性，千年傲風雪不屈而依然勇力十足，即成仙得道「近仙鄉」。

　　「虛心黛色」的拂雲叟竹老翁吟詩一首：

　　　歲寒虛度有千年，老景瀟然清更幽。
　　　不雜囂塵終冷談，飽經霜雪自風流。
　　　七賢作侶同談道，六逸為朋共唱酬[32]。
　　　戛玉敲金非瑣瑣，天然情性與仙遊。

　　綠竹老翁自詡與竹林七賢、六逸為友，不與無道統治者合作，而以竹枝拂雲，求清逸，自由。這一行為就是孔子君子之行。《論語·憲問篇》「憲問恥。子曰：『邦有道，穀；邦無道，穀，恥也。』」[33]

　　勁節十八公松老翁吟詩一首，道：

---

[32] 竹林七賢：魏晉時期七位名士嵇康、阮籍、山濤、向秀、劉伶、王戎、阮咸。他們大都「棄經典而尚老莊，蔑禮法而崇放達」。嵇康的成就最高。六逸：指唐朝李白、孔巢父、韓准、裴政、張叔明、陶沔同隱居在任城（今山東濟寧）徂徠山，經常飲酒吟詩，號稱竹溪六逸。

[33] 今譯：國家政治清明，做官領俸祿；國家政治黑暗，做官領俸祿，就是恥辱。

我亦千年約有餘，蒼然貞秀自如如。
堪憐雨露生成力，借得乾坤造化機。
萬壑風煙惟我勝，四時灑落讓吾疏。
蓋張翠影留仙客，博弈調琴講道書。

松樹得仙之道乃老子研究自然，道法自然，即「借得乾坤造化機」。現今人類之進步，不就是「借得乾坤造化機」嗎？

接著儒道四老翁與佛教三藏論戰。四老翁彬彬有禮地請教三藏：「望以禪法指教一二，足慰平生。」唐僧「聞言，慨然不懼」地說禪；能誇誇其談，但不能實踐，更不能實現，可是佛教、道教共同特點。面對妖魔強賊，唐僧只能哭泣下跪，面對文質彬彬四老翁，他說的就是只言不行的「靜悟」：

> 禪者靜也，法者度也。靜中之度，非悟不成。悟者，洗心滌慮，脫俗離塵是也。夫人身難得，中土難生，正法難遇：全此三者，幸莫大焉。至德妙道，渺漠希夷[34]，六根六識，遂可掃除。菩提者，不死不生，無餘無欠，空色包羅，聖凡俱遣。訪真了元始鉗鎚，悟實了牟尼手段。發揮象罔[35]，踏碎涅般。必須覺中覺了悟中悟，一點靈光全保護。放開烈焰照婆娑，法界縱橫獨顯露。至幽微，更守固，玄關口說誰人度？我本元修大覺禪，有緣有志方記悟。

三藏這一番話，說「靜中之度，非悟不成」，自己西天取經因「夫人身難得，中土難生，正法難遇」，故而想求「不生不死」就得求知，求證於西方「菩提（即佛教）」。而此菩提之悟即佛

---

[34] 希夷：形容「道」的抽象和不可捉摸。源自《老子》：「視之不見名曰夷，聽之不聞名曰希。」

[35] 象罔：源自《莊子·天地》中虛擬人物，意為似有象而實無。罔，無的意思。後來成為一種哲學觀念，即無心而聽任自然。

教老套，掃除「六根六識」，即「無眼耳鼻色身意，無色聲香味觸法」，消滅一切生命感覺和思想。文中說「四老側耳受了，無邊喜悅。一個個稽首皈依，躬身拜謝道：『聖僧乃禪機之悟本也！』」四老翁溫文，一如孔子之「溫良恭儉讓」，有容異己、異見之雅量。接著拂雲叟竹老翁表達了中國真儒真道文士的觀點：

> 我等生來堅實，體用比爾不同。感天地以生身，蒙雨露而滋色。笑傲風霜，消磨日月。一葉不凋，千枝節操。似這話不叩沖虛，你執持梵語。道也者，本安中國，反來求證西方。空費了草鞋，不知尋個什麼？石獅子剜了心肝，野狐涎灌徹骨髓[36]。忘本參禪，妄求佛果，都似我荊棘嶺葛藤謎語，蘿菾渾言[37]。此般君子，怎生接引[38]？這等規模，如何印授[39]？必須要檢點見前面目，靜中自有生涯。沒底竹籃汲水，無根鐵樹生花；靈寶峰頭牢著腳，歸來雅會上龍華[40]。

直譯如下：

> 我等乃松、柏、竹、檜生就堅實，體魄特性與您等佛徒不同。能感受天地而生身，蒙雨露而滋色。笑傲風霜，磨礪

---

[36] 野狐涎：傳說用小口罈子盛肉開口埋在野外，狐狸聞味卻不能吃到，遂將口涎流入罈內，漬入肉中。將肉取出曬乾碾成肉末，人吃了會神經惑亂。

[37] 葛藤謎語，蘿菾渾言：指佛教像藤蔓蘿菰那樣自相交纏，胡言亂語。

[38] 接引：佛教術語，佛教稱佛、菩薩引導眾生進入西方極樂世界為接引。

[39] 印授：佛教術語，即授記。梵語音「和伽那」，即對發願虔心修佛之眾生授將來必成佛的印記。

[40] 龍華：樹名，又指龍華法會。佛教認為在經五十六億七千萬年之後，彌勒菩薩將示現在華林園，龍華樹下成道，開三番法會，度盡上中下根的眾生。

日月，葉葉永綠不凋，千枝不污保節操。我此言似無禮於佛教之虛無幻境，因你等執迷於佛教梵語。宇宙萬物之道，其本在中國孔孟老莊，你等卻求證於西方佛教幻語。你們磨穿草鞋，行走萬里，尋找什麼？你相信石獅有心肝？這是吃了野狐狸唾沫被麻醉導致的神經錯亂吧。拋棄根本，去參禪，求虛幻的佛果，一如這荊棘嶺葛藤亂鋪造就的謎語，蘿菔被狂風吹出的風響亂言。試問：佛教妄言君子，你們極樂世界在何處？怎麼接引人們進入極樂世界？全人類信佛，他們都被封為菩薩？人啊，必須檢點自己此前、現今，靜靜思考，方得人類生存之道。佛教卻說只要信佛，五十億七千萬年之後，天下眾生都進入極樂世界！這完全是沒底竹籃裝水，無根鐵樹開花！

拂雲叟的主要觀點是「道也者，本安中國，反來求證西方」，這是「空費了草鞋，忘本參禪，妄求佛果」，直言揭露佛教所謂「接引」眾生到西方極樂世界，許願信眾成佛的所謂「印授」，都是無稽之談，所謂「靈寶峰頭牢著腳，歸來雅會上龍華」是「沒底竹籃汲水，無根鐵樹生花」的謊言。

四老翁並非反對師法外國，只是針對佛教的傳入。佛教給中國帶來了什麼？叫人「滅六根，去六識」，即滅絕一切生命感覺，涅磐成佛。的確，寺廟裡的菩薩、佛均泥塑或石刻，人人成了泥塑石刻佛，就是人類滅絕時。根本文化精神是孔孟「仁德君子」之儒，以及老莊追尋、效法的宇宙「自然之道」。現今人類社會是西方自由市場經濟與民主政治制度使孔孟之仁、老莊之道得以制度性、社會性實現。拂雲叟所言「道也者，本安中國」，說的就是孔孟、老莊之道。思想無論內外，只要有益於生民者，皆應交流、囊括、運用。

三藏聽了拂雲叟之言，啞口無言，不得不虛情假意「叩頭拜

謝」，然後四老翁邀請三藏進石屋飲茶吟詩。進屋，三藏留心偷看，「只見那裡玲瓏光彩，如月下一般：水自石邊流出，香從花裡飄來。滿座清虛雅致，全無半點塵埃」。他們就在這仙境中飲茶賦詩，說禪論道。

情節的凹凸轉折在杏仙與兩個青衣梅花女童、兩個黃衣丹桂女童的出現。杏仙「知有佳客在此賡酬，特來相訪」。繼而，黃衣女童獻茶，杏仙作詩。

杏在中國是青春、美麗、愛的象徵，與大禹和妻子塗山氏愛情有關。塗山，也稱當塗山，位於安徽蚌埠市懷遠縣東南部的淮河東岸。塗山西峰有禹廟，始建於漢代。宮內有兩棵數千年杏樹，傳說這是大禹與塗山氏結為姻緣時親手種植。後來大禹治水，三過家門而不入，塗山氏思戀他，日夜向丈夫治水的方向遠眺，但望穿秋水也不見禹歸來，做詩呼禱，曰：「候人兮猗！」化著一塊望夫石，端坐在塗山東崖，後人又叫啟母石。塗山氏這一望，望了四千多年，杏樹、杏花就成了愛情象徵。

（宋）葉紹翁《遊園不值》「應憐屐齒印蒼苔，小叩柴扉久不開。滿園春色關不住，一枝紅杏出牆來。」這「紅杏出牆」說的就是愛情不可壓抑。

兩個青衣女童就是梅花、梅樹。梅是歲寒四友之一，象徵凌寒不屈而獨香美的儒士人格。古人多有詩詞吟唱。如（宋）王安石　《梅》：

> 牆角數枝梅，凌寒獨自開。
> 遙知不足雪，為有暗香來。

（唐）李商隱《梅花絕句（之三）》：

> 雪虐風號愈凜然，花中氣節最高堅。
> 過時自會飄零去，恥向東君更乞憐。

兩個黃衣女童就是丹桂。丹桂,神話中是嫦娥月宮吳剛侍奉的神樹。據說高達五百丈,隱含著無限生命能量。這種樹在馬王堆帛畫、漢魏畫像磚上都有刻畫。成都三星堆出土有丹桂縮微模型,樹上停棲著若干小鳥,即西王母派來的青鳥。據說月亮上的桂樹有七棵之多,又叫「藥王」,只要服食丹桂樹葉,人就能變得通體透明如水晶,即人之人格能通體透明就是仙。

接著杏仙吟詩,說杏花、杏樹,得到帝王漢武帝、聖人孔子、名醫董仙、文人孫楚的喜愛:

> 上蓋留名漢武王,周時孔子立壇場。
>
> 董仙愛我成林積,孫楚曾憐寒食香。
>
> 雨潤紅姿嬌且嫩,煙蒸翠色顯還藏。
>
> 自知過熟微酸意,落處年年伴麥場。

「上蓋留名漢武王」典故。漢武帝喜歡產於岱陰縣柳埠鎮大會村的紅玉杏。早年作為貢品,漢武帝食後譽為杏中佳品,故又稱為「漢武杏」。

「周時孔子立壇場」典故。壇場,即杏壇,是孔子聚徒講學之處。源自《莊子‧漁父》:「孔子游淄帷之林,休坐乎杏壇之上,弟子讀書。孔子弦歌鼓琴。」後來泛指授徒講學處。

「董仙愛我成林積」典故,說三國時吳國名醫董奉之善。《神仙傳》記載:「董奉隱居廬山,日為人治病,不取錢,凡來乞醫而治癒者,重症令植杏五株,輕者植一株,數年計十萬餘株,郁然成林」,自號「董仙杏林」。董奉將賣杏所得,除換食穀之外,其餘部分用來接濟貧苦百姓。從此以後,人們便以「杏林春暖」、「譽滿杏林」來稱頌醫家,「杏林」也便成了中醫的代名詞,杏花又被後人譽為「中醫之花」。

「孫楚曾憐寒食香」典故。歷史傳說晉朝孫楚在寒食節這一

天祭祀介子推時，用杏酪作祭品。介子推，春秋名士。其時晉獻公寵倖驪姬，欲廢太子申生，立驪姬之子奚齊。太子申生被陷害致死，晉國內亂。公子重耳避難奔狄，介子推隨行。逃難到衛國，一隨從偷走資糧，逃入深山。重耳饑餓難當，向農夫乞食不得，反受辱。介子推避身山谷割股肉，煮湯以食之。重耳知此肉乃介子推之股，感動曰：「有朝為王，必重報。」十九年後，重耳歸國成晉文公，欲報答介子推。介子推拒絕，隱身綿山。晉文公求人心切，令放火逼介子推出山。介子推堅決不出，與母親一起被燒死。介子推忠義而不求報，為歷代文人雅士賞贊。

此詩說盡杏花之中國文化象徵意義。接著，吳翁承恩刻意設計杏花仙子愛上三藏，表達儒道以色欲為自然，而佛教以為「怪物」。杏仙「雨潤紅姿嬌且嫩，煙蒸翠色顯還藏」，漸漸地對三藏有「見愛之情」，低聲要三藏「趁此良宵，耍子」。孤直公與凌空子保親，拂雲叟與十八公做媒，要「成此姻緣」。早已自宮，獻身如來的三藏就變了臉色，高叫：「汝等皆是一類邪物」，「設美人局來騙害貧僧」。四老見三藏發怒，「一個個咬指擔驚，再不復言」。赤身鬼使戰神楓樹「暴躁如雷」說三藏「不識抬舉」。三藏「心如金石，堅執不從」。雙方爭執不休，一直在尋找三藏的悟空、八戒、沙僧，聽見三藏吆喝，回應一聲「師傅，你在哪兒？」四位老翁、赤身鬼使、杏仙與青衣和黃衣女童晃一晃，消失不見了，煙霞石屋也不見蹤影。

師徒見面，三藏對徒弟說了自己的經歷，說他們「一個個言談清雅，極善吟詩」，也說了因杏仙求愛引發的雙方爭執。師徒四人看見石崖上刻寫有「木仙庵」三字。三藏道：「此間正是。」於是，悲慘結局出現：

> 行者仔細觀之，卻原來是一株大檜樹、一株老柏樹、一株老松、一株老竹。竹後一株丹楓。再看崖那邊，還有一株

老杏、二株臘梅、二株丹桂。行者笑道:「你可曾看見妖怪?」八戒道「不曾。」行者道:「你不知。就是這幾株樹木在此成精也。」八戒道:「哥哥怎得知成精者是樹?」行者道:「十八公乃松樹,孤直公乃柏樹,凌空子乃檜樹,拂雲叟乃竹竿,赤身鬼乃楓樹,杏仙即杏樹,女童即丹桂、臘梅也。」八戒聞言,不論好歹,一頓釘鈀,三五長嘴,連拱帶築,把兩顆臘梅、丹桂、老杏、楓楊俱揮倒在地,果然那根下俱鮮血淋漓。(嗚呼哀哉,痛殺我也!)三藏近前扯住道:「悟能,不可傷了他!他雖成了氣候,卻不曾傷我,我等找路去罷。」行者道:「師父不可惜他,恐日後成了大怪,害人不淺也。」那呆子索性一頓鈀,將松柏檜竹一齊皆築倒,(痛殺我也!痛殺我也!)卻才請師父上馬,順大路一齊西行。

代表中國文化精神的勁節十八公松樹、孤直公柏樹、凌空子檜樹、拂雲叟綠竹、赤身鬼使楓樹、杏樹杏花仙、黃衣女童丹桂、青衣女童臘梅,因為有自己的觀點、自己的欲望,就被視為「妖怪」,怕他們「日後成了大怪,害人不淺也」——即怕他們能使國人重歸孔孟老莊,被佛教信徒孫悟空、豬八戒掘根築倒,滿地鮮血淋漓,這就是中國文化精神的結局。從古到今,與統治者相悖的思想觀點、行為者,無論來自內,還是來自外,就是妖魔鬼怪,就該鎮壓,剿滅。

筆者不知杏花仙為何喜歡唐三藏這個一無所能的傢夥,就因為他空有一副好皮囊?承恩不過以杏花仙向唐僧表達愛欲,體現中國文化中的性觀念。佛教滅性,儒道不主張性亂、濫性,但沒有滅絕性欲。在《西遊記》這個世界裡有誰值得杏花仙子喜歡?勁節十八公松樹、孤直公柏樹、凌空子檜樹,拂雲叟綠竹都老了,後繼歷代再無如松、如柏、如檜、如楓、如竹者,這就是中國文

化的悲哀。

松、柏、檜、竹、楓、杏、梅、桂作為中國文化象徵被佛教誣賴為妖怪，此時共有十一個被誣賴的妖怪，此回真正的妖怪是受佛教迷惑、驅使的唐僧、悟空、豬八戒、沙僧。

## 二十四、小雷音寺黃眉老佛案：彌勒佛笑嘻嘻作怪

第六十五回《妖邪假設小雷音　四眾皆遭大厄難》和第六十六回《諸神遭毒手　彌勒縛妖魔》專說小雷音寺黃眉老佛案。師徒西行，過冬殘，到三春，上高山，過絕壁，見一所樓臺殿閣，隱隱鐘磬悠揚。三藏以為是「紅塵不到真仙境，淨土菩提好道場」，行者卻看見禪光瑞靄中有兇氣。來到山門前，看見「小雷音寺」四個字，三藏滾下馬，不聽悟空警告，慌忙與八戒、沙僧一步一拜，進門，叩見五百羅漢、三千揭諦、四金剛、八菩薩、比丘尼等等護衛的妖王黃眉老佛化身的如來。行者跳身上前便打，妖王拋出一個金鐃，將行者扣入鐃內。等著三更時分，將行者化為膿水，然後蒸煮三藏、八戒、沙僧。

行者千方百計不能出金鐃，念咒語，拘來五方接諦、六丁六甲，也無法打開這金鐃。揭諦上天請來二十八星宿用兵器撬，行者也看不見一絲亮光。最後亢金龍將龍角鑽進金鐃縫隙，悟空將金箍棒變金針，在龍角上鑽一個小窟窿，然後屈身蹲在窟窿裡。亢金龍拔角，帶出孫悟空。悟空打碎金鐃，再次大戰黃眉老佛，黃眉老佛用一個舊白布搭包，將悟空與眾神捉拿，捆綁。悟空用遁身法脫身，解救三藏、八戒、沙僧與眾神出魔洞。黃眉老佛發覺，再次把三藏、八戒、沙僧與眾神裝進搭包，唯有悟空逃走了。悟空請來武當山蕩魔天尊北方真武帝君手下的龜蛇二將和五大神龍，再請來泗州大聖國師王菩薩徒弟小張太子和四大神將，都被黃眉老佛裝進搭包，唯有悟空走脫。悟空淒慘悲傷時，黃眉老佛的後臺老闆彌勒佛笑嘻嘻地來了。看看吳翁承恩對他的描寫：

大聖正當淒慘之時，忽見西南一朵彩雲墜地，滿山頭大雨
繽紛，有人叫道：「悟空，認得我嗎？」行者疾走前看處，
那個人：

大耳橫頤方面相，肩查腹滿身軀胖。一腔春意喜盈盈，兩
眼秋波光蕩蕩。（自己童子及其小妖吃人無數，而他如此
喜樂。）敞袖飄來福氣多，芒鞋灑落精神壯。極樂場中第
一尊，南無彌勒笑和尚。

悟空悲傷欲絕，而彌勒「一腔春意喜盈盈，兩眼秋波光蕩蕩」
地來了。悟空下拜，問他何往？他說自己專為小雷音妖怪而來：
「他是我面前司磬的怡和黃眉童子。三月三日，我因赴元始會
去，留他在宮看守。他把我幾件寶貝拐來，假佛成精。那搭包兒
是我的后天袋子，俗名喚作『人種袋』，那條狼牙棒是個敲磬的
槌兒。」看看行者心中那個自我思想意志六耳獼猴的反應：

行者聽說，高叫一聲，追問道：「好個笑和尚！你走了這
童兒，叫他誑稱佛祖，陷害老孫，未免有個家法不謹之
過！」彌勒佛道：「一則是我不謹，走失人口；二則是你
師徒魔障未完，故此百靈下界，應該受難。我今來與你收
他去也。」

彌勒佛為自己枉法濫行強辯。首先他說自己黃眉童子假冒如
來，下凡吃人，僅僅是「不謹，走失人口」！笑面老佛的童子也
下凡吃人，最可體現他彌勒的本質。此童子名為「怡和」，即愉
快和悅，吃人可使他愉快和悅。其次，他將黃眉童子下凡吃人案
歸於「天命」，即所謂「魔障未完，故此百靈下界，應該受難」。
也就是說，黃眉童子在此吃人，他沒有任何責任，黃眉童子也沒
有罪，要怪，就怪天命「魔障未完」。這魔障可是佛祖如來和玉
皇大帝欽定的，故而黃眉童子與此前此後等「百靈下界」吃人是

如來和玉帝欽定的「魔障未完」，「應該受難」。

孫悟空只好忍氣吞聲，依彌勒之計而行變成西瓜地裡一個西瓜。彌勒佛變成一位種瓜叟，誘騙黃眉老佛吃下這西瓜，使黃眉老佛還原「黃眉童子」。那五七百小妖的結局與其他各處小妖一樣，「孫行者見一個，打一個；見兩個，打兩個；把五七百個小妖，盡皆打死。」彌勒佛急忙將黃眉童子裝進搭包兒，再口吐一股仙氣，把被悟空打碎的金鐃復原，「別了行者，駕祥雲，逕轉極樂世界」。

吳翁承恩鞭笞彌勒佛。他的童子及其五七百小妖在下界吃人無數，抓獲三藏、八戒、沙僧，使悟空裡外折騰，淒淒慘慘，他卻「一腔春意喜盈盈，兩眼秋波光蕩蕩」地來了。為自己和童子作了一番枉法強辯以後，搭包兒背著童子「駕祥雲，逕轉極樂世界」去了。彌勒佛可是極樂世界第一極樂佛，然而他的極樂建立在他人的極悲之上。他所駕的雲是「祥雲」？他的家是「極樂世界」？人們常言彌勒佛「大肚能容，能容天下難容之事；笑口常開，常笑世間可笑之人」，只因這「難容之事」是彌勒佛們自己製造的，故而他們「大肚能容」，只因這「世間可笑之人」就是他們自己，故而他們能「笑口常開」，所以看到他們製造的人間慘劇、他們「一腔春意喜盈盈，兩眼秋波光蕩蕩」地笑；看見他們製造的人間齷齪事，他們「一腔春意喜盈盈，兩眼秋波光蕩蕩」地笑。你不笑？他就罵你傻瓜一個！

黃眉童子是來自佛教的第七個妖魔，也是天仙、佛、道三界的第二十七個妖怪，他的後臺是彌勒佛。

第六十七回《拯救駝羅禪性穩　脫離穢污道心清》七絕山稀柿衕（稀屎衕）蛇妖案比較簡單，說佛理：拯救別人，就是禪心，脫離污穢，才會道心清，然而這佛本身就是魔怪。三藏四眾來到七絕山稀柿衕，從一個老者口中得知，這七絕山因柿子熟爛落在

路上，填滿山溝，腐爛污穢，比廁所還要廁所。此山生有一條蟒蛇怪，危害駝羅莊男女、牛馬、豬羊。莊人請來和尚、道士降妖都被蟒蛇弄死了。孫悟空自告奮勇，與豬八戒打死蟒蛇怪，拯救駝羅莊百姓，這就是「修得禪性穩」。繼而，西上拜佛，必須經過稀柿衕，八戒變成一隻大豬，不怕骯髒，不懼勞苦，豬腿蹬，豬嘴拱開稀屎衕，繼續西天拜佛，就是「脫離穢污道心清」。為了效忠佛，成佛，豬八戒可以嘴拱屎；普天下大豬、小豬、公豬、母豬們信佛吧，為佛拱屎，可以免刀俎、烹煮之難，變豬成佛。

## 二十五、朱紫國金毛㺺案：觀音菩薩、大明王菩薩作怪

第六十八回——第七十一回朱紫國金毛㺺案。這一案情節曲折，動人心弦。悟空醫國之手，引出妖怪及其後臺舵爺。一行四人來到朱紫國，準備倒換關文。在會同館住宿後，聽管事說：萬歲爺今不上朝，正與百官商議出皇榜。悟空、八戒一同上街買調料，看見鼓樓邊十二個太監、十二個校尉正在張貼皇榜。皇榜說：

> 「朕近因國事不祥，沉疴伏枕，……本國太醫院率選良方，未能調治。今出此皇榜，普招天下賢士，若有精醫藥者，請登寶殿，療理朕躬。……稍得痊癒，願將社稷平分，……」

行者使隱身法揭了皇榜，被帶往皇宮。他精通醫道望聞問切，「懸絲診脈」，得出國王病「是一個驚恐憂思，號為『雙鳥失群』之症」。國王聽得診斷，連聲大叫「指下明白」。眾官請教，行者說：「有雌雄二鳥，遠在一處同飛，忽地被暴風驟雨驚散，雌不能見雄，雄不能見雌，雌乃想雄，雄乃想雌，這不是『雙鳥失群』也？」眾官齊聲喝彩：「真是神僧！真是神醫！」接著悟空要了八百零八味藥，他只用了一兩大黃，一兩巴豆，碾成細末，用鍋灰，攪拌半盞龍馬尿，搓成三個核桃大的丸子，取名「烏

金丹」。第二天，他邀請龍王駕臨皇宮上空，打了兩個噴嚏，吐了一口唾沫，於是國王喝龍王唾沫，吃下三個丸子。不多時，腹中作響，國王坐淨桶三五次，拉下糯米飯團一塊，病就好了。

國王宴請答謝悟空，悟空詢問得知「雙鳥失群」憂思症的病因。三年前端午節，國王與金聖皇后、銀聖皇后和嬪妃們在御花園飲黃酒，吃粽子，看鬥龍舟。忽起一陣狂風，妖精賽太歲現身大叫：他在麒麟山獬豸洞居住，要國王交出金聖皇后。不然，先吃國王，後吃眾臣，吃滿城黎民。國王無奈，推出金聖皇后。因驚恐，吃的粽子滯留在腸內，晝夜思念金聖皇后，導致重病三年。

正說著，雲霧頓起，妖王賽太歲的先鋒駕到，第五次前來要宮女「頂缸」。悟空打敗先鋒，又用筵席上一杯酒水撲滅先鋒在西門外放的大火，救了城裡外人家。第二天，他前往麒麟山，路逢前來下戰書的名叫有來有去的小妖。他打殺小妖，變身小妖，潛入賽太歲洞府，密見金聖皇后。兩人配合，竊取賽太歲的寶物金鈴。不小心，被賽太歲發現，帶領群妖打來，悟空慌了手足，丟了金鈴，現本相逃走。第七十一回《行者假名降怪犼 觀音顯像伏妖王》悟空再變化，得金聖皇后配合，再次盜得金鈴，與妖王對陣，燒起漫天煙火，「把那賽太歲唬得魂散魄飛，走投無路」時，觀音來了。文中說：

> 只聞得半空屬聲高叫：「孫悟空！我來也！」行者急回頭上望，原來是觀音菩薩，左手托著淨瓶，右手拿著楊柳，灑下甘露救火哩。慌得行者把鈴兒藏在腰間，合掌倒身下拜。那菩薩連拂幾點甘露，霎時間，煙火俱無，黃沙絕跡。

她救了這妖怪。悟空很機敏，知道觀音菩薩此時出現滅火救妖魔，一定背後有陰謀。真假猴王案後，他一直壓制隱藏在內心中，具有真性、自我意志的悟空此時忍不住跳出來。他諷刺、詰

問觀音，言談中有兩個悟空：

> 行者叩頭道：「不知大慈臨凡，有失回避。敢問菩薩何往？」
> （言語已有諷刺意味。）菩薩道：「我特地來收尋這妖怪。」
> 行者道：「這怪是何來歷，敢勞金身下降收之？」（有「來
> 歷」才能「敢勞金身」。明知故問，言辭恭敬，但諷刺明
> 顯。）菩薩道：「他是我跨的金毛犼。因牧童眈睡，失於
> 防守，這孽畜咬斷鐵索走來，卻與朱紫國王消災也。」行
> 者聞言，急欠身道：「菩薩反說了。他在這裡欺君騙后，
> 敗俗傷風，與那國王生災，卻說是消災，何也？」。（真性
> 自我思想意志六耳獼猴復活，敢當面質問菩薩。可佩！）
> 菩薩道：「你不知之。當時朱紫國先王在位時，這個王還
> 是東宮太子，未曾登基。他幼年間，極好射獵。他率領人
> 馬，縱放鷹犬，來到落鳳坡前。有西方佛母孔雀大明王菩
> 薩所生二子，乃雌雄兩個雀雛，停翅在山坡之下，被此王
> 弓開處，射傷了雄孔雀，那雌孔雀也帶箭歸西。佛母懺悔
> 以後，吩咐叫他拆鳳三年，身耽啾疾。那時節，我跨著這
> 犼同聽此言，不期這孽畜留心，故來騙了皇后，與王消災。
> 至今三年，冤愆已滿，幸你來救治王患。我特來收妖邪也。」
> 行者道：「菩薩，雖是這般故事，奈何他玷污了皇后，敗
> 俗傷風，壞倫亂法，卻是該他死罪。今蒙菩薩親臨，饒他
> 死罪，卻饒不得他活罪。讓我打他二十棒，與你帶去吧。」
> 菩薩道：「悟空，你既知我臨凡，就當看我份上，一發都
> 饒了吧，也算你一番降妖之功。（交換：你饒他一命，我
> 算你一功。）若是動棍子，他也就是死了。」行者不敢違
> 言，只得拜道：「菩薩既收他回海，再不可令他私降人間，
> 貽害不淺！」（面對觀音濫行，悟空以「大慈臨凡」，「金
> 身下降」嘲笑，再直言詰問，但無可奈何，最後選擇「不

敢違言」。觀音有緊箍咒，可以咒得他腦裂漿崩，「只得」罷了。）

此案精要有三。

一說西方佛母大明王菩薩不是佛。射獵，本是古代君王貴族練兵習武的重要形式。朱紫國太子好射獵，原為好事。遇見兩隻小孔雀，太子不知是西方佛母孔雀大明王菩薩的兒女，無意射傷。大明王菩薩佛法無邊，治傷當不在話下。實在惱怒，她也可託夢或派神責備，索要醫療費和精神賠賞，都不在話下，但她唆使觀音派出金毛犼進行恐怖報復，搶去金聖皇后，導致「拆鳳三年，身耽㾕疾」，而且金毛犼集團在此作怪吃人，危害人間。此大明王菩薩狹隘殘忍，全無大慈大悲好生之德。

二說觀音不再是清亮楊柳淨瓶水。她為自己和金毛犼的濫行強辯，硬說金毛犼使國王「拆鳳三年，身耽㾕疾」，反而是為國王「消災」！照此說來，金毛犼及其部下五百多妖怪在麒麟山獬豸洞吃人為生，也是為國王「消災」？！連續兩年八個被金毛犼要去「頂缸」被強姦致死的宮女也是為國王「消災」？！她還強辯說自己與此「消災」無關：西方佛母與她談論拆鳳三年時，「我跨著這犼同聽此言，不期這孽畜留心，故來騙了皇后，與王消災」。金毛犼可是她的坐騎，一日不見，她不知道？如果真不知道這金毛犼下凡作怪，她又如何知道「至今三年，冤孽已滿，幸你來救治王患。我特來收妖邪也」？當然，作為如來大弟子，這西方佛母要拆鳳三年，吃人消災，她觀音豈敢抗旨不遵？！故而面對悟空詰問，她語無倫次，自相矛盾。

悟空要打死金毛犼，治罪。觀音要他「看我臨凡的分上，一發都饒了吧，也算你一番降妖之功」。行者「不敢違言」，「只得」放行。臨走看見金毛犼項下沒有金鈴，觀音還用緊箍咒威脅行者，要行者拿出他竊取的金毛犼的金鈴。承恩先生將罪歸觀

音,黑色幽默反諷觀音:

> 這正是:狨項金鈴何人解?解鈴還問繫鈴人。菩薩將鈴兒
> 套在狨項下,飛身高坐。你看他四足蓮花生焰焰,滿身金
> 縷迸森森。大慈悲回南海不題。

西方佛母的旨意,觀音派遣金毛狨下凡,危害人間。最後完成神聖使命,這金毛狨駝著觀音回南海,光彩奪目,得意非凡,「四足蓮花生焰焰,滿身金縷迸森森」。觀音碩大屁股坐在這金毛狨背上,心中安穩乎?

三說宮女「頂缸」體現的仙佛道的世俗尊卑,非儒非佛非道。宮女「頂缸」的懸念特有意思。國王病癒,對悟空說:「他(金毛狨)前年五月節攝了金聖宮,至十月間來,要取兩個宮娥去服侍娘娘,朕即獻出兩個。至舊年三月間,又來要兩個宮娥。七月間,又要去兩個。今年二月裡,又來要兩個。不知道幾時又來要也。」正說著賽太歲金毛狨的先鋒播土揚塵地來了,國王急忙躲避,孫悟空留下。賽太歲先鋒對悟空說:「今奉大王令,到此取宮女二名,服侍金聖娘娘。」悟空打敗先鋒,跟蹤追擊。(第七十回)來到賽太歲巢穴獬豸洞前,悟空聽見奉大王之命前往朱紫國下戰書的小妖「有來有去」說:「我家大王忒也心毒。三年前到朱紫國強奪了金聖皇后,一向無緣,未得沾身,只苦了要來頂缸的宮女,兩個來弄殺了,四個來也弄殺了。前年要了,去年要,今年又要。」原來這八個宮女可是「頂缸」女子,被金毛狨強姦致死,這也是觀音所說的金毛狨為國王「消災」?!

為何賽太歲「無緣沾身」金聖宮皇后,而要八個宮女頂缸?孫悟空變身一個道童,從一個小妖口中得知:「有一個神仙送了一件五彩仙衣與金聖宮妝新。她自穿了那衣,就渾身上下都生了針刺,我大王摸也不敢摸她一摸。」懸念最終披露在第七十一回

《行者假名降怪犼　觀音顯像伏妖王》。觀音從孫悟空放的火中救出金毛犼，騎著回南海去了。眼睜睜看著首犯觀音帶著惡徒回南海，孫悟空「把群妖盡情打死，剿除乾淨」，帶著金聖皇后回國。國王急下龍床，扯娘娘玉手，要訴說離情，卻跌到在地，只喊「手痛！」

這時候張紫陽真人來了，他回憶說：三年前赴佛會，他經過這裡，見朱紫國王有拆鳳之憂，「我恐那妖將皇后玷辱，有壞人倫，後日難於國王復合，是我將一件舊棕衣變做一領新霞裳，光生五彩，進與妖王，叫皇后穿了妝新。那皇后穿上身，即生一身毒刺」，故而金毛犼雖然搶得金聖皇后，三年卻未能沾身，憋不住就用宮女頂缸。話說完，真人伸手一指，棕衣自動褪下，國王皇后相擁，恩愛纏綿如初。在紫陽真人看來，皇后不可辱，至於那八個被金毛犼用來頂缸，強姦致死的宮女其人倫、性命就無所謂。前此已述，那前往朱紫國下戰書的好心小妖有來有去念叨：「我家大王，忒也心毒。三年前到朱紫國強奪了金聖皇后，一向無緣，未得沾身，只苦了要來頂缸的宮女。兩個來弄殺了，四個來也弄殺了。……這一去那大王不戰則可，戰必不利。我大王使煙火飛沙，那國王君臣百姓等，莫想一個得活。那時我等佔了他的城池，大王稱帝，我等稱臣，雖然也有個大小官爵，只是天理難容也！」悟空聽了，暗喜道：「妖精也有存心好的。」這西方佛母、觀音、紫陽真人連一個小妖都不如。可惜，為了騙取金鈴，「有來有去」被悟空打死，成了「有去無來」。痛煞我也！這「小妖」不是妖，真人也！

吳翁承恩在此，說盡人間百態，「名為志怪，實紀人間變異，亦微有鑒戒寓焉」。這金毛犼是來自佛教的第八個妖魔，也是天仙、佛、道三界下凡禍害人間的第二十八個妖怪，其後臺唆使者是觀音菩薩、西方佛母大明王菩薩。

## 二十六、盤絲洞蜘蛛精案：佛教眼中美女即織情網的蜘蛛精

第七十二回《盤絲洞七情迷本　濯垢泉八戒忘形》——七十三回《情因舊恨生災毒　心主遭魔幸破光》盤絲洞蜘蛛精案。這兩回主題即回目所言「盤絲洞七情迷本　濯垢泉八戒忘形」，說的也是關於佛教色戒主題，美女就是妖怪，但與此前不同。此前是菩薩假扮的美女，或者女王、女妖主動勾引師徒四人。這兩回卻是美女無情，而和尚有意，主題就是：美女就是情網，就是引誘和尚進入情網的蜘蛛精。蜘蛛精一案說三藏「盤絲洞七情迷本」，八戒「濯垢泉八戒忘形」，先後進入「欲網」、「情牢」，最後他們打死美女，跳出欲網情牢，「斷欲忘情」參禪。

1、先說美女無心，但三藏「盤絲洞七情迷本」[41]。他們四眾離開朱紫國，一路西行。秋去冬殘，時值春光明媚，山澗忽現一座庵林。三藏主動前去化齋，他拿著缽盂，來到莊前，只見石橋長溪，流水潺潺；古樹森齊，幽鳥鳴遠岱。幾座茅屋，蓬窗前有四個佳人作針線，刺鳳描鸞。文中說：「三藏見那人家沒個男兒，只有四個女子，不敢進去。」但他卻「將身立定，閃在喬林之下。只見那女子，一個個……」。這是三藏遠遠偷窺美女：

> 閨心堅似石，蘭性喜如春。
> 嬌臉紅霞襯，朱唇絳脂勻。
> 蛾眉橫月小，蟬鬢迭雲新。
> 若到花間立，遊蜂錯認真。

注意這四位女子並無引誘男子意，「閨心堅似石」，但三藏被她們的美震懾而迷亂，即花本無意，但「遊蜂錯認真」。因佛

---

[41] 七情，即喜怒哀懼愛恨憐。在此指三藏被美女引發的情欲迷住根本。

教色戒，他不敢進去，「停有半個時辰」，又怕自己化不到齋，徒弟笑話，「沒計奈何，也帶了幾分不是」，上橋，又見到茅屋裡木香亭子，三個美女在踢氣球。這是又一種美：

蹴踘當場三月天，仙風吹下素嬋娟。

汗沾粉面花含露，塵染娥眉柳帶煙。

翠袖低垂籠玉手，湘裙斜拽露金蓮。

幾回踢罷嬌無力，雲鬢蓬鬆寶髻偏。

於是三藏忍不住進入情網。他走上橋頭，應聲高叫道：「女菩薩，貧僧這裡隨緣布施些齋吃。」那些女子，一個個拋針線，撇了氣球，笑吟吟出門迎接三藏進了一個石門，進入石屋。文中描述石屋裡是石桌、石凳。在三藏眼中，美女就是妖怪：她們從廚房中拿出「人油炒煉、人肉煎熬，熬得黑糊充作面粮，剜的人腦煎作豆腐塊片」。三藏說不敢吃葷，怕破了戒。要走，被捆綁，吊在梁上。然後，七美女脫衣裳，三藏心驚，動心：「這一脫了衣服，是要打我的情了。或者夾生吃了我的情也有哩。」但這七個美女並沒有打他的情，只揭開了上身羅衫，露出肚臍眼，咕嘟嘟冒出絲繩，把三藏和村莊遮蓋。

這網就是情網，象徵美女雖無心，但其美誘亂三藏，墜入情網。《西遊記》觀音曾說：「心生，種種魔生；心滅，種種魔滅。」人有性欲，以異性為美，色身放縱，故而身心爭鬥，故而有《伊利亞特》因美女海倫而引發的戰爭，故而在佛教看來，美女就是吃人的女妖，就是誘惑男人的情網，就是網住男子，吃男人「油、肉、腦子」的蜘蛛精，所以佛教第二戒，就是色戒。

2、悟空眼中的女色。見師父前去化齋的村莊被絲繩遮蓋，悟空、八戒、沙僧以為這是妖精。悟空撚訣，拘來土地神，得知有七個美女妖怪。悟空變成一個蒼蠅，釘在路旁草梢上等待。一

會兒,聽得呼呼吸吸之聲,絲繩沒有了,莊園出現,柴扉響動,走出七個美女:

> 比玉香猶勝,如花語更真。
> 柳眉橫遠岫,檀口破櫻唇。
> 釵頭翹翡翠,金蓮閃絳裙。
> 卻似嫦娥臨下界,仙子落凡塵。

聽這七個美女說,洗了澡,蒸三藏吃肉。行者也不動手,跟她們來到濯垢泉,眼看她們裸體洗澡:

> 褪放紐扣兒,解開羅帶結。
> 酥胸白似銀,玉體渾如雪。
> 肘膊賽凝脂,香肩欺粉貼。
> 肚皮軟又綿,脊背光還潔。
> 膝腕半圍團,金蓮三寸窄。
> 中間一段情,露出風流穴。

行者不忍動手:「我若打她啊,只消把這棍子往池中一攪,就叫做滾湯潑老鼠,一窩兒都是死。可憐,可憐!打便打死她,只是低了老孫的名頭。常言道,男不與女鬥,我這般一個漢子,打殺這幾個丫頭,著實不濟。不要打她,只送她一個絕後計,教她動不得身,出不得水,多少是好。」

他變作一個餓老鷹,掄利爪,將七美女衣架上搭的衣服攫走。可見,悟空以為佛教所謂「蜘蛛精」,就是美麗「丫頭」,不忍心打死。

3、「濯垢泉八戒忘形」。八戒聽師兄說七個女妖洗浴。他假言先打死妖怪,再救師傅。文中說他「抖擻精神,歡天喜地,舉著釘耙,拽開步徑直跑那裡」,開口要求與七美女同浴。七美女堅決拒絕:

那怪見了，作怒道：「你這和尚，十分無禮！我們是在家的女流，你是個出家的男子。古書云：七年男女不同席，你好和我們同塘洗澡？」八戒道：「天氣炎熱，沒奈何，將就容我洗洗兒罷。哪裡調什麼書擔兒，同席不同席！」呆子不容說，丟了釘鈀，脫了皂錦直裰，撲的跳下水來，那怪心中煩惱，一齊上前要打。不知八戒水勢極熟，到水裡搖身一變，變做一個鯰魚精。那怪就都摸魚，趕上拿他不住。東邊摸，忽的又漬了西去；西邊摸，忽的又漬了東去；滑溜溜的，只在那腿襠裡亂鑽。

七個美女嚴守男女之大防，動心無禮的是豬八戒。為救師父，八戒要打死七美女。七美女跪在水中求饒：

那些妖聞此言，魂飛魄散，就在水裡跪拜道：「望老爺方便方便！我等有眼無珠，誤捉了你師父，雖然吊在那裡，不曾敢加刑受苦。望慈悲饒了我的性命，情願貼些盤費，送你師父往西天去也。」八戒搖頭道：「莫說這話！俗語說得好，曾著賣糖君子哄，到今不信口甜人。是便築一鈀，各人走路！」呆子一味粗夯，顯手段，那有憐香惜玉之心，舉著鈀，不分好歹，趕上前亂築。那怪慌了手腳，哪裡顧什麼羞恥，只是性命要緊，遂用手捂著羞處，跳出水來，都跑在亭子裡站立，作出法來：臍孔中骨都都冒出絲繩，瞞天搭了個大絲篷，把八戒罩在當中。

自從二十三回「四聖試禪心」以後，八戒看見美女有色心，心動，但沒有機會行動。這一回與美女同池洗浴，他失去突然襲擊的機會，故而被網罩住。這網就是情欲網。

七個美女，也不打八戒，只是因害羞，「將絲篷遮住天光，各回本洞。到石橋上站下，念動真言，霎時間把絲篷收了，赤條

條地跑入洞裡,捂著那話兒,從唐僧面前笑嘻嘻跑過去」。走入石房,穿好衣褲,來到後門,叫來七個兒子,說自己:「錯惹了唐朝來的和尚,才然被他徒弟攔在池裡,出了多少醜,幾乎喪了性命!汝等努力,快出前門退一退。」

於是七個兒子蜜蜂、馬蜂、蠦蜂、斑蝥、牛蜢、蠟蜂、蜻蜓,一起出戰。請注意,這七種飛蟲都是在花間周旋,採花的蟲類。文中說,「那妖精漫天結網,擄住這七般蟲蛭,卻要吃他。當時這些蟲哀告饒命,願拜為母,從此春采百花供妖怪,夏尋諸卉孝妖精」。花美、花香、花粉味好,故有採花蟲。蜘蛛專在花卉間織網,捕捉採花蟲。採花蟲,落入花的情網,甘願為花而死,結果七個兒子——採花蟲——被行者猴毛變成的黃鷹、麻鷹、白鷹、魚鷹、鷂鷹吃掉。

有採花蟲,故有花間置網捕蟲的蜘蛛。此表達花和蜘蛛為一體,美女就是花,美女花就是蜘蛛。愛花,採花,被花間絲網捕捉的蟲類,則指被美女所迷的採花者,墜入情網至死不悟,死到臨頭還說:「石榴裙下死,做鬼也風流。」所以古人將「情」與「網」相接,情就是網。然而,七花自美,無心誘來採花蟲三藏螳、八戒豬,落入他們自編的情網,佛教卻以為美女都是織情網誘惑和尚跌入情網的蜘蛛妖精,全該死!

幹掉採花蟲,三徒弟進洞,救了哼哼哭泣的三藏,不見七個美女的蹤跡。八戒燒了她們的房舍。他們扶持三藏,奔上大路,西行而去,沒半晌,來到樓閣重重的黃花觀。二門有一副對聯:「黃牙白雪神仙府,瑤草奇花羽士家。」一道士出來,禮待三藏四眾。這道士是七美女的同門師兄,躲藏在師兄黃花觀的七美女,從道童口中得知來的四個客人就是侮辱她們,要打死她們的和尚。她們告訴師兄吃唐僧肉可以長壽,於是道士用毒茶,毒暈三藏、八戒、沙僧。行者沒喝這茶,與道士、美女大戰。七美女

敞開懷，雪白肚臍孔中咕嘟嘟冒出絲繩，把行者蓋住。

行者沒有情欲，故而這網不是情網，他闖破絲蓬，念咒語，拘來土地，方知這七美女是七個蜘蛛精，他用猴毛變成七十個小行者，攪住絲繩，拖出七個巴鬥大的蜘蛛，只叫「饒命」！行者雙手舉棒，「把七個蜘蛛精盡情打爛」。再戰道士，悟空受傷被打敗，得到黎山老姆指教，他上紫雲山千花洞，請來毗藍婆這老母雞，用金針刺瞎道士眼睛，收服了他，原來是一隻蜈蚣精。毗藍婆用解毒丹救活三藏、八戒、沙僧。他們燒了黃花觀，拽步長行。第七十四回開端一首詩與一句話，承前啟後，就是點題：

> 情欲原因總一般，有情有欲自如然。
> 沙門修煉紛紛士，斷欲忘情即是禪。
> 須著意，要心堅，一塵不染月當天。
> 行功進步休教錯，行滿功完大覺仙。
> 話表三藏師徒們打開欲網，跳出情牢，放馬西行。

在佛教看來，美女，就是和尚的「欲網」、「情牢」。引動男子情欲的美女就是善於利用其花色，編織情網的「蜘蛛精」，且有毒蟲蜈蚣相助。喜歡美女者就是落入「欲網」、陷入「情牢」的採花蟲，所以沙門修煉第二法則就是色戒，一如上述：「斷欲忘情即是禪。」

欲練此功，必先自宮。佛教眼中，美女就是織情網的蜘蛛精，是被佛教誣賴的第十八個妖怪。黃花觀道士煉丹求長生，吃唐僧肉求長生，是來自道教的第十一個妖魔，也是來自天仙、佛、道三界的第二十九個妖魔。

## 二十七、獅駝嶺三魔頭案：如來佛、文殊菩薩、普賢菩薩作怪

第七十四回《長庚傳報魔頭狠　行者施為變化能》、第七十

五回《心猿鑽透陰陽竅　魔王還歸大道真》、七十六回《心神居舍魔歸性　木母同降怪體真》、第七十七回《群魔欺本性　一體拜真如》說獅駝嶺三魔頭案。這一案情節非常精彩。

本回開篇承前啟後，再表第七十二回和七十三回主題，說「話表三藏師徒打開欲網，跳出情牢，放馬西行」。時值夏盡秋初，他們來到山峰插入碧空的山地。長庚星李太白變身一個老翁，傳信說這山妖魔吃人，不可前行，嚇得三藏跌下馬，趴在草裡哼哼。悟空前去打聽，老翁說此妖社會權勢背景：「那妖精一封書到靈山，五百阿羅都來迎接；一紙簡上天宮，十一大曜個個相欽。四海龍曾與他為友，八洞仙常與他作會，十地閻君以兄弟相稱，社令城隍以賓朋相愛。」

悟空怕嚇住三藏，對他撒謊說：「不打緊！不打緊！西天有便有個把妖精兒，只是這裡人膽小，把他放在心上。沒事沒事！有我哩！」八戒以為悟空說假話，自己去問老翁。老翁對八戒說獅駝嶺獅駝洞：「那三個魔頭，神通廣大得緊哩！他手下小妖，南嶺上有五千，北嶺上有五千，東路口有一萬，西路口有一萬；巡哨的有四五千，把門的也有一萬；燒火的無數，打柴的也無數，共計算有四萬七八千。這都是有名字帶牌兒的，專在此吃人。」

這一番話，嚇得八戒唬出屎來。悟空出馬，變成小妖怪，前去偵察。遇見一個巡山的小妖「小鑽風」，悟空假冒自己是新任巡官「總鑽風」，騙得「小鑽風」的信任，從他口裡套知三個魔頭的神功。三個魔頭中，三魔頭（與如來有親的大鵬金翅雕）最厲害，五百年前，他吃了這國王及其文武官僚、滿城百姓，奪了江山。打聽得唐僧將到，吃他一塊肉，能長生不老。只怕他徒弟孫行者，故與另兩魔王結為兄弟，同心捉唐僧。

悟空來到獅駝洞挑戰，被大魔裝進陰陽二氣瓶。悟空鑽破這瓶子，現身，接二連三挑戰，連續三次收伏，捉拿大魔（文殊菩

薩坐騎白象）、二魔（普賢菩薩坐騎獅子）、三魔。大魔、二魔、三魔許諾「抬轎送師父過山」，但每一次脫身就變卦食言。第三次食言變卦在獅駝國城池，他們擒拿三藏、八戒、沙僧，只有悟空機敏得以逃脫。三魔設計，讓滿城小妖傳言說「三藏被大王連夜夾生吃了」。潛入城中，準備拯救師父的悟空，聽得妖怪傳言，並不十分相信，驚恐中潛入金鑾殿準備解救八戒、沙僧。聽八戒、沙僧也說師父被吃，悟空有以下表現，有兩個悟空：

> 大聖聽得兩個言語相同，心如刀攪，淚似水流，急縱身望空跳起，且不救八戒沙僧，回至城東山上，按落雲頭，放聲大哭，叫道：「師父啊——恨我欺天困網羅，師來救我脫沉疴屙。潛心篤志同參佛，努力修身共煉魔。豈料今朝遭毒害，不能保你上婆娑。西方勝境無緣到，氣散魂消怎奈何。」

此為奴才悟空，思報師父救脫之恩，一心修身皈依的奴才悟空。接著出現的是被奴才悟空壓抑的真性自我意志悟空，即第五十八回「善聆音，能察理，知前後，萬物皆明」的六耳獼猴：

> 行者淒淒慘慘的，自思自忖，以心問心道：「這都是我佛如來坐在那極樂之境，沒得事幹，弄了那三藏之經！若果有心勸善，理當送上東土，卻不是個萬古流傳？只是捨不得送去，卻教我等來取。（此言耿耿有理。）怎知道苦歷千山，今朝到此喪命！罷，罷，罷！老孫且駕個筋斗雲，去見如來，備言前事。若肯把經與我送上東土，一則傳揚善果，二則了我等心願；若不肯與我，教他把鬆箍兒咒念念，退下這個箍子，交還與他，老孫還歸本洞，稱王道寡，耍子兒去罷。」

具有自我思想意志的真性悟空在心中質問如來「無心勸

善」，他想自己取經，傳揚善果，了卻心願；或者取下金箍，脫離佛教，回花果山，歸隱稱王，自由自樂，故而來到靈山，見到如來，述說自己這一番經歷後，看看他得知真相後的表現：

> 如來聞言道：「你且休恨，那妖精我認得他。」行者猛然失聲道：「如來！我聽見人講說，那妖精與你有親哩。」（悟空反應十分靈敏，如來要我「休恨」一個妖怪，自曝「我認得他」。這佛不是和妖「有親」嗎？「猛然失聲」，就是一時大膽情不自禁。悟空一時間忘掉自己奴才身份，真性自我意志六耳獼猴悟空又冒出來，直覺如來與此怪有「親」。）如來道：「這個刁猢猻！怎麼個妖精與我有親？」行者笑道：「不與你有親，如何認得？」（嘲笑。）如來道：「我慧眼觀之，故此認得。那老怪與二怪有主。」（自誇慧眼，自吹自擂。）叫：「阿儺、迦葉，來，你兩個分頭駕雲，去五臺山、峨眉山宣文殊、普賢來見。」二尊者即奉旨而去。如來道：「這是老魔、二怪之主。但那三怪（即大鵬金翅雕），說將起來，也是與我有些親處。」（承認「親」，但此親特妖性。）行者道：「親是父黨？母黨？」（非父黨，也非母黨，而是妖怪黨。）
>
> 如來道：「自那混沌分時，天開於子，地闢於丑，人生於寅，天地再交合，萬物盡皆生。萬物有走獸飛禽，走獸以麒麟為之長，飛禽以鳳凰為之長。那鳳凰又得交合之氣，育生孔雀、大鵬。孔雀出世之時最惡，能吃人，四十五里路把人一口吸之。我在雪山頂上，修成丈六金身，他把我也吸下肚去。我欲從他便門而出，恐污真身；（此如來正是孔雀的大便。）是我剖開他脊背，跨上靈山。欲傷他命，當被諸佛勸解：傷孔雀如傷我母，故此留他在靈山會上，封他做佛母孔雀大明王菩薩。（雌孔雀真神，能吃佛生佛，

諸位佛祖都是她所生的，故而名為佛母。）大鵬與他是一母所生（此母即鳳凰），故此有些親處。」悟空聞言笑道：「如來，若這般比論，你還是妖精外甥哩。」（反諷，嘲笑：果然「有親」，且「親」得難以理解，可笑：佛母與妖怪是姐弟，如來就是妖怪外甥。）如來道：「那怪須是我去，方可收得。」行者叩頭，啟上如來：「千萬挪玉趾一降！」（反諷，嘲笑。）

這鳳凰在中國古代可是百鳥之王，為帝王天下祥瑞之兆，卻生產兩個妖魔：孔雀魔、大鵬金翅雕魔。這大鵬金翅雕又叫迦樓羅鳥，係印度神話之鳥，是印度佛教主神毗濕奴跨乘坐騎，卻下凡為怪。這如來真是孔雀的大便，臭熏熏。面見如來，悟空不敢直言指責「如來無心勸善」，不敢提出「自己取經回東土」，或者「取解金箍，歸隱花果山」的要求，但聽了如來的話，又忍不住「猛然失聲」說出真相：「那妖精與你有親哩。」如來惱怒大罵「刁猢猻」，他立即又「笑道」諷刺如來是「妖精外甥」。聽了如來所言三怪大鵬金翅雕因孔雀而與他有非常怪誕之「親處」，悟空又「聞言笑道」。這笑可是強笑，隱忍著悲哀的笑，諷刺的笑。這西方佛母孔雀大明王菩薩曾在第七十一回《行者假名降怪犼　觀音現相伏妖王》由觀音菩薩提及。因她的兩個小孔雀被朱紫國國王打獵射傷，她與觀音商議，派遣觀音的坐騎金毛犼下凡，搶奪國王金聖皇后進麒麟山豸洞，「拆鳳三年」，使皇帝「身耽啾疾」，而金毛犼和手下妖精們在朱紫國麒麟山吃人三年，金毛犼還姦殺八個用來頂缸的宮女。這孔雀惡，如來更說這孔雀「最惡，能吃人，四五十里路把人一口吸之」。她吞了如來，如來要弄死它，諸佛反而勸解說「傷孔雀如傷我母」，如來就封它為西方佛母孔雀大明王菩薩！這佛是佛？這菩薩是菩薩？好笑！

接著，如來與大妖魔的主子文殊菩薩、二魔的主子普賢菩薩

前往獅駝國收取他們放縱「七年」、吃人「七年」的妖魔，文中說：

只見那——

> 滿天縹緲瑞雲分，我佛慈悲降法門。
> 明示開天生物理，細言辟地化身文。
> 面前五百阿羅漢，腦後三千揭諦神。
> 迦葉阿儺隨左右，普文菩薩珍妖氛。

「瑞雲分，慈悲降法門」五百羅漢、三千揭諦神左右隨行，排場宏大！吳承恩反諷到家。如來與文殊、普賢聖駕蒞臨獅駝國城池。悟空佯敗，引來大魔、二魔：

> 老魔慌了手腳，叫道：「兄弟，不好了！那猴子真是個地裡鬼！哪裡請得個主人公來也！」三魔道：「大哥休得悚懼，我們一齊上前，使槍刀搠倒如來，奪他那雷音寶剎！」這魔頭不識起倒，真個舉刀上前亂砍，卻被文殊、普賢，念動真言喝道：「這孽畜還不皈正，更待怎生！」唬得老怪、二怪，不敢撐持，丟了兵器，打個滾，現了本相。二菩薩將蓮花臺拋在那怪的脊背上，飛身跨坐，二怪遂泯耳皈依。

三魔被如來把手往上一指，現了本相：

> 乃是一個大鵬金翅雕，即開口對佛應聲叫道：「如來，你怎麼使大法力困住我也？」如來道：「你在此處多生孽障，跟我去，有進益之功。」妖精道：「你那裡持齋把素，極貧極苦；我這裡吃人肉，受用無窮！你若餓壞了我，你有罪愆。」如來道：「我管四大部洲，無數眾生瞻仰，凡做好事，我教他先祭汝口。」那大鵬欲脫難脫，要走怎走？

是以沒奈何，只得皈依。

文殊、普賢二位菩薩坐騎獅子、白象下凡吃人。獅子天性吃生命，在文殊菩薩的教誨下更進一步，成了吃人大魔；本吃草的白象在普賢菩薩教導下成了吃人的妖魔。二位菩薩既沒有自責，也沒懲處斬殺獅子、白象。與太上老君下凡為怪的座騎青牛一樣，道祖、菩薩們的坐騎倚仗無邊法力，放肆吃人，就因為他們是文殊、普賢二位大菩薩絕大屁股下的坐騎。本案開端第七十四回《長庚傳報魔頭狠　行者施為變化能》，前來報信的太白金星就曾對悟空說：「那妖精一封書到靈山，五百阿羅都來迎接；一紙簡上天宮，十一大曜個個相欽。四海龍曾與他為友，八洞仙常與他作會，十地閻君以兄弟相稱，社令城隍以賓朋相愛。」這般威勢氣派，倚仗的就是後臺老闆文殊菩薩、普賢菩薩的大屁股。

本案開端，小妖怪小鑽風說三魔大鵬金翅雕吃了獅駝國一城的君臣百姓，此時現了本相的三魔大鵬金翅雕對如來直言「我這裡吃人肉，受用無窮」，不願皈依。作為外甥的如來卻許諾「四大部洲，無數眾生瞻仰，凡做好事，我教他先祭汝口」來滿足大鵬金翅雕，還封他「做個護法」。這大鵬因此也「只得皈依」，當然也「值得皈依」。「要做佛成仙，殺人吃人皈依佛門得招安」，天上妖神又多一尊大鵬金翅雕惡魔護法神，這「法」是「妖法」！凡間四大部洲百姓更苦了，更慘啦！眾多神仙、菩薩猙獰巨口，又多了一張猙獰巨口。這傢夥可有吃一國人的腸胃！

這三個魔怪，是屬於佛界第十一個妖魔，也是來自天仙、道、佛三界的第三十一個妖魔，而如來佛、普賢菩薩、文殊菩薩是他們的後臺老闆。對此，悟空啞口無言，他學會佛祖喜歡的「隱惡揚善」了。

## 二十八、比丘國小兒心肝案：南極老壽星的長壽秘方

第二十四回至第二十六回萬壽山五莊觀鎮元大仙的長生果特像嬰兒。第七十八回《比丘憐子遣陰神　金殿識魔談道德》、第七十九回《尋洞擒妖逢老壽　當朝正主救嬰兒》比丘國小兒心肝案，道教南極老壽星竟然用嬰兒心肝為長生藥藥引。道教歪門邪道，是妖怪。

四眾離開獅駝空城，來到比丘國，進城倒換關文，只見滿城豪華，但家家門口都掛一個五色綢緞遮蔽的鵝籠。悟空疑惑，變作一隻蜜蜂探視，見籠裡全是嬰兒，或啼哭、或吃果、或睡、或坐。大家不解，進了驛館，問驛丞，驛丞不敢說。三藏跟定，追問，驛丞回避眾人，方敢說出原委：

> 驛丞無奈，只得摒去一應在官人役，獨在燈光之下，悄悄而言道：「適所問鵝籠之事，乃是當今國主無道之事。你只管問他怎的！」三藏道：「何為無道？必見教明白，我方得放心。」驛丞道：「此國原是比丘國，近有民謠，改作小子城。三年前，有一老人打扮做道人模樣，攜一小女子，年方一十六歲，其女形容嬌俊，貌若觀音，進貢與當今。陛下愛其色美，寵幸在宮，號為美后。近來把三宮娘娘，六院妃子，全無正眼相覷，不分晝夜，貪歡不已。如今弄得精神瘦倦，身體尪羸，飲食少進，命在須臾。太醫院檢盡良方，不能療治。那進女子的道人，受我主誥封，稱為國丈。國丈有海外秘方，甚能延壽，前者去十洲、三島，采將藥來，俱已完備。但只是藥引子利害：單用著一千一百一十一個小兒的心肝，煎湯服藥，服後有千年不老之功。這些鵝籠裡的小兒，俱是選就的，養在裡面。人家父母，懼怕王法，俱不敢啼哭，遂傳播謠言，叫做小兒城。此非無道而何？長老明早到朝，只去倒換關文，不得言及

此事。」

　　專制國王如此愚昧無道，為自己長壽要一千一百一十一個嬰兒心肝，而國人奴性，聽之任之。三藏啼哭，行者仗義，他念咒拘來城隍、土地、社令、真官等，令他們刮陰風，把鵝籠小兒攝出城外樹林深處山坳中養護，待他除了妖邪，再送回來。眾神聽令，卷起滿城陰風，攝走鵝籠，弄得朝野驚慌。

　　第二天，行者變作一小蟲，貼在三藏帽子上跟三藏進朝，借倒換關文觀察動靜。只見國王相貌尪羸，精神倦怠，眼目昏朦。這時候，老道士國丈來了。國王問三藏：「端的不知為何為僧可能不死，向佛可能長生？」於是有三藏與道教國丈關於長壽的論戰。

　　三藏一席話，是佛教套話：道家無道，佛有道。萬色皆空，你啥都甭想，沒有任何生命感覺，活著等於死，死等於活著，自然長壽。關鍵幾句是：「若云采陰補陽，誠為謬語，服餌長壽，實乃虛詞。只要塵塵緣總棄，物物色皆空。素素純純寡愛欲，自然壽享永無窮。」

　　國丈聞言，付之一笑，說：「你這和尚滿口胡柴！寂滅門中，須雲認性，你不知那性從何而滅！枯坐參禪，儘是些盲修瞎煉。俗語雲，坐，坐，坐，你的屁股破！火熬煎，反成禍。」接著說了一番道家長生術，也不過內練氣功，外修采藥煉丹，就可以長壽不死，還說：「三教之中無上品，古來惟道獨稱尊！」

　　這一席話，說得國王高興，滿朝官員喝彩。三藏羞愧，謝恩退出。這時候，五城兵馬官上朝稟報，說昨夜一陣陰風，將小兒連籠刮去。國王驚惱，以為：「此事天滅朕也！」

　　國丈安慰他說，唐僧心，是最好的藥引：「那東土差去取經的和尚，我觀他器宇清淨，容顏齊整，乃是個十世修行的真體。自幼為僧，元陽未泄，比那小兒更強萬倍，若得他的心肝煎湯，

服我的仙藥,足保萬年之壽。」行者聽得這番話,一翅飛奔館驛,對唐僧說了這事,唬得三藏三屍神散,七竅煙生,倒在塵埃,渾身是汗,眼不定睛,口不能言。戰戰兢兢地爬起來,扯著行者哀告道:「賢徒啊!此事如何是好?」行者道:「若要全命,師作徒,徒作師,方可保全。」三藏道:「你若救得我命,情願與你做徒子徒孫也。」

三藏怕死,沒有氣節,按本事論,悟空會收他做徒孫?然後,悟空變身三藏,再用尿泥混合,抹三藏臉,使他變成悟空。錦衣官來了,把假三藏扯出館驛,押解到金殿剜心。國王要假三藏獻出黑心作藥引。悟空剖開肚皮,咕嘟嘟滾出血淋淋的紅心、白心、黃心、慳貪心、利名心、嫉妒心、計較心、好勝心、望高心、侮慢心、殺害心、狠毒心、恐怖心、謹慎心、邪妄心、無名隱暗之心、種種不善之心,更無一個黑心。

昏君唬得呆呆掙掙。悟空收了法,現出本相,對昏君道:「陛下全無眼力!我和尚家都是一片好心,惟你這國丈是個黑心,好做藥引。你不信,等我替你取他的出來看看。」那國丈認得當年孫大聖,抽身,騰雲飛起。行者翻筋斗,跳在空中攔截,兩個一番打鬥。悟空一直追打到離城不遠的柳林坡清華洞府,進洞眼見國丈老道摟著女兒,說:「好機會來了,三年事,今日得完,被那猴頭破了!」悟空進洞,又一番廝殺。這時候,南極老壽星來了:

> 正當喊殺之際,又聞得鸞鶴聲鳴,祥光縹緲。舉目視之,乃南極老人星也。那老人把寒光罩住。叫道:「大聖慢來,天蓬休趕。老道在此施禮哩。」行者即答禮道:「壽星兄弟,哪裡來?」八戒笑道:「肉頭老兒,罩住寒光,必定捉住妖怪了。」壽星陪笑道:「在這裡,在這裡。望二公饒他命罷。」行者道:「老怪不與老弟相干,為何來說人

情？」壽星笑道：「他是我的一副腳力，不意走將來，成此妖怪。」行者道：「即是老弟之物，只教他現出本相來看看。」壽星聞言，即把寒光放出，喝道：「孽畜！快現本相，饒你死罪！」那怪打個轉身，原來是只白鹿。壽星拿起拐杖道：「這孽畜！連我的拐棒也偷來也！」那只鹿俯伏在地，口不能言，只管叩頭滴淚。但見他：

一身如玉簡斑斑，兩角參差七汊灣。幾度饑時尋藥圃，有朝渴處飲雲漿。年深學得飛騰法，日久修成變化顏。今見主人呼喚處，現身俛耳伏塵寰。

據文中老壽星自己交待：「東華帝君過我荒山，我留坐著棋，一局未終，這孽畜走了」，他屈指一算，找來這裡。

行者應該追問：你老壽星可是專門研究長生術的，在您的教導下老鹿的長壽秘方用一千一百一十一個孩兒心作藥引？這一定是您的長壽秘傳！如果老壽星否認，悟空可用老鹿對女兒說的話「好機會來了，三年事，今日得完，被那猴頭破了！」為證。這一句話可以表明，老鹿從老壽星處取得一長壽秘方，其他草藥都可以採到，就是一千一百一十一個小兒心臟難得，於是他化身柳樹莊清華洞府老道，將自己女兒獻給比丘國王，弄得國王精盡身衰，然後借國王權力，強取比丘國民一千一百一十一個小兒心做藥引。時運不濟，來了孫行者，功虧一簣，長壽泡湯，故而有此感歎。

接著，八戒打死老鹿女兒，原來是一隻白面狐狸。悟空還要八戒將狐屍拖進城，讓國王看自己的狐狸寵妃。這是中國男子性文化的老套：男人迷戀女人，房事過分，衰頹，早死，就指責女人是妖，是狐狸精；或因迷戀女子而家破國亡，則責女子為紅顏禍水。

國王見到老壽星，跪求去病長壽之法。老壽星說：「我因尋

鹿,未帶丹藥。欲傳你修養之方,你又筋衰神敗,不能還丹。我這一衣袖中,只有三個棗兒,是與東華帝君獻茶的,我未曾吃,今送你吧。」謊言!「未帶丹藥」,可以回家取來呀!

不是老壽星吝嗇,他所謂長壽術全是騙人的,吃小兒心作藥引的長壽藥必當場斃命!還是悟空的長壽方實在,易行有效。悟空收拾起行,國王苦留悟空,求教長生術,悟空說:「陛下,從此色欲少貪,陰功多積,凡百事將長補短,自足以去病延年,就是教也。」

國王與嬪后請無用唐僧坐龍車,親身推車出城。這時候,遵悟空之命,攝去小兒的眾神復命來了:

> 忽聽得半空中一聲風響,路兩邊落下一千一百一十一個鵝籠,內有小兒啼哭,暗中有原護的城隍、土地、社令、真官、五方揭諦、四國功曹、六丁六甲、護教伽藍等眾,應聲高叫道:「大聖,我等前蒙吩咐,攝去小兒鵝籠,今知大聖功成起行,一一送來也。」那國王妃后與一應臣民,又俱下拜。行者望空道:「有勞列位,請各歸祠,我著民間祭祀謝你。」呼呼漸漸,陰風又起而退。
>
> 行者叫城裡人家認領小兒。當時傳播,俱來各認出籠中之兒,歡歡喜喜,抱出叫哥哥,叫肉兒,跳的跳,笑的笑,都叫:「扯住唐朝爺爺,到我家奉謝救兒之恩!」無大無小,若男若女,都不怕他相貌之醜,抬著豬八戒,扛著沙和尚,頂著孫大聖,撮著唐三藏,牽著馬,挑著擔,一擁回城。那國王也不能禁止。這家也開宴,那家也設席。請不及的,或做僧帽、僧鞋、褊衫、布襪,裡裡外外,大小衣裳,都來相送。

如果沒有悟空,這一千一百一十一個小兒的心,就成了壽星

寵鹿和愚昧國王的藥引啦！而所謂南極老壽星是首惡。愚昧害死人，吳翁承恩「名為志怪，實紀人間變異，亦微有鑒戒寓焉」。《史記・列傳第六十六》記載西門豹治鄴，民間祭祀黃河神「河伯」，每年為河伯娶婦，將選中的女子推入滔滔洪水中。（中國古代因信奉道教所謂黃老長生丹藥而死有十六個帝王。）第一個就是晉哀帝司馬丕。《晉書・哀帝紀》記載他二十一歲就「雅好黃老，餌長生藥，服食過多，遂中毒」，二十五歲，就死了。最有名的是唐太宗，他服用胡地婆羅門僧那羅邇婆寐的丹藥而死。死於丹藥的還有唐代穆宗、武宗、宣宗、憲宗、北魏道武帝、明代仁宗、孝宗、光宗等五位帝王，清代雍正皇帝。

老壽星可使得美善白鹿變成妖怪，其騙術神通奧秘不可小看。老鹿是來自道教第十一個妖怪，也是來自天仙、佛、道三界的第三十二個妖怪，而它背後的大妖怪是南極老壽星。被老鹿利用的美女被誣為「白面狐狸精」，冤哉枉也！對此悟空閉口不言，他得學會佛祖喜歡的「隱惡揚善」，才能成佛。

## 二十九、陷空山無底洞姹女案：美女再成妖精；道教蒙昧，佛教邪門

第八十回《姹女育陽求配偶　心猿護主識妖邪》、第八十一回《鎮海寺心猿知怪　黑松林三眾尋師》、第八十二回《姹女求陽　元神護道》、第八十三回《心猿識得丹頭　姹女還歸本性》敘述陷空山無底洞姹女被道教邪說迷惑，以為女子求得處男元陽精液可得長壽，而美女就是男子的「陷空山、無底洞」，意在揭示道教蒙昧，佛教邪門。

1、道教蒙昧：美女被道教房事養生術所迷。此前美女妖精案，或美女誘惑三藏，如第五十四回西梁女兒國的蠍子精，或美女無心，但男子自己被美色誘惑，如第七十二回的蜘蛛精。這一回陷空山女妖之所以迷上三藏，要與他陰陽配合，據她自己說：

「那唐僧乃童身修行，一點元陽未泄，正欲拿他去配合，成太乙金仙。」這一想法來自道教房事養身術。

（晉）葛洪《抱樸子‧內篇‧微旨篇》說：「善其術者，則能走馬以補腦，還陰丹以朱陽，采玉液於金池，引三五與華梁，令人老有美色，終有所稟之天年。」（南朝）陶弘景《養性延命錄‧御女損益篇》說：「道以精為寶，施之則生人，留之則生身。生身則求度在仙位，生人則功遂而身退。功遂而身退，則陷欲以為劇，何況妄施而廢棄？損不覺多，故疲勞而命墜。天地有陰陽，陰陽人所貴，但當謹慎無廢。」就是本案主題思想：三藏十世修行，一點元陽未泄，是一個處男，此精為寶，如果自個留著當然求度仙位，但如果射精給女人，女子成仙，自己卻功遂身退，疲勞命墜，故而美女就是妖，女妖居所，名曰「陷空山、無底洞」。第八十回名目《姹女育陽求配偶　心猿護主識妖邪》，即女子想得到男性元陽，就是妖。第八十二回名曰《姹女求陽　元神護道》，即姹女求陽，三藏護元神之道。姹就是美少女，「姹」在道教又指「水銀」，指美女好看如水銀，但有劇毒。

2、佛教邪門：美女就是妖怪。姹女為「采陽」，化身被強人打殺父母的孤苦美女，被捆綁在野林，騙得三藏不聽悟空警告，救助姹女。攜帶她與他們一起來到鎮海禪林寺。在這寺廟住宿三晚，廟裡六個巡夜小和尚失蹤，尋找發現被吃，只剩骨頭。也就是迷戀美色，只剩骨頭，美女就是白骨精。

當晚悟空變身小和尚，進行偵查，在佛殿與一個美貌佳人相遇，要與他「到後園交歡」，方知六個小和尚「被色欲引誘，所以傷了性命」。此為佛教觀念，美色傷身，美女就是妖怪。姹女苦求鸞儔交會之際，行者變身，掄棒就打，姹女則丟下繡花鞋，聲東擊西，闖進方丈，攝走三藏，飛到「陷空山」，進入「無底洞」。此說男子元陽精液有限，美女就是「無底洞」，男子就會被

「陷空」致死。我們不說悟空與八戒、沙僧怎麼救師父出美女「無底洞」，免於「陷空」，只說三藏進了「無底洞」，堅決保留真陽，絕不「陷空」，即第八十二回主題「姹女求陽　元神護道」。

八戒探查，在洞口從兩個打水的女怪口中得知，她們奉夫人之命，打陰陽交媾井水。悟空進洞，看見姹女打扮得更美，怕師父動心。變化成一小蒼蠅，試探三藏。三藏咬牙切齒發誓：「今日被這妖精拿住，要求配偶，我若把真陽喪了，我就身墜輪回，打在那陰山背後，永世不得翻身！」果然，三藏守住真陽，配合悟空，讓姹女吃下悟空變身而成的紅桃兒。悟空在姹女肚子裡掄拳跳腳，她痛倒在塵埃，賦詩一首，哭訴魚水鴛鴦鸞鳳分離之苦：

> 夙世前緣繫赤繩，魚水相和兩意濃。
> 不料鴛鴦今拆散，何期鸞鳳又西東！
> 藍橋水漲難成事，佛廟煙沉嘉會空。
> 著意一場今又別，何年與你再相逢！

色為人本性。男女相互吸引就是「魚水相和」，「鴛鴦相依」，「鸞鳳相偎」，但為了免死，姹女送三藏出無底洞。悟空跳出她的口，她又用繡花鞋，變身攝走三藏。悟空再次進入無底洞，樓閣空空，卻看見後壁供桌供奉靈牌：「尊父李天王之位」，「尊兄哪吒三太子」之位，推測這姹女是李天王女兒，三太子的妹妹思凡下界。

悟空寫狀紙，上天告御狀。與李天王一番糾纏，方知姹女原是金鼻白毛老鼠精，在靈山偷吃了如來香花寶燭，改名「半截觀音」。如來叫李天王父子捉拿。本該打死，如來吩咐饒了她的性命，讓她下界，喚作「地湧夫人」。因為活命不殺之恩，她拜李天王為義父，三太子為義兄，故而有靈牌供奉。

悟空與天王、三太子到陷空山，進入無底洞，找到一個小洞

矮屋。姹女正逼三藏成親,看見天王、三太子,姹女吃驚下跪。天王責備道:「這是玉旨來拿你,不當消渴。我父子只為你受了炷香,險些兒『和尚拖木頭除了寺』」!姹女磕頭求命,被綁縛,上天聽候發落。

　　文中沒有說姹女的結局,但她是最為可憐的女子。她有性欲愛戀,又被道教房事養生術迷惑,再被佛教視為妖怪,是男子生命的「陷空山」、情欲的「無底洞」。第八十二回《姹女求陽　元神護道》一首詩最為典型,也是本回點題:

> 真僧魔苦遇嬌娃,妖怪娉婷實可誇。
> 淡淡翠眉分柳葉,盈盈丹臉襯桃花。
> 繡鞋微露雙鈎鳳,雲髻高盤兩鬢鴉。
> 含笑與師攜手處,香飄蘭麝滿袈裟。

　　嬌娃就是妖怪、魔障,就是男子的「陷空山」、「無底洞」。可憐姹女,女陰多情,求男陽自然而然,在佛教眼中卻是「金鼻白毛老鼠精」。這就是第八十三回所言《心猿識得丹頭　姹女還歸本性》。對和尚來說,美女就是第一需要戒備提防的妖精。第八十四回開頭說:「唐三藏固住元陽,出離了煙花苦套,隨行者投西前行。」也是承前啟後的點題。姹女也可笑,受道教蒙蔽,以為得到處男精液可以長壽。

　　姹女被道教蒙昧,又被佛教誣衊為妖怪,是被誣衊而成的第十九個妖怪。

## 三十、滅法國案:暴君滅僧,因僧謗朕;暴君親佛,因佛保朕

　　第八十四回《難滅伽持圓大覺　法王成正體天然》滅法國案。這「法」是佛法,說的就是一個暴君滅佛,後來皈依佛。唐三藏隨行者投西前行,不覺夏至,熏風吹動,梅雨絲絲,芳草連

天，山花鋪地。觀音化身老母，來傳信說：「前面是滅法國。國王前身結下冤仇，兩年前許下羅天大願，要殺一萬個和尚。陸續殺了九千九百九十六個和尚，只等四個有名的和尚湊成一萬好做圓滿道場。」

第八十五回暴君對唐僧言為何殺僧：「朕常年有願殺僧者，曾因僧謗了朕，朕許天願，要殺一萬個和尚做圓滿。」一句話，就因一和尚指責了他，而他是皇帝，是天子。第八十四回四眾進城時，悟空就觀察出：「雖是國王無道殺僧，卻倒是一個真天子，城頭有祥光喜氣。」此言諷喻明確，「無道」可是「真天子」，玉帝祥瑞蓋頂保佑。

三藏拜謝觀音，決意西進。行者跳進城中街市，偷了幾件衣服，他們就裝扮成販馬的客商唐大官、孫二官、豬三官、沙四官進城門，逛街坊，住進趙寡婦客店。當晚，怕露出和尚光頭，被發覺砍頭，他們全擠睡在一個大木櫃裡。沒曾想店裡夥計與強盜同夥，聽說這四個販馬客商有許多銀子，就溜出去幾個，聯絡一夥賊回來，明火執仗打劫。他們搜尋一番，沒找到客商，搶了馬匹、包袱。撬不開大櫃子的鎖，以為行囊財帛都鎖在櫃子裡，他們抬著櫃子，殺了守門官兵，出城。巡城總兵得報，出城追擊。強賊不敢抵敵，丟下櫃子逃走。官兵抬櫃子，進總府，待天亮請旨定奪。

三藏埋怨悟空，擔心明天露餡被殺。悟空三更時分，鑽眼出櫃，用猴毛變瞌睡蟲，進皇宮內院、五府六部、各衙門大小官員，讓他們安睡。又變許多小行者，跟著土地神去剃頭。這一下，一覺醒來，皇宮皇帝、皇后、宮娥彩女、大小太監，五府六部、大小衙門官員全都成了光頭和尚。國王以為這是殺和尚，上天報應。他與官員發誓，不敢再殺僧。這時候巡城總兵說：「昨夜獲得賊贓一櫃、白馬一匹，請旨定奪。」國王大喜，取櫃上殿。一

打開大木櫃，國王看見四個和尚，大驚失色，得知他們是大唐取經人，情節發生轉折：

> 國王道：「老師是天朝上國高僧，朕失迎迓。朕常年有願殺僧者，曾因僧謗了朕，朕許天願，要殺一萬和尚做圓滿。不期今夜皈依，教朕等為僧。如今君臣后妃，髮都剃落了，望老師勿吝高賢，願為門下。」（因被和尚指責，就要「滅法」，殺一萬個和尚，因沒了頭髮，就要皈依。此國王既暴虐如狼又膽小如鼠。）八戒聽言，呵呵大笑道：「既要拜為門徒，有何贄見之禮？」國王道：「師若肯從，願將國中財寶獻上。」行者道：「莫說財寶，我和尚是有道之僧。你只把關文倒換了，送我們出城，保你皇圖永固，福壽長臻。」那國王聽說，即著光祿寺大排筵宴。君臣合同，拜歸於一。即時倒換關文，求三藏改換國號。行者道：「陛下法國之名甚好，但只滅字不通。自經我過，可改號『欽法國』，管教你海晏河清千代勝，風調雨順萬方安。」（佛教不論善惡，只要信佛，就保佑，故而暴君都信佛。）國王謝了恩，擺整朝鑾駕，送唐僧四眾出城西去。君臣們乘善歸真不題。

這一案章節短，但特別能體現佛教對權勢者的態度。這國王出奇殘暴，「因僧謗了朕，朕許天願，要殺一萬個和尚做圓滿」，已殺了九千九百九十六個無辜和尚。但他與奴才官員一旦願意皈依，拜師佛門，將「滅法國」改為「欽法國」，孫行者就可以說：「保你皇圖永固，福壽長臻」，「管叫你海晏河清千代勝，風調雨盛萬方安」。

本章開端化身老母出場的觀音知道這滅法國王的濫殺卻沒有出手干涉，悟空等人只要自己安然無恙，也不追究。一個和尚

指責了國王，國王殺一萬個和尚報復出氣！如果某位百姓指責他，他當然要滅其族、連坐其鄰里、故舊等等！這國王不是一個狠毒殘暴吃人的大妖魔？他手下的官員們不是他的小妖怪？

前此已述，第八十四回四眾進城時，悟空就看出此無道暴君是玉帝的兒子，即「天子」：「雖是國王無道殺僧，卻倒是一個真天子，城頭有祥光喜氣。」此無道濫殺國王是玉帝的兒子，受到仙、佛、道保護，應該屬於來自仙佛道三界的第三十三個妖怪。

## 三十一、隱霧山南山大王案：三層意味

第八十五回《心猿妒木母　魔主計吞禪》、第八十六回《木母助威征怪物　金公施法滅妖邪》隱霧山折嶽連環洞南山大王案。此案有三層意味。

1、先寫悟空參悟，而三藏無悟。他們四眾離開滅法國，一路高興，忽見高山，唐僧眼看有兇氣，照舊驚慌，神思不安。悟空要他念《多心經》和四句頌子。三藏忘了頌子。文中說：

> 行者道：「佛在靈山莫遠求，靈山只在汝心頭。人人有個靈山塔，好向靈山塔下修。」三藏道：「徒弟，我豈不知？依此四句，千經萬典也只是修心。」行者道：「不消說了。心淨孤明獨照，心存萬境皆清。差些而成墮懈，千年萬載不成功。似你這般恐懼驚慌，神思不安，大道遠矣，雷音亦遠矣。且莫胡疑，隨我去。」三藏聞言，心神頓爽，萬慮皆休。

《西遊記》此類情節、對白多多，悟空完全是三藏師父，他倆應該換把椅子坐。但此論也老套無創建。修心主要有兩種方式：自我監督自我頓悟之自主修心、社會制度性相互監督之民主修心。二者結合，方能進入雷音。

2、天地均妖怪，惟有悟空擒怪。此案情節曲折，妖怪用「分

瓣梅花計」,先後出動小妖,引開八戒、悟空、沙僧,自己半空伸下五爪撾住唐僧,一陣風攝入連環洞。悟空打上門來,妖怪先後將一段塗抹人血的柳樹、一個真人頭拋出門外,假說三藏被吃,要他們罷手,自個回家。吳承恩特意設計一個被捆綁待吃的樵夫與被擒的三藏異病相憐。三藏感恩唐太宗而哭,樵夫哭母親:

> 樵子聞言,眼中墮淚道:「長老,你死也只如此,我死又更傷情。我自幼失父,與母鰥居,更無家業,止靠著打柴為生。老母今年八十三歲,只我一人奉養。倘若身喪,誰與他埋屍送老?苦哉,苦哉!痛殺我也!」長老聞言,放聲大哭道:「可憐,可憐!山人尚有思親意,空教貧僧會念經!事君事親,皆同一理。你為親恩,我為君恩。」正是那流淚眼觀流淚眼,斷腸人送斷腸人!

悟空大戰南山大王,救出唐僧,救了樵夫,使他能回家。樵夫八十三歲老母以為兒子被山主吃了,日夜在柴扉外守望,哭泣,兒天兒地地呼喚:

> 地僻雲深之處,竹籬茅舍人家。遠見一個老嫗,倚著柴扉,眼淚汪汪的,兒天兒地的痛哭。這樵子看見是他母親,丟了長老,急忙忙先跑到柴扉前,跪下叫道:「母親!兒來也!」老嫗一把抱住道:「兒啊!你這幾日不來家,我只說是山主拿你去,害了性命,是我心疼難忍。你既不曾被害,何以今日才來?你繩擔、柯斧俱在何處?」樵子叩頭道:「母親,兒已被山主拿去,綁在樹上,實是難得性命,幸虧這幾位老爺!這老爺是東土唐朝往西天取經的羅漢。那老爺倒也被山主拿去綁在樹上,他那三位徒弟老爺,神通廣大,把山主一頓打死,卻是個艾葉花皮豹子精;概眾小妖,俱盡燒死,卻將那老爺解下救出,連孩兒都解

救出來，此誠天高地厚之恩！不是他們，孩兒也死無疑了。如今山上太平，孩兒徹夜行走，也無事矣。」那老嫗聽言，一步一拜，拜接長老四眾，都入柴扉茅舍中坐下。

天地上下、四面八方都有妖怪，卻惟有孫悟空擒妖捉怪。

3、與前後妖怪結局比較，本案最大意味因妖怪的背景不同結局就不同：此案先鋒鐵背蒼狼怪、南山大王艾葉花皮豹子精被打死，小妖精們被活活燒死，而此前此後來自仙、道、佛三界的妖精們都安然無恙地重歸玉帝天府、道家仙壇、佛家靈山，重享絕頂威權、潑天富貴。

南山大王花皮豹子精、鐵背蒼狼怪是來自人間的第四個妖怪，就是人間土匪大王，是《水滸傳》佔山為王的「好漢」們的神話版。

## 三十二、天竺國第一案：鳳仙郡旱災，玉皇大帝為妖作怪

第八十七回《鳳仙郡冒天致旱　孫大聖勸善施霖》狗吃貢品案，吳翁承恩將批判箭頭直接瞄準玉皇大帝陛下，包括道、佛對玉帝殘暴的保護。第八十六回，樵夫生還回家，做了一頓山野素齋，感謝四人。餐畢，他送四位出門。三藏又開始歎息：「山山水水災不脫，妖妖怪怪命難逃。」樵子聞言道：「老爺且莫憂思。這條大路不滿千里，就是天竺國，極樂之鄉也。」唐僧高興，我們也以為該極樂啦！唐僧一出唐朝國境就遇妖怪，一路西行，妖怪愈來愈多。這一回是佛教所謂聖潔福地，該沒有妖怪了吧？天竺國即佛教發源地古印度，屬西賀牛洲，臨近如來靈山，人們都以為是「極樂之鄉」，第八回如來自誇「我西牛賀洲者，不貪不殺，養氣潛靈，雖無上真，人人固壽」，但事實證明如來撒謊。唐僧四眾西行，妖怪愈來愈多。天竺國第一個妖怪可是《西遊記》中最大最殘忍的妖怪玉皇大帝。

他們一行進入天竺國鳳仙郡,來到市場口,看見有幾個冠帶人士奉郡侯之命在張榜,招求法師祈雨救民。榜文說:

> 大天竺國鳳仙郡郡侯上官,為榜聘明師,招求大法事。茲因郡土寬弘,軍民殷實,連年亢旱,累歲乾荒,民田旱而軍地薄,河道淺而溝澮空。井中無水,泉底無津。富室聊以全生,窮民難以活命。斗粟百金之價,束薪五兩之資。十歲女易米三升,五歲男隨人帶去。城中懼法,典衣當物以存身;鄉下欺公,打劫吃人而顧命。為此出給榜文,仰望十方賢哲,禱雨救民,恩當重報。願以千金奉謝,決不虛言。須至榜者。

悟空說要求雨,拯救萬民。官員急忙稟報上官郡侯。郡侯正在焚香祈求,聽得此信,急忙整衣,步行到市場口以禮敦請,面對四人,當街倒身下拜:「望師父大舍慈悲,運神功,拔濟!拔濟!」來到郡侯府中,三藏問:「郡侯大人,貴處乾旱幾時了?」郡侯道:「敝地大邦天竺國,風仙外郡吾司牧。一連三載遇乾荒,草子不生絕五穀。 大小人家買賣難,十門九戶俱啼哭。三停餓死二停人,一停還似風中燭。下官出榜遍求賢,幸遇真僧來我國。若施寸雨濟黎民,願奉千金酬厚德!」

郡侯當街下跪,就為拯救生民。可見郡侯有生民之心;民苦,則心痛。悟空聽說求雨,呵呵一笑,不要「千金酬厚德」:「但論積功累德,老孫送你一場大雨。」郡侯再次下拜:

> 那郡侯原本十分清正賢良,愛民心重,即請行者上坐,低頭下拜道:「老師果舍慈悲,下官必不敢悖德。」

行者受到感動,他神通廣大,求雨不過區區小事。他立即誦咒語,招來東海老龍王敖廣,責問他:「此地連連乾旱,為何不來下雨。」龍王說:「上天不差,豈敢擅自來此行雨?」他要悟

空上天宮，見玉帝，奏請降雨的聖旨。

悟空一路筋斗雲，上天宮詢問。天王、四大天師都說：「郡候撒潑，冒犯天地，上帝見罪，不該下雨！」悟空堅持要見玉帝。各位仙翁嘲笑悟空，勉強引他進靈霄殿見玉帝。玉帝一番因果懲戒說法，令悟空「大驚失色」：

> 玉帝道：「那廝三年前十二月二十五日，朕出行監觀萬天，浮游三界，駕至他方，見那上官正不仁，將齋天素供，推倒餵狗，口出穢言，造有冒犯之罪，朕即立以三事，在於披香殿內。汝等引孫悟空去看。若三事倒斷，即降旨與他；如不倒斷，且休管閒事。」
>
> 四天師即引行者至披香殿裡看時，見有一座米山，約有十丈高下；一座麵山，約有二十丈高下。米山邊有一隻拳大之雞，在那裡緊一嘴，慢一嘴，嗛那米吃。麵山邊有一隻金毛哈巴狗兒，在那裡長一舌，短一舌，餂那麵吃。左邊懸一座鐵架子，架上掛一把金鎖，約有一尺三四寸長短，鎖梃有指頭粗細，下面有一盞明燈，燈焰兒燎著那鎖梃。行者不知其意，回頭問天師曰：「此何意也？」天師道：「那廝觸犯了上天，玉帝立此三事，直等雞嗛了米盡，狗餂得麵盡，燈焰燎斷鎖梃，那方才該下雨哩。」
>
> 行者聞言，大驚失色，再不敢啟奏。走出殿，滿面含羞。四大天師笑道：「大聖不必煩惱，這事只宜作善可解。若有一念善慈，驚動上天，那米、麵山即時就倒，鎖梃即時就斷。你去勸他歸善，福自來矣。」

玉帝的濫行使行者「大驚失色」，「滿面含羞」，卻不敢直言指責。回到鳳仙郡，他反而歸罪郡侯，說郡侯「冒犯了天地，致令黎民有難，如今不肯降雨！」孫猴子真學會了佛祖喜歡的「隱

惡揚善」。郡侯慌得跪伏在地，回憶那一天的事，說：

> 「三年前十二月二十五日，獻供齋天，在於本衙之內，因
> 妻不賢，惡言相鬥，一時怒發無知，推倒供桌，潑了素饌，
> 果是喚狗來吃了。這兩年憶念在心，神思恍惚，無處可以
> 解釋。不知上天見罪，遺害黎民。」

上官郡侯「十分清正賢良，愛民心重」，然而夫妻吵架，推
倒供桌，潑了貢品，喚狗來吃了，就惹怒玉帝，使得該郡「一連
三載遇乾荒，草子不生絕五穀。大小人家買賣難，十門九戶俱啼
哭。三停餓死兩停人，一停還是風中燭」！這一州郡三停之兩停
人該有五十萬男女老幼呀！

上天有好生之德。老子要人們道法自然，《道德經》第四十
二章說：「道生一，一生二，二生三，三生萬物。」第五十一章
說：「道生之，德畜之，物成之，勢成之。是以萬物莫不尊道而
貴德。故道生之，畜之，長之育之，亭之督之，養之覆之；生而
不有，為而不恃，長而不宰。是為玄德。」第七章說：「天長地
久。天地之所以長久者，以其不自生，故能長生。」孔子在《論
語》中說：「天何言哉！四時行焉，五穀生焉！天何言哉！」這
玉帝可不是孔子、老子崇拜之生養萬物之天？完全是人間暴虐帝
王活脫脫的神話版！

要想那「三事」完結，唯一的出路就是四天師所說：「你去
勸他歸善，福自來矣。」請看這「善」為何？行者要郡侯「趁早
兒念佛看經，不然天即誅之，性命不能保矣。」那郡侯拜伏在地，
哀告道：「但憑老師指教，下官一一皈依也。」文中說：

> 那郡侯磕頭禮拜，誓願皈依。當時召請本處僧道，啟建道
> 場，各各寫發文書，申奏三天。郡侯領眾拈香瞻拜，答天
> 謝地，引罪自責。三藏也與他念經。一壁廂又出飛報，教

城裡城外大家小戶，不論男女人等，都要燒香念佛。自此時，一片善聲盈耳。

接著悟空找來天庭雷部四將官相助，駕臨鳳仙郡境，一時間雷電轟鳴。聽見雷電，官民一齊跪下，頭頂著香爐，手拈著柳枝，都念「南無阿彌陀佛！南無阿彌陀佛！」文中說：「這一聲善念，果然驚動上天。」這所謂「善念」就是皈依，服從玉帝、佛、道的威權，甘心做沒有自尊，沒有自我意志的奴隸。

上界直符使者將僧、道兩家關於鳳仙郡官民「改行從善」的文牒，送至通明殿，請玉帝看閱。接著當駕天官引鳳仙郡土地、城隍、社令等神齊來，拜奏道：「本郡郡主並滿城大小黎庶之家，無一家一人不皈依善果，禮佛敬天。今啟垂慈，普降甘雨，求濟黎民。」接著，披香殿將官前來報告：「米麵山俱倒了，鎖梃亦斷。」

> 玉帝聞言大喜，即傳旨：「著風部、雲部、雨部，各遵號令，去下方，按鳳仙郡界，即於今日今時，聲雷布雲，降雨三尺零四十二點。」時有四大天師奉旨，傳與各部隨時下界，各逞神威，一齊振作。行者正與鄧、辛、張、陶，令閃電娘子在空中調弄，只見眾神都到，合會一天。那其間風雲際會，甘雨滂沱。

緊接其上，文中一首詩描述雨景，點明本案要點，「禮佛敬天」做奴才，才能生存：「所謂一念回天，萬民滿望。……萬戶千門人念佛，八街三市水流洪。……從今黍稷多條暢，自然稼穡得豐登。風調雨順民安樂，海晏河清享太平。」反之，就是死。

文中接著描述孫悟空在上天眾神與下界百姓之間周旋、公關，為鳳仙郡百姓日後莊稼的豐歉旱澇留下人情：

> 一日雨水下足了三尺零四點，眾神祇漸漸收回。孫大聖（此

時吳翁為何又叫悟空為大聖。請看悟空聖人聖心。）厲聲
高叫:「那四部眾神,且暫停雲從,待老孫去叫那郡侯拜
謝列位。列位可撥開雲霧,各現真身與這凡夫看看,他才
信心供佛也。」眾神聽說,只得都停在空中。（悟空此言
似乎邀請眾神顯擺神威?彰顯佛教?眾神看他的情面,只
得留下。）

這行者按落雲頭,徑至郡裡。早見三藏、八戒、沙僧都來
迎接。那郡侯一步一拜來謝。行者道:「且慢謝我。我已
留下四部神祇,你可傳召多人同此拜謝,叫他向後好來降
雨。」（這才是大聖的目的,懼怕自己這一走,鳳仙郡又
是旱災連連。）郡侯隨傳飛報,召眾同酬,都一個個拈香
朝拜。只見那四部眾神祇開明雲霧,各現真身。

……（文中一首詩寫眾神得意洋洋「齊齊顯露青霄上,各
各挨排現聖儀」）眾神祇寧待了一個時辰,人民拜之不已。
孫行者又起在雲端,對眾作禮道:「有勞!有勞請列位各
歸本部。老孫還叫郡界中人家,供養高真,遇時節醮謝。
列位從此以後,五日一風 十日一雨,還來拯救拯救。」
眾神依言,各各轉部不提。（這才是目的。眾神依言,他
才放心。）

　　瞧瞧,孫大聖為救百姓,真大聖,但這聖人也得天地上下眾
神周旋公關。你不拜天,不尊佛,不尊道就會生民塗炭,郡國災
難;你拜天、尊佛、尊道,但稍有不慎,一不小心也會生民塗炭,
郡國災難。天竺國鳳仙郡郡主夫妻吵架,推翻了供桌,供品餵狗,
玉皇大帝這傢夥就可以害死五十萬無辜百姓!玉帝可是《西遊
記》第一妖魔!一郡殘存如「風中燭」的百姓和官吏跪拜在地,
誠惶誠恐,他們心中一定糊塗,驚懼:今後我們祭天之後的供品
該怎麼辦?享用龍心肝鳳脊髓、玉液瓊漿、蟠桃等仙界極品的玉

帝不會來吃我們凡間貢品的，該怎麼處理這些貢品呢？我們再不敢用來餵狗了！但如果我們自己吃了，玉帝也會大怒：「我是天！你們這些奴隸，竟敢吃供我的貢品！」放餿了，要生蛆，玉帝也必定大怒：「我是天！天的貢品，你們竟敢餵蛆？！」怎麼辦？這一回，因為悟空我們僥倖逃過一死，悟空一走，我們死定了！

嗚呼哀哉！中國有這樣的玉帝、道祖、佛祖，能指望它們屬下嘍囉們有禮儀廉恥、仁德善心？！吳翁承恩「名為志怪，實紀人間變異，亦微有鑒戒寓焉！」別勸啦，孔子、孟子勸了幾千年，帝王們無動於衷，吳翁承恩先生您能勸誠嗎？！可以苦口婆心勸勸，看看，試一試，別指望有效果。

如果不是悟空干涉、周旋、公關，如果這一郡官民拒絕念佛，拜佛，拒絕抱佛腳，親吻菩薩絕大屁股，舔他們的屁眼，這一郡官民就會死光光。幸虧有個孫悟空，他對玉帝濫行「大驚失色」，「滿面含羞」，但不敢直言指責玉帝。玉帝拒絕「看老孫人情」，葛仙翁嘲笑請求玉帝下雨的悟空：「俗語云：蒼蠅包網兒──好大面皮！」悟空也忍辱無語，他上下周旋，左右逢源，最後萬民曲膝，求得一場甘霖，救得萬萬千千性命。唐僧讚美他，沙僧稱揚他「法力通天，慈恩蓋地」。他們可知自尊、自傲、悟道、知儒、知理、知仁的大聖悟空，周旋於獨裁專制無道權力之間的心中苦嗎？！

玉皇大帝是《西遊記》中來自仙界的第十一個妖怪，是天仙界第一大妖魔，也是來自天仙、道、佛三界的第三十四個妖魔，當然群妖共舞天地人間、四面八方。對此悟空閉口不言，他必須學會佛祖喜歡的「隱惡揚善」。「隱惡揚善」方可成佛。

## 三十三、天竺國第二案：道教「救苦」天尊害人

第八十八回《禪到玉華施法會　心猿木土授門人》、第八十九回《黃獅精虛設釘鈀宴　金木土計鬧豹頭山》、第九十回《師

獅授受同歸一　盜道纏禪靜九靈》敘述天竺國第二案:玉華縣竹節山九曲盤桓洞九靈元聖案。

行者一行來到天竺國玉華縣。城主就是天竺國宗室玉華王。他的三個王子拜悟空、八戒、沙僧為師,請他們拿出金箍棒、九齒鈀、降妖杖,放在鐵匠鋪內,照樣打造。不想,兵器瑞氣霞光驚動豹頭山虎口洞黃獅大王,他盜取這三般兵器,與行者發生衝突。他戰敗,投靠萬靈竹節山九曲盤桓洞九靈元聖。

這九靈元聖部下眾多,擁有七個獅子、大象、狐狸、狻猊,還能按照八卦地理佈陣於坎宮之地。他有九頭九口,可以張口噙拿唐僧、八戒、國王、三太子回洞,還空著五張口。行者多次鏖戰,騰挪變化,戰鬥中他從土地神口中得知:這九頭獅子是東極妙岩宮太乙救苦天尊坐騎。悟空來到東極妙岩,追責救苦天尊。天尊詢問,方知獅奴喝醉,九頭獅子走了三天——即人間三年。看他的表現:

> 天尊笑道:「是了!是了!天宮裡一日,在凡間就是一年。」

得知自己屁股下坐騎害人吃人,這救苦尊沒有羞惱,自省,反而得意,反而「笑」,心靈麻木如同劊子手。來到竹節山,面見眾神,天尊得意誇耀道:

> 「我那元聖兒也是一個久修得道的真靈,他喊一聲,上通三聖,下徹九泉,等閒也便不傷身。……」

看看,一聲「我那元聖兒」,多親熱!元聖兒「上通三聖」,就是與道教始祖元始天尊、靈寶道君、太上老君交情深後;「下徹九泉」就是與地下眾神交往密切;九頭獅子威力無窮,為害人間,就是「久修得道的真靈」?這就是道教之道?

再看天尊收九頭獅子:

那妖精趕到崖前，早被天尊念聲咒語，喝道：「元聖兒，我來了！」那妖認得主人，不敢展掙，四隻腳伏之於地，只是磕頭。（獅奴兒一把攬住項毛，用拳打獅兄。）……即將錦襴安在他身上，天尊騎了，喝聲叫走。他就縱身駕起彩雲，徑轉妙岩宮去。

一聲「元聖兒，我來了！」喊叫得多親密！九頭獅子妖怪就是他這救苦天尊的兒。其他七個獅子：黃獅、猱猊獅、猱獅、雪獅、搏象獅、伏狸獅、白獅與禽獸們都死了，有權勢背景的首惡救苦天尊的元聖兒依然得寵，「天尊騎了，喝聲叫走。他就縱身駕起彩雲，徑轉妙岩宮去」，這就是「救苦天尊」？！《西遊記》寫了中國一切神，但沒有一個慈悲博愛「救苦」者。

救苦天尊和他的獅子九靈元聖，是來自道教的第十三個妖魔，也是仙、佛、道三界的第三十六個妖怪。

## 三十四、天竺國第三案：犀牛怪與天宮妖怪的戰爭

第九十一回《金平府元夜觀燈　玄英洞唐僧供狀》、第九十二回《三僧大戰青龍山　四星挾捉犀牛怪》犀牛香油案。三頭犀牛小偷，假冒佛爺，詐取香油，因為沒有權勢背景，三犀牛結局悲慘。這是天竺國第三案。

唐僧四眾離開玉華城，文中承前啟後，反諷說「一路平穩，誠所謂極樂之鄉」，接著就有天竺國外郡金平府旻天縣犀牛案。他們進城來到慈雲寺，一個和尚得知他們是從中華唐朝來的，「那和尚倒身下拜，慌得唐僧攙起道：『院主何為行此大禮？』那和尚合掌道：『我這裡向善的人看經念佛，都指望修到你中華地托生。』」

此言可是揭露如來靈山惡魔橫行，人們嚮往當時唐太宗治下的中華。天竺國可在靈山附近，距如來咫尺之遙，卻妖精多多。

所謂極樂之鄉不極樂,是極苦之鄉!故而,人們都嚮往中華唐太宗治下的唐朝。唐太宗李世民貞觀之治,遵循孟子「制民之產」的觀念,施行均田制,國家、百姓空前絕後的富庶,人民「衣食足而知禮儀」,城鄉「路不拾遺,夜不閉戶」。可見,這世界沒有神。所謂的神有兩個來源:

自我吹噓。皇帝說自己是天子,或者說自己是某某星宿下凡。《水滸傳》就吹噓說宋太祖趙匡胤是上界霹靂大仙下降,仁宗皇帝是上界赤腳大仙下凡,歷代專制帝王均如此,更有吹噓自己是太陽者。

騙子製造。中國以泛自然為神,以自然萬象為神意符號。《西遊記》這些神都是巫師、和尚、道士、民間術士製造,用來騙錢。

天竺國和尚對唐朝的嚮往,再次證實第八回《我佛造經傳極樂　觀音奉旨上長安》如來撒謊騙人。鎮壓悟空後,他在天宮享盡阿諛奉承,吃了龍肝鳳膽,回到靈山,決意要將佛教擴張到中國所在的南贍部州,他評論佛教所謂四大部洲,自吹靈山所在西牛賀洲,誣衊唐朝所在的南贍部洲:

> 如來講罷,對眾言曰:「……我西牛賀洲者,不貪不殺,養氣潛靈,雖無上真,人人固壽;但那南贍部洲者,貪淫樂禍,多殺多爭,正所謂口舌凶場,是非惡海。我今有三藏真經,可以勸人為善。」諸菩薩聞言,合掌皈依,向佛前問曰:「如來有那三藏真經?」如來曰:「我有《法》一藏,談天;《論》一藏,說地;經一藏,度鬼。三藏共計三十五部,該一萬五千一百四十四卷,乃是修真之經,正善之門。我待要送上東土,叵耐那方眾生愚蠢,譭謗真言,不識我法門之旨要,怠慢了瑜迦之正宗。怎麼得一個有法力的,去東土尋一個善信,教他苦歷千山,遠經萬水,到我處求取真經,永傳東土,勸化眾生,卻乃是個山大的福

緣，海深的善慶。誰肯去走一遭來？」

如來說：「我西牛賀洲者，不貪不殺，養氣潛靈，雖無上真，人人固壽。」但唐僧西行，妖魔越來越多。僅僅在靈山所在天竺國，第一大妖魔玉帝在天竺國鳳仙郡就弄死了五十萬人，在玉華縣有救苦天尊的「九靈元聖」九頭獅子怪。其後的妖怪，全是靈山下的。謊言連篇，卻恬不知恥，還將謊言自吹為真經，企圖矇騙天下。此如來可是全世界第一騙子！專制帝王就如此，一定為他的專制獨裁制造各種理論，自封為真理。

我們繼續說天竺國第三案金平府旻天縣犀牛案。這一案爭戰雙方都是邪惡，欺騙老百姓。

三藏等住宿慈雲寺，第二天就是元宵節，他們與眾僧進城看花燈。來到金燈橋，他們觀賞三盞金燈：細金絲編，玲瓏剔透，其光映月，其油噴香。問眾僧方知金平府旻天縣共有二百四十家燈油大戶，每年要用二百多兩銀子製作酥合香油供佛。三盞燈，每缸用五百斤，三缸一千五百斤，價值銀子四萬八千兩。觀燈時，佛爺臨凡，缸裡的油就沒了，燈就昏了，人們都說佛祖收了油和燈，自然五穀豐登。若一年不造油點燈，就會荒旱，所以全城人家都貢奉香油。

正說中，半空裡風響，看燈人嚇唬四散。和尚說：「老師父，回去吧。風來了，是佛爺將降到此看燈也。」三藏「思佛念佛拜佛人」，見到三位佛身近燈，他跑上橋頂，倒身下拜。行者知是妖邪，未及阻止，只見燈光昏暗，三佛收盛香油，抓唐僧，駕風而去。

大聖隨風追趕，來到青龍山玄英洞，見到辟寒大王、辟暑大王、辟塵大王。此時他們正吩咐手下清洗唐僧，準備細切細銼，用酥油煎炒唐僧肉。雙方交戰，唐僧兩次被救出，又被擒，八戒、沙僧也被擒拿。悟空上天宮求援，從太白金星口中得知這是三隻

犀牛精,要四木禽星即角木蛟、斗木獬、奎木狼、井木犴方可收服。這奎木狼可是在第三十回在寶象國碗子山波月洞吃人,搶走國王三公主百花羞為押寨夫人的黃袍怪。被孫行者打敗後,他撒謊說:他與國王三公主是前世姻緣。玉帝對他吃人害人的懲罰是為太上老君燒火,這一回他已經官復原職啦!悟空帶著這四位妖怪星宿大戰三個犀牛怪。看看井木犴吃犀牛辟寒兒,完全就是荒野狂獸:

> 只見井木犴現原身,按住辟寒兒,大口小口的啃著吃哩。摩昂高叫道:「井宿,井宿!莫咬死他,孫大聖要活的,不要死的哩。」連喊數喊,已是被他把頸項咬斷了。……行者見一個斷了頭,血淋津的倒在地下,一個被井木犴拖著耳朵,推跪在地,近前仔細看了道:「這頭不是兵刀傷的啊。」摩昂笑道:「不是我喊得緊,連身子都著井星官吃了。」

「犴」就是黑嘴黑鼻的野狗,被玉帝封為星神。玉帝為首的天仙界、如來為首的佛教界、太上老君為首的道教界,只不過是成體系有組織的妖怪,相當於《水滸傳》中暴昏奸君、奸臣、貪官污吏、奴才走狗惡霸;地上的虎、獅、狼、狐、蜘蛛、熊等妖怪,相當於《水滸傳》中的黑道霸主、匪道強賊。二者相互依存,有昏君暴君貪官污吏,自然有錢權交易而成的黑道匪道江湖;有上天成體系的濫行妖怪,冠冕堂皇地危害人間,必然有地下黑道匪道各種妖怪為害人間。

這是一場邪惡之間的戰爭,猶如梁山土匪與奸臣貪官童貫、高俅、蔡京之中間的戰爭。佛教騙人,貪天運之功為已有,詐取無量香油,無數貢品,卻信眾無數,且無人敢問責;這三頭犀牛,假冒大騙子佛名,借天運之功,換取香油,就有罪,被打殺,剖

牛皮製造鎧甲，仙佛官員吃它們的肉。文中說：八戒砍殺犀牛辟
塵兒、辟暑兒，取下四隻角。悟空要四個星官將這四隻犀牛角進
貢玉帝。避寒兒的牛角，他留一支在金平府鎮庫，帶一隻獻給靈
山佛祖。於是野地妖精與官方妖精的大戰結束。

　　三位犀牛是來自人間自然界的第七個妖怪，而四木禽星——
角木蛟、斗木獬[42]、奎木狼、井木犴則是來自天仙界的第十五個
妖怪，也是來自天仙、佛、道的第四十個妖魔。

## 三十五、天竺國第四案：太陰星君寵物玉兔害人

　　第九十三回《給孤園問古談因　天竺國朝王遇偶》、第九十
四回《四僧宴喜御花園　一怪空懷情欲喜》、第九十五回《假合
真形擒玉兔　真陰歸正會靈元》敘述天竺國第四案：月宮玉兔
案。月宮玉兔成了妖怪，令人吃驚。此案受害者是天竺國國王與
公主。承恩在此案中先借說禪、藏主題，然後破題：無解即是解，
無證即是證。

　　唐僧四眾，餐風宿水，一路平寧，行有半個多月。忽見座高
山，唐僧又生悚懼，行者笑道：「這邊路上將近佛地，斷乎無甚
妖邪，師父放懷勿慮。」佛地該無妖怪了吧？此為伏筆玄虛。唐
僧又歎路途遙遠。行者責怪師父「又把烏巢禪師《心經》忘記了」。
二人談禪：

> 三藏道：「《般若心經》是我隨身衣缽。自那烏巢禪師教後，
> 那一日不念，那一時得忘？顛倒也念得來，怎會忘得！」
> 行者道：「師父只是念得，不曾求那師父解得。」三藏說：
> 「猴頭！怎又說我不曾解得！你解得麼？」行者道：「我

---

[42] 獬豸（xièzhì）：古代傳說中的一種異獸，能辨曲直，見人爭鬥就用角去
頂壞人，但文中不見此行為。中國可是醬缸糞坑文化，人、動物在自然
還純潔，進入仙佛道體系就醬缸糞坑化啦。

解得,我解得。」自此,三藏、行者再不作聲。旁邊笑倒一個八戒,喜壞一個沙僧,說道:「嘴臉!和我一般的做妖精出身,又不是哪裡禪和子,聽過講經,哪裡應佛僧,也曾見過說法?弄虛頭,找架子,說什麼曉得,解得!怎麼就不作聲?聽講!請解!」沙僧說:「二哥,你也信他。大哥扯長話,哄師父走路。他曉得弄棒罷了,他哪裡曉得講經!」三藏道:「悟能悟淨,休要亂說,悟空解的是無言語文字,乃是真解。」

悟空此言模仿,諷刺佛教之「能默」。佛教不能解世間千萬苦難,不能證世間萬千真假,為掩飾自己的無能,為掩飾佛理無理無證,強說:「無解即是解,無證即是證。」一路西行所遇一系列仙佛道三界吃人害人案,這天竺國風仙郡玉帝為怪案、玉華縣竹節山救苦天尊九靈元聖案的確弄得悟空啞口無言,閉口無言,真是:無解即是解,無證即是證。

談禪之間,他們來到一寺廟,山門大書「布金禪寺」,懸匾留題「上古遺跡」。三藏知道這天竺國布金禪寺的典故:這園本是舍衛城太子所有,孤獨長者要買了,建廟請佛講經。太子說:「我這園不賣。若要我賣,除非黃金鋪地。」孤獨長者以金磚鋪滿園地,賣得太子園地,才請得世尊檀那須達多說法。世尊講經,得黃金鋪地,諷刺!一行四眾進入山門,眼見更令人吃驚。

此地有妖精。據和尚們說,此佛祖世尊說法之地百腳山有蜈蚣成精,來往客商得等天亮雞鳴,方敢通過。接著發生的事更是諷刺。三藏來到孤獨長老遺址,賦詩一首,奉承佛祖世尊:「憶昔檀那須達多,曾將金寶濟貧痾,祇園千古留名在,長者何方伴覺羅?」頌歌唱完,卻傳來啼哭聲。老僧要眾僧回去煎茶,對三藏解釋說:

老僧道：「舊年今日，弟子正明性月之時，忽聞一陣風響，就有悲怨之聲。弟子下榻，到十足祇園基上看處，乃是一個美貌端正之女。我問她：『你是誰家女子，為甚到於此地？』那女子道：『我是天竺國國王的公主。因為月下觀花，被風刮來的。』我將她鎖在一間敝空房裡，將那房砌作個監房模樣，門上止留一小孔，僅遞得碗過。當日與眾僧傳道，是個妖邪，被我捆了，但我僧家乃慈悲之人，不肯傷她性命。每日與她兩頓粗茶粗飯，吃著度命。那女子也聰明，即解吾意，恐為眾僧玷污，就裝瘋作怪，屎裡眠，屎裡臥。白日家說胡話，呆呆鄧鄧的；到夜靜處，卻思量父母啼哭。我幾番家進城乞化打探公主之事，全然無損。故此堅收緊鎖，更不放出。今幸老師來國，萬望到了國中，廣施法力，辨明辨明，一則救拔良善，二則昭顯神通也。」三藏與行者聽罷，切切在心。

此可見，佛地無靈，怪事連連，且佛地佛廟裡的和尚們也要玷污女子，該女只得屎尿堆裡藏身。

三藏與行者記在心裡，來到天竺國。正逢國王公主在十字街頭高結彩樓，拋打繡球撞天婚，招駙馬。一拋，恰好打在三藏頭上，於是三藏成了駙馬爺。文中說：

天竺國王，因愛山水花卉，前年帶后妃、公主在御花園月夜賞玩，惹動一個妖邪，把真公主攝去，她卻變做一個假公主。知得唐僧今年今月今日今時到此，她假借國家之富，搭起彩樓，欲招唐僧為偶，採取元陽真氣，以成太乙上仙。（被道教房事養生術矇騙，以為處男元陽可以長生。）

三藏一如既往，面見美女，堅守自宮，悟空再次讚賞稱他「好和尚！」。悟空隨師父進朝，見那公主頭頂上微露一點妖氛，但

不兇惡。知道公主是個假的，於是就有大戰，一直打到毛穎山，從三個野兔洞裡打出假公主。這時候，假公主的後臺老闆太陰星君與嫦娥仙子[43]來了，要悟空棍下留情。原來假公主是廣寒宮搗霜藥的玉兔，她私自解開金關玉鎖，下凡一年。太陰算她有傷命之災，特來救她，望大聖看她面上饒她一命：

> 悟空諾諾連聲：「她攝藏了天竺國王之公主，卻又假合真形，欲破我聖僧師父之元陽。其情其罪，其實何甘！怎麼便可輕恕饒她？」太陰道：「你亦不知。那國王之公主，也不是凡人，原是蟾宮中之素娥。十八年前，她曾把玉兔兒打了一掌，卻就思凡下界。一靈之光，遂投胎於國王正宮皇后之腹，當時得以降生。這玉兔兒懷那一掌之仇，故於舊年走出廣寒，拋素娥於荒野。但只是不該欲配唐僧，此罪真不可逭。幸汝留心，識破真假，卻也未曾傷損你師。萬望看我面上，恕她之罪，我收她去也。」行者笑道：「既有這些因果，老孫也不敢抗違。但只是你收了玉兔兒，恐那國王不信，敢煩太陰君同眾仙妹將玉兔兒拿到那廂，對國王明證明證。一則顯老孫之手段，二來說那素娥下降之因由，然後著那國王取素娥公主之身，以見顯報之意也。」

與前此第八十一回陷空山無底洞姹女案起因一樣，玉兔想得到三藏真陽，成太乙上仙，這是道教騙人的所謂房事養生術。太陰君知道，她沒有干涉，一旦算她有性命之憂，立即前來為她說情，保護她。

---

[43] 嫦娥，本作姮娥，西漢時為避漢文帝劉恒的諱而改稱嫦娥，又作常娥，是中國神話人物、后羿之妻。神話中因偷食后羿自西王母處所盜得的不死藥而奔月。在道教中，嫦娥為月神，又稱太陰星君，太陰元君，或稱月宮太陰皇君孝道明王。《西遊記》將害人的太陰星君與嫦娥分開。

太陰星君撒謊。她說公主是蟾宮素娥，曾經打了玉兔一掌，先思凡下界，投胎成了公主。玉兔懷那一掌之仇，走出廣寒，拋素娥於荒野。此為赤裸裸謊言，理由有三：

其一、月宮裡一隻玉兔如此報復月宮素娥，你太陰星君袒護玉兔而不可憐你的素娥？！懲處玉兔？

其二、如果公主真是月宮素娥思凡下界，這可違反天規，太陰星君應該將她捉拿回宮，處罰。但她既無責備，也沒有行動。由此可見所謂「一掌」是太陰杜撰，專用來堵悟空的嘴，蒙國王的口，搪塞責任，維護自己寵物玉兔。

其三、前天蓬元帥被貶下凡，投胎成豬，他記得自己在天宮任何事。素娥下凡，投胎成公主，她也應該記得月宮，包括玉兔諸事。文中沒有直接描述受難公主對太陰星君所謂「一掌」因果的反應，但國王的反應體現他不相信。國王聽悟空轉達了太陰這番話，他沒有感歎什麼「一飲一啄，莫非前定」之類：

> 國王聞說，心意慚惶，止不住腮邊流淚道：「孩兒！我自幼登基，雖城門也不曾出去，卻叫我哪裡去尋你也！」

聽唐僧詳細說了他的耳聞目睹，得知自己失蹤一年的女兒在布金寺屎尿堆裡裝瘋，以免遭受和尚們的玷污：「國王見說此詳細，放聲大哭。早驚動三宮六院，都來問及前因。無一人不痛哭者。」可見，國王和嬪妃根本就不相信太陰星君這話，知道這是謊言。他也知道，如果女兒真是月宮素娥思凡下界，這可違反天規，太陰應該將她捉拿回宮，處罰，但太陰星君既沒有責備，也沒有行動。由此可見所謂「一掌」是太陰杜撰，專用來堵悟空的嘴、國王的口，搪塞責任，維護寵物玉兔。當即國王與皇后出宮，出城，趕赴布金寺：

> 國王與皇后見了公主，認得形容，不顧污穢，近前一把摟

住道:「我的受苦的兒啊!你怎麼這等折磨,在此受罪。」

真是父母子女相逢,比他人不同。三人抱頭大哭。

作為一個女人,太陰星君同情並放縱自己下屬玉兔的色欲追求,這可見其人性的一面,但目睹天竺國公主如此遭遇,她卻以威權維護自己寵物玉兔,的確是罪惡。對太陰星君「一掌」之說,文中說「悟空笑道:『既有這些因果,老孫也不敢抗違。』」悟空這笑可是無可奈何的笑,一路西行,這類神權決定的因果他見得可多啦。

面對罪惡,不敢追究,當然閉口不言;面對罪惡,沒有答案,當然閉口無言。人間罪惡萬般,無解就是解,無證就是證,求解求證反遭殃,故而佛教經典《多心經》教導人們解脫苦難的思想方法:「是故空中無色,無受想行識,無眼耳鼻舌身意,無聲色香味觸法,無眼界,乃至無意識界。」對人間惡行,全無任何生命感覺,就是皈依悟道,涅槃成佛。道教《南華經》「巧者勞而智者憂,無能者無所求,飽食而遨遊,泛若不系之舟」說得就是當一個傻瓜,面對罪惡,啥也別想,啥也別求,就是「道」。故而四眾上靈山,魔頭如來先恩賜「無字真經」,即面對人間醜惡,視有為無,閉口不言,無解就是解。

玉兔受道教房事養生術蒙蔽而下凡採唐僧這處男的元陽,是來自天仙界的第十六個妖怪,即來自天仙、佛、道三界的第四十一個妖怪。她的後臺老闆是太陰星君。

## 三十六、天竺國第五案:寇員外遇害,再證如來撒謊

第九十六回《寇員外喜待高僧　唐長老不貪富貴》、第九十七回《金酬外護遭毒魔　聖顯幽魂救本原》天竺國第五案:寇員外案。

寇員外名寇洪,字大寬,是天竺國銅台府地靈縣富翁,大門

前有個「萬僧不阻」的宣示招牌。聽得街市路人介紹，唐僧一行四眾前去化齋。見到四個和尚，寇員外面生喜色，笑吟吟說自己六十四歲，四十歲的時候許諾齋一萬個和尚，已經齋了九千九百九十六位，今見他們四個和尚，剛好完足一萬之數，故而高興。師徒四人大快朵頤一頓，唐僧便要出門西行，寇員外攔住他們，要他們留下繼續吃，到六七天后做完圓滿道場，方可放行。圓滿道場結束，寇員外老伴、兒子寇棟、寇梁也要齋僧，以討好佛和菩薩。唐僧執意要走，悟空、八戒、沙僧不敢違逆。寇員外不敢苦留，置筵席餞行，接著彩旗鼓樂中，和尚們奏一套佛曲，道士們吹一曲玄音，送出四人出府城。來到十里長亭，寇員外噙淚告別：「老師取經回來，是必到舍再住幾日，以了我寇洪之心。」唐僧也為其佛心感動，說：「我若到靈山，得見佛祖，首表員外之大德。回時定踵門叩謝，叩謝！」員外相送二三里，大哭而回。

　　然而，接著發生的寇員外被殺案件表明菩薩不靈，行善齋僧並沒有善報，如來在第八回所言「我西牛賀洲者，不貪不殺，養氣潛靈，雖無上真，人人固壽」完全是謊言。天竺國銅台府地靈縣城內有一凶徒，因嫖娼、飲酒、賭博，花費了家私，夥了十幾個人作強賊。他們目睹寇員外歡送唐朝和尚的宏大排場，心生歹念，闖進寇家，打劫金銀寶貝、首飾、衣裳、器皿。寇員外割捨不得，連連哀告，被他們撩陰踢死。

　　帶著贓物，強賊們連夜翻城牆，出奔西方，巧遇唐僧四眾，他們又攔路打劫。悟空獨自上前，使個定身法定住這夥強盜，審問方知他們打劫寇家金銀服飾。唐僧吃驚：「悟空，寇老員外十分好善，如何招此災厄？」他們將這些金銀服飾送回寇家。沒想到，這一回去，他們成了打劫強賊。

　　文中說寇家被劫，員外被踢死。老伴怨恨唐僧不受她的齋供，執意要走，因轟動全城的送行招來強賊。她上府衙狀告唐朝

和尚搶劫殺人：「唐僧點火，八戒持刀，沙和尚搬金銀，孫行者打死寇員外。」看了狀紙，聽了申訴，銅台府刺史立即點馬步快手追趕，抓住正返回寇家的唐僧四眾。

刺史以寇家狀紙，以金銀贓物為證，嚴刑拷打。悟空自認罪魁，挨打受刑，刺史將他們收監。與《水滸傳》一樣，菩薩靈山腳下天竺國銅台府牢房禁子們也來敲詐「常例錢」，不然就是死。悟空請得師父同意，將錦襴袈裟相送。為了這袈裟的分配，牢房禁子爭吵，驚動本司獄官。獄官來了，禁子們要獄官決定該怎麼分配這袈裟。這獄官看了袈裟，又看了蓋有一路西來途徑各國的官印的關文，推定和尚不是賊，待明日再審。

當天晚上，悟空變成一隻蜢蟲飛出監獄，聽得街道西端作豆腐的老頭、老媽擺談寇大官一生行善的結局，說：「可憐！今年才六十四歲，正好享用，何期這等向善，不得好報，死於非命？可歎！可歎！」

此言無佛，悟空也方知寇員外遭劫橫死。他飛入寇家，進入寇員外靈柩中說話，使寇家老小以為寇老陰魂從陰間回來，唬得一家大小驚慌下跪，唬得寇老伴對陰魂說出那天晚上的實情，唬得兩個兒子答應父親陰魂，明天去府衙投遞解狀，收回狀紙。接著悟空飛進刺史家，假冒刺史大伯的陰魂，說明真相，恐嚇刺史。出刺史家，東方發白，悟空來到地靈縣衙門，半空顯出大法身，從空中伸下一隻腳，踏滿縣堂衙門，假稱玉帝浪蕩遊神，再次道明真相，恐嚇一番。這一下：原告寇家、主審刺史、刑事知縣都以為冤枉了和尚，將他們放出。他們一起來到寇家。文中說：

> 只見他孝堂之中，一家兒都在孝幔裡啼哭，行者叫道：「那打誑語栽害平人的媽媽子，且莫哭！等老孫叫你老公來，看他說是哪個打死的，羞他一羞！」眾官員只道孫行者說的是笑話。行者道：「列位大人，略陪我師父坐坐。八戒、

沙僧好生保護，等我去了就來。」好大聖，跳出門，望空就起，只見那遍地彩霞籠住宅，一天瑞氣護元神。眾等方才認得是個騰雲駕霧之仙，起死回生之聖，這裡一一焚香禮拜。

大聖一路筋斗雲，直至幽冥地界，徑入森羅殿。寇洪見到行者，苦聲連連叫：「老師救我！」行者將寇洪靈魂，帶回寇家，開棺材，推付本身。寇員外死而復生。

寇員外一案，說的就是菩薩不靈，靈山無道，強賊滋生，好人齋僧無好報。如來在第八回說「我西牛賀洲者，不貪不殺，養氣潛靈，雖無上真，人人固壽」完全是謊言。如果不是孫悟空進地府，取回寇老翁靈魂，寇老翁就是陰間冤魂。這冤魂一定會對所有齋僧者說：「別信佛！齋僧無用！我齋僧二十四年，齋滿一萬個僧，僅僅六十四歲被強盜打死，家財被劫，別信佛……」死而復生的寇員外，在銅台府大街小巷一定會逢人便勸誡：「別信佛，信孫悟空！別齋僧，齋孫悟空這樣的俠客！」

## 三十七、靈山如來終結案：靈山非佛地；假面菩薩，真相頂級貪官；悟空等終成奴才

第九十八回《猿熟馬馴方脫殼　功成行滿見真如》、第九十九回《九九數完魔滅盡　三三行滿道歸根》、第一百回《徑回東土　五聖成真》為《西遊記》主題如來終結案：此靈山有靈嗎？此如來是如來嗎？「如來」之意，是乘如實之道而來成正覺。「如」在佛經中稱真如，就是絕對真理。「如來」這一稱謂，指佛是掌握著絕對真理來到世上說法以普渡眾生的聖者。是嗎？觀四眾一路西行所遇，我們知此為天下第一謊言，佛教是天下第一詐騙集團

告別寇員外，一行四眾西行。文中說：「果然西方佛地，與

他處不同，見了些琪花、瑤草、古柏、蒼松。所過地方，家家向善，戶戶齋僧。」我們從天竺國鳳仙郡官民的遭遇，知道所謂「向善」，「齋僧」等等是受玉帝、佛教威權壓迫，謊言欺騙所致。四人所遇第一個靈山菩薩，是靈山腳下真觀金頂大仙。金頂大仙看茶擺齋，叫小童燒香湯，要他們沐浴，換衣服，唐僧穿上錦襴袈裟，登臨佛地。可見，為見菩薩，奴兒的身體、衣著都得香噴噴，乾乾淨淨，此色不是空。

　　登上靈山，來到凌雲渡，遠看橫空如玉棟，近觀斷水一枯槎，是一獨木橋。三藏、八戒、沙僧不敢過，悟空說：「必須從此橋上走過方可成佛。」正拉扯之間，接引祖佛駕一條無底船來了，賦詩說：「……六塵不染能歸一，萬劫安然自在行。無底船兒難過海，今來古往渡群生。」

　　這無底船兒，能渡群生？三藏「還自驚疑，行者叉著胳膊往上一推。那師父踏不住腳，轂轆地跌在水裡，早被撐船人一把扯起，站在船上。」只見，上流水漂下一具死屍，行者、八戒、沙僧、接引佛祖都說是唐僧，都祝賀他棄絕人身，成佛。文中有詩說：

> 脫卻胎胞骨肉身，相親相愛是元神。
> 今朝行滿方成佛，洗淨當年六六塵。

　　這就是說要將自己生命、身體、思想、欲望、感覺等等一切都拋棄，沒有自我，拋棄自身，就成佛。三藏謝三個徒弟，悟空說：「兩不相謝，彼此皆扶持也。我等虧師父解脫，借門路修功，幸成了正果。師父也乃我等保護，秉教伽持，喜脫了凡胎。……」

　　長老手舞腳蹈，隨行者來到雷音寺，進大雄寶殿，拜見如來。如來看了通關文牒，再次信口雌黃：

> 如來方開憐憫之口，大發慈悲之心，對三藏言曰：「你那

東土乃南贍部洲，只因天高地厚，物廣人稠，多貪多殺，多淫多誑，多欺多詐；不遵佛教，不向善緣，不敬三光，不重五穀；不忠不孝，不義不仁，瞞心昧己，大斗小秤，害命殺牲。造下無邊之孽，罪盈惡滿，致有地獄之災，所以永墮幽冥，受那許多碓搗磨舂之苦，變化畜類。有那許多披毛頂角之形，將身還債，將肉飼人。其永墮阿鼻，不得超升者，皆此之故也。雖有孔氏在彼立下仁義禮智之教，帝王相繼，治有徒流絞斬之刑，其如愚昧不明，放縱無忌之輩何耶！我今有經三藏，可以超脫苦惱，解釋災愆。」

如來信口雌黃。唐太宗仁德天下，禮儀廉恥四維皆張，君仁臣忠，父慈子孝。貞觀之治，家國富足，路不拾遺，夜不閉戶，完全就是柏拉圖理想國，耶穌伊甸園，陶潛的桃花源，世界各國均嚮往，前往學習。日本、朝鮮的文明化進程就源於唐太宗。如來完全是胡說八道，他貶損唐朝中國，就因為當時中國「不遵佛教」！

如來說儒家仁義禮智君子之教，法家徒流絞斬之刑，無法治理「愚昧不明，放縱無忌」之輩，但漢代文景之治就源自老子「無為而治」，唐太宗貞觀之治就因孔孟思想「制民之產」，兼尊法家以刑法維護而成。

如來說佛教三藏經卷能「超脫苦惱，解釋災愆」，但三藏西行，一出唐朝境界，妖怪愈來愈多，幾乎均來自仙、道、佛三界。僅僅在靈山佛地彈丸小國天竺國為怪害民的就有：玉帝在鳳仙郡降旱災作怪、救苦天尊和他的寵物九頭獅子團夥在玉華縣作怪、太陰星君與他的寵物玉兔在天竺國都做怪、金平府青龍山三頭犀牛團夥做怪、地靈縣強賊成夥做怪。

對此，三藏、悟空、八戒、沙僧閉口無言，此為佛教「能默、

能忍」。接著，他們到樓下：

> 看不盡那奇珍異寶，擺列無窮。只見那設供的諸神鋪排齋宴，並皆是仙品、仙肴、仙茶、仙果、珍饈百味，與凡世不同。師徒們頂禮了佛恩，隨心享用。其實是：
> 寶焰金光映目明，異香奇品更微精。
> 千層金閣無窮麗，一派仙音入耳清。
> 素味仙花人罕見，香茶異食得長生。
> 向來受盡千般苦，今日榮華喜道成。

此為《多心經》所言「無眼耳鼻色聲意，無色聲香味觸法」？是佛道？再看看取經時如來手下的尊者貪婪表演：

> 阿儺、伽葉引唐僧看遍經名，對唐僧道：「聖僧東土到此，有些什麼人事送我們？拿出來，好傳經與你去。」三藏聞言道：「弟子玄奘，來路迢遙，不曾備得。」二尊者道：「好，好，好！白手傳經繼世，後人當餓死矣！」行者見他講口扭捏，不肯傳經，忍不住叫噪道：「師父，我們去告如來，教他自家來把經與老孫也。」阿儺道：「莫嚷！此是什麼去處，你還撒野放刁！到這邊來接著經。」八戒沙僧耐住了性子，勸住了行者，轉身來接。一卷卷收在包裹，馱在馬上，又捆了兩擔，八戒與沙僧挑著，卻來寶座前叩頭，謝了如來，一直出門。逢一位佛祖，拜兩拜；見一尊菩薩，拜兩拜。又到大門，拜了比丘僧、尼，優婆夷、塞，一一相辭，下山奔路不題。

三藏這時候還不知道，因為沒有行賄，得到的是無字紙本。寶閣上燃燈古佛，暗暗的聽著那傳經之事，心中甚明，自己笑：「東土眾僧愚迷，不識無字之經，卻不枉費了聖僧這場跋涉？」也即他怪怨阿儺、伽葉因索取大筆金銀不成而用白紙為經騙人，

阻礙佛教前往東土傳教騙人，故而他要白雄尊者趕上唐僧，把那無字之經奪了，要三藏再來求取有字經。

　　四人正行間，半空中伸下一隻手來，將馬背馱的經卷，輕輕搶去，然後打碎，拋落。唬得三藏捶胸叫喚：「徒弟呀！這個極樂世界，也有凶魔欺害哩！」悟空騰空去趕，八戒滾地來追，突見經包落下，他們打一看：卷卷俱是白紙。長老短歎長嘆：自己無福，回去不敢見唐王。行者知道原委：「師父，不消說了，這就是阿儺、伽葉那廝，問我要人事沒有，故將此白紙本子與我們來了。快回去告在如來之前，問他揣財作弊之罪。」四眾急急回山，轉上雷音，直至大雄殿前。看看如來對貪婪的解釋：

> 行者嚷道：「如來！我師徒們受了萬蟄千魔，千辛萬苦，自東土拜到此處，蒙如來吩咐傳經，被阿儺、伽葉揣財不遂，通同作弊，故意將無字的白紙本兒教我們拿去，我們拿他去何用！望如來敕治！」（悟空竟敢質問佛祖，心中那真性自我思想意志六耳獼猴沒有減絕。）佛祖笑道：「你且休嚷，他兩個問你要人事之情，我已知矣。但只是經不可輕傳，亦不可以空取，向時眾比丘聖僧下山，曾將此經在舍衛國趙長者家與他誦了一遍，保他家生者安全，亡者超脫，只討得他三斗三升米粒黃金回來，我還說他們忒賣賤了，教後代兒孫沒錢使用。你如今空手來取，是以傳了白本。白本者，乃無字真經，倒也是好的。因你那東土眾生，愚迷不悟，不可以此傳之耳。」即叫：「阿儺、伽葉，快將有字的真經，每部中各檢幾卷與他，來此報數。」

　　比丘僧念經，要價可空前絕後！僅僅念一遍保生者安全，亡者超脫經文，就收了三斗三升米粒黃金，價值如當今億萬美元，如來還說賣賤了！沒有錢就以白紙騙人，事情敗露還厚顏無恥地

說此為「無字真經」,只不過東土眾生愚昧,不可傳,故而改傳有字真經,擴張這騙人佛教到東土。三藏心底認可這佛,因為他就想成這樣的佛,行賄也成。佛祖賣佛官,唐僧要買佛官。

二尊者領四人到珍樓寶閣,他們仍問唐僧要賄賂。三藏命沙僧取出紫金缽盂,雙手恭奉,「那阿儺接了,但微微而笑。」伽葉這才進閣檢經,一一查與三藏,三藏要仔細檢查,說:「徒弟們,你們都好生看看,莫似前番。」他三人接一卷,看一卷,都是有字的。傳了五千零四十八卷,乃一藏之數,又來到如來之前,聽如來自我吹噓:

> 檢查了經卷數目,如來對唐僧言曰:「此經功德,不可稱量,雖為我門之高抬貴手,實乃三教之源流。若到你那南贍部洲,示與一切眾生,不可輕慢,非沐浴齋戒,不可開卷,寶之重之!蓋此內有成仙了道之奧妙,有發明萬化之奇方也。」三藏叩頭謝恩,信受奉行,依然對佛祖遍禮三匝,承謹歸誠,領經而去。去到三山門,一一又謝了眾聖。

如來吹噓佛經是「三教之源流」,完全胡言亂語。道教源自老莊,但悖逆老莊,儒教源自孔孟。接著,如來親自授意作怪。也許覺得所收的賄賂少,他藉口三藏一路災難不滿「佛門中九九歸真八十一難」之數,命令接揭諦,唆使通天河白黿在馱他們過河時,把他們連馬帶經沉入水中,然後又狂風,雷閃,飛沙走石一番。

第一百回《徑回東土 五聖成真》三藏帶著這經卷回東土大唐行騙。見到唐太宗,三藏也說了尊者索要賄賂一事。當晚飲宴一番,第二天三藏演頌經卷。這時候,八大金剛來了,呼喚他們。行者、三藏、沙僧、八戒、白馬平地而起,騰空而去,唐太宗與官員們望空,頂禮下拜。

　　四眾一路西行，不知道這經既不能滅妖魔，抑或是治國為民造福？他們知道，但他們就要借此騙人，讓自己得到如來寵愛，同當騙子，享用富貴。果然，這一次來到靈山，如來封賞四眾和白馬：

> 如來道：「聖僧，汝前世原是我之二徒，名喚金蟬子。因為汝不聽說法，輕慢我之大教，故貶汝之真靈，轉生東土。今喜皈依，秉我迦持，又乘吾教，取去真經，甚有功果，加升大職正果，汝為旃檀功德佛。孫悟空，汝因大鬧天宮，吾以甚深法力，壓在五行山下，幸天災滿足，歸於釋教，且喜汝隱惡揚善，在途中煉魔降怪有功，全終全始，加升大職正果，汝為鬥戰勝佛。豬悟能，汝本天河水神，天蓬元帥，為汝蟠桃會上酗酒戲了仙娥，貶汝下界投胎，身如畜類，幸汝記愛人身，在福陵山雲棧洞造孽，喜歸大教，入吾沙門，保聖僧在路，卻又有頑心，色情未泯，因汝挑擔有功，加升汝職正果，做淨壇使者。……沙悟淨，汝本是捲簾大將，先因蟠桃會上打碎玻璃盞，貶汝下界，汝落於流沙河，傷生吃人造孽，幸皈吾教，誠敬迦持、保護聖僧，登山牽馬有功，加升大職正果，為金身羅漢。」又叫那白馬：「汝本是西洋大海廣晉龍王之子，因汝違逆父命，犯了不孝之罪，幸得皈身皈法，皈我沙門，每日家虧你馱負聖僧來西，又虧你馱負聖經去東，亦有功者，加升汝職正果，為八部天龍馬。」

　　前此已經評論，因為「不聽說法，輕慢我之大教」，金蟬子被貶入凡間，身在母腹，使得父親被殺沉江，母親被強賊霸佔，自己出生就漂流江中，最後母親無顏見父親，投江自殺。金蟬子因此皈依佛教，西行取得佛經，擴張佛教到東土騙人，被封為旃

檀功德佛。悟空因為有自我思想意志之真性,被鎮壓五行山下,被迫皈依佛教,保護百無一能的金蟬子上西天,人格變異,扼殺自我自由思想意志真性悟空,對仙佛道濫行閉口不言,「隱惡而揚善」,討得如來「喜」,被封為鬥戰勝佛。前天蓬元帥飲酒後追求嫦娥被貶成豬妖,禍害人間,「喜歸大教,入吾沙門,保聖僧在路」,成為淨壇使者。捲簾大將,只因打破了一個玻璃盞,被暴打八百錘,貶下流沙河吃人成沙河怪,且要遭受每七日一次利劍穿心百餘回的暴刑,為免罪,他皈依佛教,保金蟬子上西天,被封為金身羅漢。小白龍因燒了殿上明珠,被父親告不孝罪待斬,為求生成了金蟬子屁股下的坐騎,馱他上西天,被封為八部天龍馬,還是菩薩屁股下的馬。

一句話,滅絕自我思想意志、一切生命感覺、欲望,一心皈依佛教,做專制威權奴隸,就是佛!文中詩曰:

> 一體真如轉落塵,合和四相復修身。
> 五行論色空還寂,百怪虛名總莫論。
> 正果旃檀皈大覺,完成品職脫沉淪。
> 經傳天下恩光闊,五聖高居不二門。

此詩反諷佛教,一如美女嫦娥將如來的糞便盛入金玉盞,纖纖玉手捧著,乖乖地擺上自己餐桌,小鼻嗅嗅,硬說:「如來玉糞、佛祖金糞,可真香啊!」一句話,能抱佛腳,舔佛屁眼,吹噓佛法無邊、神通廣大,欺騙眾生年年供奉金銀珠寶,美味佳餚,修建佛寺塔廟,年年天天念佛跪拜者,就是如來喜歡的奴才,就封賞為佛、菩薩、羅漢。

佛、菩薩、羅漢的排名榜有六十三位,與玉帝仙官系統一樣,是成尊卑體系的妖怪。三藏百無一能,但只因是如來徒弟金蟬子,且一路西行,哭哭啼啼地堅守自宮,一心一意閹割自我,取

經回東土騙人而成南無旃檀功德佛，排名第五十七位。悟空因為如來「喜汝隱惡揚善，在途中煉魔降怪有功」而成為鬥戰勝佛，排名五十八位。承恩特意設計悟空排名五十八，在觀音之前。

的確，從第五十八回悟空打死自己內心中「善聆音，能察理，知前後，萬物皆明」的六耳獼猴之後，見到天佛道三界濫行無道，殘酷殺戮，他雖極力拯救眾生，有時忍不住出言揭醜，但往往閉口不言或顧左右而言他，更常常「隱惡揚善」。觀音也是如此，自身無惡性、惡行，迫不得已也作做點壞事，比如第六十八回——第七十一回奉西方佛母之命，安排自己坐騎金毛犼下凡，使烏雞國國王「拆鳳三年」。也竭力做一些善事，以為佛在人心，例如她說：「妖精菩薩，就在一念」，但面對以玉帝為首仙界、如來為首佛教、太上老君為首道教妖孽濫性爛行，她也聽之任之，啞口無言，閉口不言，往往能「隱惡」，但沒見「揚善」。撒謊吹捧如來、佛教倒很可能，因此她不能成佛，只是菩薩，名列第五十九位，在三藏、悟空之下。

《西遊記》最後結尾說：

> 如是等一切世界諸佛。願以此功德，莊嚴佛淨土。上報四重恩，下濟三途苦。若有見聞者，悉發菩提心。同生極樂國，盡報此一身。十方三世一切佛，諸尊菩薩摩訶薩，摩訶般若波羅密。

「如是」者，如此這般也！佛教所謂真如佛性、真如實相也！通觀《西遊記》，知此結語玄機嗎？此為吳翁承恩先生非常高妙，極為老道，具有主題性質的黑色幽默反諷結束語：「如是」仙佛道三界妖魔鬼怪，「如是」恬不知恥，自誇自吹自捧，念咒語，施幻術，將他們的血腥罪惡變化為「功德」，將他們殘害眾生的魔行吹噓為「上報四重恩（父母恩、眾生恩、國土恩、佛法僧三

寶恩），下濟三途苦（地獄苦、餓鬼苦、畜生苦）」，將他們這些妖魔統治下悲慘又骯髒的國家幻化為「淨土、極樂國」，可笑！可恥！卻得到千萬信徒信奉，五體投地，同聲高頌：「諸尊菩薩摩訶薩，摩訶般若波羅密（我佛偉大啊，智慧恩德無邊啊，渡眾生到永生不死涅槃彼岸啊）！」可悲，可憐！此為世界歷代專制獨裁者統治術的原生態客觀的神話版。此統治幻術玄虛高妙，神通廣大，變化無窮，其本質即《紅樓夢》第五回曹翁雪芹先生刻意設計，讓佛教在自己捏造的太虛幻境牌坊自刻一副對聯：「假作真時真亦假；無為有處有還無」。

# 本書結語和全套書綜述

## 一、本書結語

　　吳翁承恩先生自言寫志怪之志：「雖然吾書名為志怪，蓋不專明鬼，實紀人間變異，亦微有鑒戒寓焉。昔禹受貢金，寫形魑魅，欲使民違弗若。讀此編者，儻焰然易慮，庶幾哉有夏氏之遺乎！國史非餘敢議，野史其何讓焉？」[44]即「名為志怪，實紀人間變異」；以「志怪野史」形式，暗「議國史」。

　　從雙重主體論，身處封建專製社會與其仙佛道文化處境，承恩先生刻意設計了雙重主題：先生表面讚頌天仙、佛教、道教三界以及為其服務的王陽明「心學」，三界更是自我美容，相助讚頌（明性主題），而三界的妖魔行為與悟空的人格變異恰好撕裂這些讚頌，露出其專權天地的成體系的有各種冠冕堂皇理論裝飾的妖魔專制王朝真相（原生態客觀隱性主題），從而批判為其服

---

[44] 吳承恩《禹鼎志序》。據劉脩業輯校、劉懷玉箋校《吳承恩詩文集箋校》。上海古籍出版社。1991 年 5 月。頁 66。）。今譯：雖然吾書名為志怪，並不專寫鬼怪，實則依據現實描寫展示人間百態變異，也微有鑒照告誡當今的寓意。上古時，大禹接受貢金，敘寫描繪鬼怪，欲使人們別這樣做。讀我寫的書，如果恍然惶恐有悟，改變思想，本書差不多有禹夏遺風吧。國家歷史不敢議論，寫鬼怪的歷史，我憑啥退讓呢？

務的「心學」。

從原生態客觀主義文學論,此為專制王朝原生態客觀真相:魔王們龍冠鳳羽,同台高歌共舞,自我歌頌,相互歌頌;台下小妖精整齊劃一,五體投地,山呼萬歲,同聲歌頌。從表達方法論,此為承恩先生極為老道的反諷,冰山刺骨的黑色幽默。承恩微笑撕開面具:原來歌從屁眼出,是妖魔們的屁眼朝天在放屁!妖怪們相互舔著屁眼在跳舞!我們心驚,哈哈大笑!

《西遊記》通過孫悟空,從一個自我思想意志真性猴王,被天仙、佛、道三界壓迫,被迫皈依佛教,服從三界,變形變性成一個奴才,保護百無一能的只知自宮的如來徒弟金蟬子上西天取經,回東土擴張佛教,最後成為佛、仙、道三界承認的奴才(鬥戰勝佛)之經歷,全面展示刻畫揭示了統治天地幽冥的仙佛道三界的本質。四眾一路西行,因身為美女,被佛教污衊為妖怪者達十個,因代表中國文化精神反對佛教,被佛教污衊為妖怪者達九個。真正的妖魔有四十八個(不計被剿滅的小妖精):來自自然人間的妖魔只有七個,僅佔妖魔總數15%。直接來自仙佛道三界的妖魔達四十一個,其中來自玉帝為首的天仙界的妖魔十六個,來自如來為首的佛教界妖魔十二個,來自太上老君為首的道教界的妖魔十三個,佔妖魔總數85%,更有玉帝、如來、觀音、文殊菩薩、普賢菩薩、太上老君等等親身作怪危害人間,而且他們是妖魔們的後臺老闆。統治天地幽冥的仙佛道是成社會制度體系的有森嚴尊卑等級的有各種冠冕堂皇理論裝飾的頂級妖魔鬼怪。

《西遊記》是中國封建專制政權與宗教文化的神話版原生態。以玉帝為首的天仙界是封建專制王朝的神化版。以太上老君為首的道教,以如來為首的佛教,其本質是配合專制皇權統治人間社會的邪教妖魔。通觀《西遊記》,吳翁承恩先生可是第一個把中國封建專制政權及其專制文化看透,批透的人。

　　「雖然吾書名為志怪，蓋不專明鬼，實紀人間變異。」先生以野史魔怪寫國史，真使我等開悟矣！

　　我讀懂您了嗎？吳翁承恩先生！

## 二、全套書綜述

　　文學是訴諸語言的形象的人格展示學。

　　文學寫作的關鍵在：理解人，洞察人及其社會、歷史、文化，提煉主題；設計人物與其個性，設計線索，安排情節展示個性以吸引受眾，表達主題。文學批評主題分析的關鍵在：找准作品的主題性人物，對人物在某種處境中的表現進行人格分析，發現其促使情節發生，推動情節發展，導致故事結局的種種人格因素。這些人格因素與處境就是主題所在。主題性人物是促使情節發生，推動情節發展，導致故事結局的人物。

　　從中國史傳文學傳統論：四大古典名著依據歷史、社會現實設計眾多的原生態的主題性人物，原生態的人格個性，多線索連鎖形式，全面鋪展，深入描繪展示原生態客觀的社會政治、歷史文化、人生悲劇。古今中外，只有曹翁雪芹先生、吳翁承恩先生、施翁耐庵先生、羅翁貫中先生。筆者名之為原生態客觀主義文學。

　　從雙重主題論：在古典四大名著中，曹翁雪芹先生、吳翁承恩先生、施翁耐庵先生、羅翁貫中先生刻意設置了明性主題與原生態客觀隱性主題，各有其奧妙。明性主題體現封建社會統治階級主流思想文化，而原生態客觀隱性主題則是封建社會政治、歷史文化的原生態客觀真相，是統領文本全篇的真正的主題。明性主題正是隱性主題全面揭露，嚴厲駁斥，深刻批判的對象。最後，明性主題轟然倒塌，原生態客觀隱性主題卓然而立。如此卓絕地形象地廣泛深入地批判，論證，古今中外，惟有曹翁雪芹先生、吳翁承恩先生、施翁耐庵先生、羅翁貫中先生。設身處地，應該

理解,在專制獨裁社會,他們要批判獨裁者之統治制度及其統治文化,只得選擇此寫作方法把自己與觀點隱蔽起來,一如英國電影《V字仇殺隊》中V先生所言:「政治家用謊言掩蓋裝飾真相,文學家用謊言揭露批判真相。」

從主題論:原生態地全面地展示封建專制社會奸雄政治,古今中外只有羅翁貫中先生。原生態地令人觸目心驚地展示封建專制王朝黑道匪道官道組合之江湖社會,古今中外只有施翁耐庵先生。以神話魔幻形式原生態地令人觸目驚心地展示封建專制政權及其宗教文化且如此深刻,古今中外只有吳翁承恩先生。原生態地全面地展示封建社會女兒們的人格個性及其淒慘命運,血淚控訴皇權、官權、族權、夫權、主子權,深刻揭露佛教、道教、禮教「假作真時真亦假;無為有處有還無」,古今中外惟有曹翁雪芹先生。毫無疑義,曹翁雪芹是女權主義奠基人,《紅樓夢》是女權主義文學奠基代表作。

從表達方法論:古典四大名著是原生態客觀主義與魔幻現實主義的結合,只不過二者組合多寡有異,匠心不同。對《三國演義》、《水滸傳》而言,原生態客觀描繪刻畫為主,原生態的魔幻描述刻畫為輔,只是人們意識現實的一部分。對《西遊記》而言,原生態的魔幻就是原生態的封建專制政治、宗教文化;魔幻就是扭曲變異的社會現實,現實社會就是扭曲變異的魔幻。對《紅樓夢》而言,魔幻即是佛教、道教「假作真時真亦假;無為有處有還無」製造的「太虛幻境」、「真如福地」,是佛教、道教專為封建專制製造的令人迷幻麻痺,消滅一切生命感覺,皈依佛教、道教、禮教,順從皇權、官權、族權、夫權、主子權,進入人肉作坊的蒙汗藥。

原生態的主題性人物設計,原生態的人格個性刻畫,原生態的多線索形式地全面鋪展,表達原生態的社會政治、歷史文化和

人生悲劇主題，原生態客觀主義與魔幻現實主義結合，而且如此卓絕，古今中外，惟有我們中國古典四大名著：《紅樓夢》、《西遊記》、《水滸傳》、《三國演義》。

在此，筆者感謝退休的何元智、朱興榜教授夫婦，他們首先審讀論著初稿並鼓勵了我。感謝重慶師範大學王于飛教授、本校鄧齊平教授，他們審讀初稿，並推薦為市重點項目，雖未成功，但感激更多。感謝本校李偉民教授，感謝本校中文系古典文學教研室的同事羅燕萍博士、段麗惠博士、王慧穎老師、王曉萌博士、張紅波博士，他們都審閱了拙著，鼓勵了我。我們是一個很好的學術團隊。感謝中文系研究生陳思楊、楊嬌，她們為樣書做了最後的審校，幫了我大忙。

# 參考文獻：

1.袁行霈主編《中國文學史》（第四卷）高等教育出版社。2005年年7月第二版。

2.劉大傑《中國文學發展史》（下卷）復旦大學出版社。2006年1月第一版

3.朱一玄、劉毓忱主編《三國演義資料彙編》（中國古代小說名著資料叢刊第一冊）。南開大學出版社2003年6月第一版。

4.孫遜主編《紅樓夢鑒賞辭典》。漢語大詞典出版社。2005年5月第一版。

5.朱一玄、劉毓忱主編《水滸傳資料彙編》（中國古代小說名著資料叢刊第二冊）。南開大學出版社2003年6月第一版。

6.《紅樓夢資料研究彙編》。中華書局。2004年。

7.朱一玄、劉毓忱主編《西遊記資料彙編》。南開大學出版社2003年6月第一版。

**國家圖書館出版品預行編目資料**

「西遊記」:「實紀人間變異」/孫定輝著. --初版 -
臺北市:蘭臺, 2016.3
面; 公分
ISBN 978-986-6231-91-9
1.西遊記 2.研究考訂
857.47　　　　　　　　　　　　　　　　　103015883

古典文學研究叢刊 10

# 「西遊記」:「實紀人間變異」

作　　者:孫定輝
編　　輯:高雅婷
美　　編:高雅婷
封面設計:林育雯
出　版　者:蘭臺出版社
發　　行:蘭臺出版社
地　　址:台北市中正區重慶南路 1 段 121 號 8 樓之 14
電　　話:(02)2331-1675 或(02)2331-1691
傳　　真:(02)2382-6225
E—MAIL:books5w@yahoo.com.tw 或 books5w@gmail.com
網路書店:http://bookstv.com.tw/、http://store.pchome.com.tw/yesbooks/、
　　　　　http://www.5w.com.tw、華文網路書店、三民書局
總 經 銷:成信文化事業股份有限公司
電　　話:（02)2219-2080　　　傳　真:(02)-2219-2180
劃撥戶名:蘭臺出版社　帳號:18995335
網路書店:博客來網路書店 http://www.books.com.tw
香港代理:香港聯合零售有限公司
地　　址:香港新界大浦汀麗路 36 號中華商務印刷大樓
　　　　　C&C Building, 36,Ting, Lai, Road, Tai,Po, New,Territories
電　　話:(852)2150-2100　　　傳真:(852)2356-0735
總 經 銷:廈門外圖集團有限公司
地　　址:廈門市湖裡區悅華路 8 號 4 樓
電　　話:86-592-2230177
傳　　真:86-592-5365089
出版日期:2016 年 3 月 初版
定　　價:新臺幣 680 元整
ISBN:978-986-6231-91-9